潜る女

アナザーフェイス8

第一部　詐欺師たち

1

レシピサイトというのは大いに役に立つ——はまってしまう。大友鉄《おおともてつ》はこのところ、昼休みに警視庁の食堂でレシピサイトを眺めるのを習慣にしてきた。妻の菜緒《なお》を亡くしてから、ずっと一人息子の優斗《ゆうと》の面倒を見てきて、料理にも慣れてきたとはいえ、基本的には苦手なのだ。こうやって暇な時間に新しい料理を仕入れておかないと、何日も同じメニューが続いてしまう。

最近、料理というのは結局、順列組み合わせではないかと考えるようになってきた。つまり、食材と料理法の組み合わせ。基本的な料理法は茹でる、煮る、焼く、揚げるぐらいのものだ。味つけ、そして組み合わせる素材を変えればバリエーションは無限に広がるとはいえ、基本は単純だと考えていい。和洋中どのジャンルでもこの原則は当てはまるわけで、もっと早く気づかなかったことを後悔していた。

例えば豚肉の塊。昨夜は丸ごと茹でて薄切りにし、味噌とニンニクを使ったタレで食べた。つけ合わせはさっと湯がいたレタス。残った豚肉は、今日、甜麺醬《テンメンジャン》を使ってキャベツと一緒に炒めてみるつもりだった。それでも余ったら、明日はスープに変身させればいい。

「料理の研究か？」

声をかけられ慌てて顔を上げると、同期で捜査二課の刑事、茂山《しげやま》が隣に腰を下ろすところだった。トレイには、うどんが載っている。

「まあね」大友はスマートフォンをワイシャツの胸ポケットに落としこんだ。一人で子育てしていて、料理することは仲のいい同期には知られているとはいえ、何となく照れ臭い。

「ちょっといいか？　話したいことがあるんだ」

「僕はいいけど、食事じゃないのか？」

「食べながらでもできる話だよ」

茂山が、勢いをつけてうどんを啜《すす》りこみ始めた。食べ方が堂に入っているというか……この男は、高校までは大阪だったのだ。うどん文化の本場で育ち、その味には一家言ある。警視庁の食堂のうどんが口に合うとも思えないが、いかにも美味そうに食べる。

「ちょっと手伝ってくれないかな」茂山がいきなり切り出した。

「そっちの仕事を？」大友はちらりと茂山の顔を見た。

「ああ」

「それは……どうかな」

「刑事総務課長には、二課長からもう話を通してあるんだ」

「勝手にそういうこと、するなよ」大友は抗議した。

以前は、もっと上の立場の人間が、大友の「守護者」であり、仕事の指示を飛ばしていた。もともと捜査一課所属だった大友が、刑事としての勘を忘れないようにするためのリハビリ。最初は刑事部のナンバースリー、その後はキャリアの参事官……しかし二人とも異動で去り、現在は「フリー」の立場である。今年に入ってからは、現在所属している刑事総務課の仕事に専念していた。

それがいきなり、まったく畑違いの捜査二課から出動要請……これまで大友が出動を要請された事件は、捜査一課が担当する凶悪事件が圧倒的に多かった。捜査三課で窃盗犯を追う仕事を手伝ったこともあるが、あれは例外だったと言っていいだろう。捜査二課の仕事となると、まったく経験がなく、ぴんとこない。詐欺などの経済犯罪を担当する部署だから、依然として被害が多発している振り込め詐欺の捜査でもするのだろうか。

「どういう事件なんだ？」

「結婚詐欺」

「それは……」大友は躊躇した。詐欺の中でも、結婚詐欺がデリケートな犯罪であることは容易に想像できる。金銭的な被害もさることながら、被害者が受ける精神的ダメージも大きい……まさか、被害者のフォローをしろとでもいうのだろうか。そういう話は、総務部の犯罪被害者支援課が担当すべきだ。

「相手は女なんだけどな」

「ということは、被害者は男？」それなら被害者の相手も多少は楽だろうか。

「いや、女だよ」茂山がさらりと言った。

「意味が分からないんだけど、容疑者も被害者も女っていうことか？」もちろん、女性同士の恋愛関係があることは、大友も承知している。ただしそれが詐欺につながるとは想像もできない。

「お前が何を想像しているかは分かるけど、そういうことじゃない」茂山が苦笑した。「容疑者――実行犯は男で、今、立件に向けて監視中だ。でもどうやら、こいつの背後に女がいるみたいなんだ――要するに、詐欺師は一人じゃなくて、グループらしいんだ。だからこの女も、丸裸にしてしまいたい。それで、お前に手を貸して欲しいんだ」

「そういうことなら、僕じゃなくてもできると思うけど……」詐欺師の相手なら、二課の刑事の方がずっと得意なはずだ。

「いやいや、女が相手なら、お前の出番だろう」茂山がにやりと笑う。

「別に、女性が得意なわけじゃないよ」むしろ苦手だ。容疑者だろうが被害者だろうが、扱いに苦しむのは、昔も今も同じである。亡くなった妻の菜緒とは、何も話さずとも分かり合えたのに……彼女が貴重な例外ということか。

「しかしね……」

「まあ、そう言わずに。俺のためだと思って手を貸してくれよ」

いつの間にか茂山の丼がほぼ空になっているのに気づいて、大友は驚いた。話しながらなのに、もう食べ終えてしまったのか……そう言えば以前、茂山が「うどんは飲み物」と言っていたのを思い出す。言葉遣いにも習慣にも、もはや関西生まれの痕跡がない男なのだが、うどんだけは別のようだ。食習慣は、滅多なことでは消し去れない。

「あのな、詐欺師の女を相手にする場合は、捜査する方にも特別な資質が求められるんだよ」丼の載ったトレイを脇へ押しやり、茂山が紙ナプキンで口元を拭った。「正直、イケメンがいい。相手を油断させたいんだ。ところが捜査二課には、顔面が不自由な人間ばかりが集まっててね」

茂山が、自分の冗談に自分で吹き出した。ひどい言い方だが、否定もできない……大友が知っている範囲でも、今の二課の刑事たちは強面《こわもて》揃いだ。

「警視庁でイケメンといえば、まずお前だから」茂山がにやりと笑った。「そういう資産は最大限に利用しないともったいないない」

「そう言われても」大友は両手で顔を擦《こす》った。詐欺師を詐欺に引っかけるようなものだろうか。もちろんその気になれば、大友は人を騙せる。学生時代に演劇をやっていた経験は、今も生きているのだ。要するに、自分は舞台に立っていると思えばいい。この場合の相手は芝居なら「観客」で、捜査なら「容疑者」だ。いずれにせよ、感情移入させたらこちらのものである。

「な、頼むよ」茂山が両手を合わせた。「もう上の許可も取ってるんだしさ」

「最初に僕に聞くのが、礼儀ってものじゃないかな」

「そこはほら、外堀を埋める式で。よろしく頼むよ」

そこまで言われると、さすがに断れない。それに大友自身、この件に早くも興味を惹かれていた。基本的には、凶悪犯と対峙する捜査一課の仕事が性に合っていると思うが、それとはまったく関係ない仕事を経験できるのは、今のポジションにいるから故である。

「データはあるんだよな」

「もちろん」茂山の顔がぱっと輝く。「そいつを頭に叩きこんでもらえれば、後はすぐに動けるよ」

「動くって、どんな風に?」

「スポーツジム」茂山の顔が、仕事モードに切り替わる。「まず、そこの会員になってもらうのが、相手に接近する一番手っ取り早い方法だと思うんだ。まさに『動く』だよな」

大友はスポーツジムには縁がない――そもそも体育会系の人間ではないから当たり前だ。平日、午後三時。サラリーマンは仕事の真っ最中のはずなのに、自分と同年代の人間も多いことに驚く。

二子玉川。駅から歩いて五分ほどのところにあるビル全体がジムになっている。一階がプール、二階が受付と更衣室、三階と四階がトレーニングルーム。大友は、受付からまず四階に上がって見学させてもらった。エアロビクスやヨガなどは、インストラクターの指導で行うらしい。中には「ボディステップ」「ボディアタック」など、内容が想像できないプログラムもある。スタジオを覗くと、ちょうどヨガのプログラム中だった。生徒が数人、講師と向かい合って座り、人間とは思えないような姿勢でストレッチをしている。これは自分には絶対に無理……元々体が硬いのだ。

「ヨガには興味ありますか？」案内してくれた女性スタッフが、親切に訊ねた。

「いやあ……体が硬いので」苦笑せざるを得ない。

「柔らかくするには効果的ですよ。体幹トレーニングにもなりますし」

「受講生は女性ばかりみたいですね」しかもかなりの高齢。そこに自分が入る場面を想像すると、みっともない感じがした。

「男性の方もいらっしゃいますよ」

「いやいや……」大友は苦笑して話を打ち切った。「基本的には、絞って少し筋肉をつけたいだけなんです。最近、ちょっと体が緩んできたので」

「そうですね」女性スタッフが、大友を頭のてっぺんからつま先まで素早く一瞥《いちべつ》した。

「身長は？」

「百七十五センチです」

「体重は？」

「七十キロだと思います――たぶん」

「ほぼ標準ですね。あとで、きちんと身体測定してみましょう」

「お願いします」大友は頭を下げた。今日中に入会手続きも済ませてしまわないといけないので、やるべきことは早めにやってしまうつもりだった。

「基本的な体作りですと、パーソナルボディメイクがお勧めですね」

「トレーナーに教えてもらうんですよね？」予めパンフレットで確認していた。

「そうです。では、三階の方へご案内します。パーソナルボディメイクは、三階で、マシンやダンベル、バーベルを使ったウェイトトレーニング中心になります」

三階には、フロア一杯にトレーニング用のマシンがずらりと並んでいる。有酸素運動用には、ランニングマシンやエアロバイク。他にも、どう使うのか想像もつかないウェイトトレーニング用のマシンが所狭しと置いてある。ダンベルやバーベル、ベンチなどのあるスペースも……マシン以外でのトレーニングはここで行うのだろう。

マシンの稼働率はなかなかのものだった。順番待ちの人も多い。エネルギーの無駄遣い、とつい考えてしまう。

「普通のサラリーマンみたいな人もいるんですね」気になっていたことを聞いてしまった。

「ええ」さも当たり前のように、女性スタッフが認める。「仕事の合間に来られる方は多いです。昼は混んで大変ですよ。この辺で勤めている方が、お昼休みにいらっしゃるので……大友さんは、今日は仕事の合間ですか？」

「そうです」サボっていると指摘されたような気分になりながら大友は認めた。「営業の担当がこの沿線なので。通うのに、一番便利そうなんです」

「ジムは、仕事場の近くにある方が、きちんと通えますよ」

「そうなんですか？」

「自宅の近くだと、帰宅する途中にたどり着いた時には、疲れ切ってしまうので……会社の近くなら、それこそ昼休みとか、退社してすぐとか、通いやすいんです」

「なるほど……私は、夜がいいのかと思ってました。それか、土日ですね。どれぐらいの頻度で来ればいいんですか？」

「パーソナルボディメイクだと、週二回通っていただくのが基本です。それで四週間——一か月ですね」

「それなら、何とかなりそうです」

今回の使命は、ここでインストラクターをしている荒川美智留《あらかわみちる》という女性に接近して、その裏側を探ることだ。となると、マンツーマンのパーソナルボディメイクで彼女に教えてもらうのが一番だろう。指名はできるのだろうか……。

「取り敢えず一か月、やってみます」

「正規の会員になる方法と、一か月分のパーソナルボディメイクの料金をいただくのと、どちらにしますか？」

「一か月分でお願いします。それで上手くいけば、正式に入会して、個人的にトレーニングを続けてもいいですよね」

大友は笑みを浮かべた。それを見た女性スタッフの顔が薄赤く染まる。慌てた様子で咳払いすると、二階の受付まで案内してくれた。

正式な入会ではないので、それほど手間はかからなかった。個人情報を書きこみ、料金を払って終了。

「それでは、もうスケジュールを決めてしまった方がいいですね」女性スタッフが少し急いだ口調で言った。「最初の一回が大事ですから」

「そうですね。せっかくお金を払うんですから、ちゃんと通いたいですね」

「直接、インストラクターとスケジュールの調整をしてもらいますけど、ご指名……と言っても誰が誰か分かりませんよね」

「そうですねえ」大友は顎を撫でながら、受付の横の壁に貼られたインストラクターの写真に目をやった。名前と簡単な経歴が書きこんである……中にはとんでもない経歴の持ち主もいた。甲子園でベスト4。ボディビルの関東大会で優勝。自分にはまったく縁のない世界だ、と改めて恐ろしくなる。

大友はすぐに、荒川美智留の写真を見つけた。免許証で写真は確認していたが、こういう写真は営業用に笑顔で写っているので、やけに大きく目を見開いている免許証の写真に比べると、はるかに魅力的に見える。ショートカットでスポーティな雰囲気……何となく、亡くなった妻の菜緒に似ている。菜緒もスポーツウーマンで、交通事故で亡くなる直前には、フルマラソンへの参加を本気で考えたトレーニングをしていたぐらいだった。

いや、今は美智留の話だった。学生時代はシンクロの選手というのも、茂山たちが事前に収集したデータの通り。それからはもう、十五年ぐらい経ってしまっているのだが……二課で押さえている情報では、美智留は今年三十六歳になる。

「ええと」大友は顎に手を当てて言った。「荒川美智留さんはどうですか？」

「ええ、もちろん大丈夫ですけど」女性スタッフの顔に不審そうな表情が浮かんだ。

「お知り合い、じゃないですよね」

「たまたまなんですけど、離婚した妻と同じ名前なんです。字は違いますけど」

「ああ」

「まあ、知らないよりは知った名前の人がいいかな、と」

それで納得したのかどうか……しかし大友は数分後、無事に美智留と面会することになった。

「荒川美智留です。よろしくお願いします」

ひょこりと頭を下げた美智留は、かなりの長身だった。大友の同期で、学生時代は女子ラグビーで活躍した高畑敦美《たかはたあつみ》と同じぐらいだろうか。しかしがっしりした体格の敦美に比べて、彼女はずっとスリムだった。いかにも身のこなしが軽そうな……。

「大友鉄です」

「今後のスケジュールを決める前に、身長と体重の測定をしましょう。今日はお時間、大丈夫ですか」

「ええ」

「では」美智留が、受付の背後にある棚からトレーニングウェアとシューズ、ロッカーキーを取り出した。「更衣室のロッカーは、このキーで使えます。着替えたら、一度ここへ戻って来ていただけますか？」

「分かりました」

うなずき、ロッカールームに入る。今のところ美智留は、ごく自然な態度で如才なく大友に接している。必要以上に愛想がいい感じではないものの、礼儀正しい。ジムのインストラクターというのも一種の接客業なのだろうが……本当にこの人が詐欺事件にかかわっているのだろうか、と大友は首を傾げた。もっとも、見た目、一言話しただけで怪しいと感じさせるような人間は、詐欺師になれないだろう。

ジムのロゴ入りのTシャツとショートパンツに着替えると、何だか頼りない気分になる。体を動かすのは久しぶりなのだ。警察官になっても、柔道や剣道が得意な人間は日課のように道場で鍛えているものだが、大友の感覚では「面倒臭い」。そういうことは何とか避けてきた。

ロッカールームも混み合っている。これからトレーニングをする人、一運動終えて風呂を浴びようとしている人……中には、本格的に——それこそボディビルの大会に出ようとするかのように鍛えている人もいて、思わず凝視してしまう。しかしこういう場所では、あまりじろじろ見ないのが礼儀だろうと思って、すぐに目を逸らした。

受付の近くで身長と体重を測る。身長百七十五センチはともかく、体重七十二キロ……自分で把握していたより二キロ重い。着衣分は差し引くとしても、一キロオーバーだ。

「そうですね……少し体重を減らして、筋肉を鍛え直す感じですね」美智留がクリップボードの紙に数字を書きこんで言った。

「確かに、ちょっと緩んでる感じはするんです」大友は適当に話を合わせた。実際にはそんな風には感じていなかったものの、数字を見せられると実感する。

「何か、スポーツの経験は？」

「柔道と剣道を……ほんの少しですけど」

「両方？　凄いですね」美智留が大きな目をさらに大きく見開く。

「いや、どちらも長続きしなくて」大友は苦笑した。警察学校に入れば、誰でも柔道と剣道、それに逮捕術を学ばざるを得ない。「もう何年も、まともに体を動かしてません」

「お仕事は？」

「営業です」

「じゃあ、下半身は……歩くから丈夫ですよね」

「最近、ちょっと疲れ気味なんですが」

「筋肉量を見ると、下半身の方が上半身より発達していますよ。ご希望に沿う感じだと、上半身中心に鍛えるのがいいでしょうね」

「一か月で、どれぐらい変わりますか?」

美智留がボールペンでクリップボードを叩いた。大友の顔を凝視して、「人それぞれですね」と逃げる。まあ、化学反応ではないからそう言うしかないんだろうな、と大友は納得した。もちろん目的は、体を絞ることではない。

「週二回のペースを必ず保っていただきたいんですけど、どうしますか? 土日でも、私は対応できます」

「あー、そうですね……」先ほどは「土日」と言ったが、本来は家族の時間だ。優斗のために使いたい。「毎週火曜日と金曜日ではどうでしょうか。今週の金曜日からスタートということで」

「いいですよ。何時ぐらいがいいですか」

「午後――そうですね、今日と同じぐらいでもいいですか? 午後三時スタートで」

「結構ですよ」美智留がうなずき、クリップボードの紙に何か書きつけた。「トレーニングは三十分程度です。着替えやシャワーなどで、全体で一時間見てもらえば大丈夫です」

「助かります」

「でも、平日の午後で大丈夫なんですか？　夕方からでも構いませんけど」美智留が笑みを浮かべながら訊ねる。

「ああ。営業の特権で……外回りをしている最中に一時間ぐらい抜け出しても、ばれませんから」

「夜はお忙しいんですか？」

「接待もありますからねえ」

「営業の人も大変ですね」

「気疲れはします」

「じゃあ、体を動かしてストレス解消しましょう」

「かえって疲れそうですけどね」大友は気弱な笑みを浮かべて見せた。愛想はいいが押しの弱い営業マンのふり。

「適当に体を動かすことは、ストレス解消につながるんですよ」

美智留の表情に屈託はなかった。その顔を見ていると、どうしても詐欺師とは思えない……いやいや、気をつけろよ、と大友は自分に忠告した。詐欺師はいつも、人懐っこい笑顔で迫ってくるものなのだ。

大友の持論では、芝居で一番大事なのは「衣装」だ。服装は、人を表現する基本。実際多くの人は、相手の服装を見ただけで、どういう人間なのか判断してしまう。学生演劇をしていた頃は、古着を買ってきて自分でリフォームし、衣装を用意することもあった。

2

今回、大友はちょっとした潜入捜査に入ることになるわけだが、そのための服がないことに気づいた。

トレーニングウェア。

自宅のある町田駅まで戻り、東急ツインズに入っているスポーツ用品店に、恐る恐る足を踏み入れる。こういうところへは滅多に来ないのだが、とにかく原色の洪水……トレーニングウェアというのは、やたらとカラフルなのだと思い知る。

ウェアの上下、それにジョギングシューズを選ぶ。Tシャツの方は、店員の勧めで、体をきつく締めつけるものにした。体の線がはっきり出てしまうのには抵抗感があったが、筋肉の損傷や無駄な疲労を防ぐにはこういうウェアの方がいい、というのが店員の説明だった。

そんなものだろうか。ぴったりしたウェアで美智留の前に顔を出すことを考えると、妙に気恥ずかしい。

　ショップの袋をぶら下げて戻る途中、自宅に電話を入れた。優斗は、今日は塾もないので家にいるはずだ。

「ご飯だけ、用意しておいてくれないかな」

「いいよ」少しだけ迷惑そうな口調で優斗が言った。この時間だと勉強中――だいたいいつも勉強中なのだが。

「買い物したからちょっと遅くなった」

「買い物？」

「トレーニングウェア」

「トレーニング、始めるの？」疑わし気に優斗が訊ねる。

「まあね」

「マジで？」

「まあ……仕事みたいなものだ」

「仕事でトレーニング？」

「そんな感じだ。でも、話せないこともあるんだよ」

「了解。何か作っておこうか？」

「いや、帰ってから用意するから」

最近、食事を作るのもこんな風に二人三脚が多い。優斗が、自分でも料理をするようになったのが意外だった。自分がやるのをずっと見ていて、同情したのだろうか。

十分後、家に帰ると、既に炊飯器から湯気が立ち始めていた。豆腐の味噌汁を作り、昨日の茹で豚を薄く切って、キャベツと炒め合わせる……それとサラダ。育ち盛りの中学二年生にしては少ないかもしれないが、優斗はあまり食べない方だ。

「夏休み、佐久へ行きたいんだけど」優斗が遠慮がちに切り出した。

「そりゃ行くよ。毎年里帰りしてるだろう」

「今年は、一人で行こうかと思って。夏休み中、ずっと」

「何で？」

「何でって、パパ、忙しいでしょう？」優斗が探りを入れるように言った。

「どうせ帰省はするんだけど」一人旅でもしたいのだろうか、と大友は訝《いぶか》った。嫌な記憶が蘇る……二年前、優斗は一人で佐久へ行く途中に、バスジャック事件に巻きこまれたのだ。

「うん、でも、何となく。向こうの方が涼しくて、勉強も捗《はかど》りそうだし」

「塾は？」

「休むよ。たまには気分転換しないとね」

何だか怪しい。優斗は最近、妙に佐久にこだわっているようなのだ。本当はやるべきではないが、スマートフォンを調べると、大友の実家へ何度も電話している。両親に話を聞いてみたものの、「孫が電話してきて何かおかしいか」と笑い飛ばされて終わった。

どうも……引っ越して自分用の部屋を手に入れてから、優斗はプライバシーを大事にするようになった。中学生だから、自分だけの空間、自分だけの時間が欲しくなるのは当然とはいえ、何だか釈然としない。自分を無視して、何か妙な計画でも立てているのではないかと心配になった。

ただし普段は、父親を無視しているわけではない。食事の時にはよく喋るし、中学二年生にしては素直だと思う。

それでも何か、隠し事があるような……聞いても答えないだろう。容疑者の取り調べには自信があるが、自分の息子を相手に話すとどうにもぎこちなくなる。ちょっと前までは自然に話せたのに。

「そう言えば、車、どうするの？」優斗が唐突に話題を変えた。

「そうだなあ……どうしようか」

菜緒の愛車だったアルファロメオの１４７は、もう十年選手である。走行距離も七万キロを超えているし、最近何かと故障も多い。いい加減買い替えてもいい頃だ、と優斗と何度か話していた。

「またイタリア車にするの？」

「いや、それも決めてない」

昔は、イタリア車と言えば故障とイコールだったらしい。最近はさすがにそういうことはなくなってきたようだし、アルファやフィアットなら、大友の給料でも手の届く車種がある。しかし、十年も同じ車に乗り続けてきたので、次はイタリア車でなくてもいい、という気分でもあった。それこそ、信頼できる日本車とか。

ただ、やはりアルファに乗り続けたいという気持ちはある。小さくてもスポーティな乗り味は、菜緒の好みだった。147は既にカタログ落ちしているが、今なら同格でミトという元気のいい小型車がある。ただしデザインが一新され、丸っこいボディは、巨大化した虫のようにも見える。

「優斗はどう思う？」

「別に、普通の車でいいんじゃない？」

「希望とかないのか？」

「車のこと、よく分からないから」

優斗が肩をすくめる。最近の若者は車に興味がない……いや、優斗は免許取得年齢にも達していないから、車のことを何も知らなくても不思議はないのだが。大友が中学生の頃には、免許もないのに車のカタログを集めたり、車雑誌を買っていた同級生もいた

……時代が違うということか。

「乗り換えたって、ママも何とも思わないよ」優斗があっさり言った。

「それはそうだろうけど……」

固執しているのは自分だけ。菜緒と暮らしていた頃の痕跡は、もはや車ぐらいである。家も変わり、彼女の持ち物も徐々に処分してきた。仕方ないとはいえ、大友としては妻

の記憶に次々と別れを告げているようで、何とも言えず寂しい気分がする。

「車も、新しい方がいいんでしょう？」

「古くなった車も、馴染んでいいけどな」

「この際、思い切ってポルシェでも買ったら？」優斗がいきなり、とんでもないことを言い出した。

「おいおい」大友は思わず苦笑した。「年俸二年分を叩いても手が届かないよ」

「中古とか」

「ポルシェ、興味あるのか？」

「そういうわけじゃないけど、車のメーカーって、そんなに知らないから……ご馳走様」

優斗が立ち上がり、食器を流しに運んだ。自分の分はさっさと自分で洗ってしまう。文句を言うこともなく、ただ淡々と日課をこなしている感じだった。

大友は、残った炒めものを一人で片づけた。回鍋肉《ホイコウロウ》にするつもりで、甜麵醬と豆板醬《トウバンジャン》を使ってみたのだが、味に深みがなく、ただ油っぽいだけだった。茹でておいた豚も少し硬く、とてもご飯が進む味とは言えなかった。いつまで経っても料理は駄目だな、と溜息が出てしまう。

優斗は何か鼻歌を歌いながら、洗い物を進めている。

「パパの分も洗うけど？」

濡れた右手を伸ばしたので、大友は自分の食器を流しに運んだ。洗い物は優斗に任せて、自分はコーヒーの準備……しばらく酒は控えておこうかとぼんやりと考えた。一応、トレーニングを始めるわけだし、その時にへばっていては洒落にならない。

まず、インストラクターと生徒として、よい関係を保たなければならない。そのためにはとにかく、笑顔でトレーニングに励むことだ。

まさか、自分が「体を動かす仕事」をすることになるとは思ってもいなかった。

3

「はい、一、二、三、四、五……ゆっくり戻して……そうです。六回目、行きますよ」

五十キロの負荷をかけたチェストプレス。これぐらいの重さだと、必死で動く感じではないものの、時間をかけてやっていると緊張を強いられる。腕と肩がぶるぶる震えてきた。

「はい、ラスト……一、二、三、四、五……いいですよ。戻して、おまけでもう一回いきましょう」

冗談なのか、本当は十五回ではなく十六回でワンセットなのか……必死なので、美智留の指示に従うしかない。腕と肩だけでなく、胸——大胸筋にも緊張とかすかな痛みが走る。トレーニングは今日で三回目。すぐに慣れるだろうと楽観視していたのに反して、今のところは毎回筋肉痛に襲われる。やはり年を取ったのだ、と大友は意識させられていた。

「はい、大丈夫です」

美智留の声のトーンが一段高くなる。インストラクターとしては優秀なのだろうな、と大友は感じ始めていた。大友にかける声の調子は常に変わらない。しかしラスト三回になると急にトーンが上がり、間も無く終わりだと教えてくれるのだ。それでこちらも気合が入り直す。インストラクターのテンションに従って、教えられる方のペースも変わるのだ。

大友はマシンを離れ、額を濡らす汗をタオルで拭った。今日はこれで終わり。全身汗みずくで、シャワーが恋しい。ただし自分の仕事はこれから——トレーニングはあくまで誘い水なのだ。

「今日はどうですか？」美智留が優しい口調で訊ねる。

「パンパンですね」大友は両手を背中で組み合わせ、ぐっと胸を反らした。使った筋肉を反対側に伸ばしてやること——最初に教わったクールダウンの方法である。「これで実際、効果が出てるんですかね」

「まだ三回目ですよ」タブレット端末に数字を打ちこみ、美智留が顔をあげた。「プロテインは、きちんと飲んでますよね」

「美味いものじゃないですよね」少しどろりとした甘めの液体は、このジム特製だ。大友の感覚では、バリウムに近い。

「効果は人によってそれぞれですから、あまり焦らないようにする方がいいですね」

「一か月で変わるっていうのが、ちょっと信じられませんけど」大友は首を傾げた。頰を伝う汗が床に垂れる。

「大丈夫ですよ。まったく運動をやっていなかった人の方が、効果はすぐに出ますから」

「そうですか……とにかく頑張ってみます」

一礼して、大友はタオルを首にひっかけてロッカールームに戻った。シャワーを浴びたら、今日は本格的に戦闘開始だ。

本当は風呂に入りたいところだ。ジム故に、風呂は銭湯並みに広く、ジャグジーもある。ジャグジーの泡でゆっくり体を解《ほぐ》してやれば、明日は筋肉痛にならずに済むかもしれない。ただ、今日も暑い……梅雨の晴れ間で、最高気温は三十三度。二子玉川駅からジムまで五分歩いただけで、全身が汗だくになってしまったほどだった。風呂に入って芯から体を温めたら、駅に戻るまでにもう一度全身に汗をかいてしまうだろう。

そういう状態で美智留に会う訳にはいかない。外で会う時はできるだけ清潔に、だ。

大友はこれまで三回のトレーニングで、美智留とそれなりに友好的な関係を築いてきた。話好きのちょっと軽い営業マンという設定は正解だったと思う。トレーニングの合間合間に話をして、美智留のスケジュールをだいたい摑むことに成功していた。基本的にこのジムのインストラクターは、早番、遅番で勤務ダイヤを組んでいる。ここにマンツーマンのレッスンが入った時には、必要に応じて勤務時間をずらしているようだった。早番は午前八時から午後五時まで。美智留は今日も早番で、大友のトレーニングが終わってから一時間ほどで「上がり」になるわけだ。シャワーを浴びて身繕いすれば、それほど待たずに彼女と会える。

外で。

場所も既に決めてあった。二子玉川というのは街全体が小洒落ていて、オープンカフェが多い。七月なので、雨さえ降っていなければ、そういう場所でお茶を飲んでいても不自然ではない。そういう場所――歩く人を監視できる、歩道のすぐ側。このジムの近くにも一軒オープンカフェがあり、大友はそこで美智留が通りかかるのを待つつもりだった。もちろん、百パーセント成功するとは思っていない。捜査二課のこれまでの調べでは、美智留が住んでいるのはジムの隣街、用賀である。職業柄、通勤は歩きか、自転車を使っている可能性もある。それだったら駅へは向かわず、反対方向へ行くはずだから、駅に近いこのカフェの前は通らない。

四時半、大友はジムを出た。途端に、まだぎらつく午後の陽射しに体を貫かれる。暑い……額に手をかざしてみたものの、何の助けにもならない。オープンカフェで待つ計画は見直すべきではないか、と真剣に考え始めた。パラソルがあるのは確認していたが、これだけ暑いと、陽射しが遮られたぐらいでは無意味だろう。熱射病も怖い。

とはいえ、取り敢えずは待つしかない。しかし店に行った途端、大友は自分が浮くのを予感した。暑いせいか、テラス席は無人。この時間だと小さい子ども連れの若い母親が多いのだが、そういう人たちは涼しい店内に避難している。

悪目立ちしそうだが、計画は変更できない。一番歩道に近いテーブル席について、とにかく冷たいものを……とメニューを眺め渡した瞬間、「クランベリージュース」の字がまず目に飛びこんでくる。普通ならアイスコーヒー、仕事でなければビールといきたいところだが、トレーニングを重ねて嗜好が変わってきたのだろうか。いや、まさか……たった三回のトレーニングで急に変わるはずもない。

大ぶりのグラスに入ったクランベリージュースは、結構毒々しい赤色で、強烈な酸味を予感させる。一口飲んでみると、想像を上回る酸っぱさで、顔が歪んでしまった。健康には良さそうだが、胃がダメージを受けるかもしれない。

美智留が前を通り過ぎるまでには、まだ時間がかかるだろう。大友はスマートフォンを取り出し、茂山に電話をかけた。

「痩せたか?」茂山がいきなり、仕事と関係ないことを言い出す。

「まだ体重に変化はないよ」大友は苦笑した。「それより、これからターゲットを捕捉しようと思ってる」

「お、ついに本番か」茂山が嬉しそうに言った。

「上手く摑まれば、だけど。失敗したら別の手を考える」

「その辺は任せるよ。で？　お前の感触としてはどうなんだ」

「詐欺師という感じじゃないな」大友は声を潜めた。

「いやいや、そう思わせるのが詐欺師なんだ」茂山は自説を引っこめない。

「そうかもしれないけど……」納得いかぬまま、大友はやんわりと反論した。

「お前も、女を見る目はないのかもな」

「そう思うなら、こういう仕事を振らないでくれよ」

「いや、お前以上の適任はいないさ」

　言っていることが矛盾している……大友はまたクランベリージュースを一口飲んだ。既に酸っぱさに慣れてしまっている。元々酸っぱい物はそれほど好きでもないのに、やはり体質が変わってきたのだろうか。

「本ボシの方はどうなんだ？」坂村健太郎《さかむらけんたろう》、三十六歳。捜査二課では、実行犯と見られるこの男の動向監視を続けている。

「このところ、動きがないんだよな。もしかしたら、こっちの動きに気づいて、警戒しているのかもしれない」

「おいおい、二課は無能か？」

「詐欺師が敏感なんだよ」むっとした口調で茂山が反論する。「やばいと思ったらじっとしているほどには鋭いんだから」

「なるほど……普段は何してるんだ？」

「ぶらぶらしてる」

「じゃあ、結婚詐欺で生計を立てているのか?」そんなことが可能なのだろうか。大友は思わず首を傾げた。

「外向けには、デイトレーダーと名乗っているようだ」

「実態は?」

「そこがなかなかはっきりしない……いずれにせよ、時間に余裕があるのは間違いないだろうな。夕方からは出歩く日が多いから」

「結婚詐欺をしかけるには、時間もかかるだろうしね」大友は一人うなずいた。そもそも男女関係がそうだ……一目惚れで一気に盛り上がることもあるだろうが、普通は長い時間をかけて関係は熟成していく。

「そうそう。だから、俺らの感覚だと割に合わない犯罪なんだが……被害者が数十人規模になると、効率とかそういうレベルの問題じゃなくなるんだろうな」

「マメというか、よくそんな時間があるものだね」

「元々、女に対してはマメなタイプなんだろうが……デートのスケジュールが混乱しないのが不思議だよ」

「彼女が——荒川美智留がどんな役割を果たしているかがよく分からないんだけど」

「だから、それをお前に探り出して欲しいんだ」

「分かってるけど、想像もできないんだよな。美人局《つつもたせ》なら男女二人組だろうけど、結婚

詐欺となったら……男の被害者はいないのか？　荒川美智留が直接男を騙していると
か」

「そういう話は、今のところ聞いていない」

「そうか……分かった。とにかく接近を続けるよ」

「十分気をつけろよ。ブラックホールみたいな女かもしれないぞ」

近づくもの全てを引きずりこむ——今のところ、そんな気配はまったく見えない。もちろん大友は、「インストラクターと生徒」という設定で彼女とつき合っているだけだが、怪しい雰囲気があれば何となく分かるはずだ。

五時を過ぎた。暑さのせいもあり、大友はとうにクランベリージュースを飲み干してしまい、追加でアイスコーヒーを頼んだ。体を動かした後だからと自分を甘やかし、ガムシロップとミルクをたっぷり加える。

それにしても暑い。太陽が傾いてきたために、パラソルはほとんど役に立たない。斜めから射しこむ陽光は依然として強力で、汗がじっとりと滲んできた。クールビズで、当然ノーネクタイ、上着も着ていないのだが、それでも汗が流れ出すのを抑える術はない。運動の後で、体が温まっているせいもあるだろう。運動するには冬の方がまだいいな、とぼんやりと考える。

五時二十分。アイスコーヒーの残った氷が崩れ、小さな音を立てた。やはり彼女は、自転車で用賀方向へ向かったのだろう……いや、女性は準備に時間がかかるから、もう少し待ってみよう。

五時半。目を細めて歩道を睨み続ける……視界の隅に、美智留の姿が映った。暑さをものともせず、背筋をぴしりと伸ばし、大股で歩いている。このままだとあっという間に店の前を通り過ぎてしまう——大友は腰を浮かし、「荒川さん」と声をかけた。

美智留が立ち止まり、すぐに大友の姿を認める。一礼して……そのまま立ち去ってしまってもおかしくないのに、こちらに近づいて来た。

「今、上がりですか」大友は緩い笑みを浮かべた。

「ええ。大友さんは？　仕事はいいんですか？」

「さっき会社に電話して、今日は直帰にしました。ちょっとばてましたね」

「トレーニング、きついですか？」

「いや、暑さのせいです。今日はもう、外回りなんかできませんよ」

「その割に、暑いところに座って……」美智留が疑わしげな視線を向けた。

「さっきまで中が一杯だったんです」大友は体を捻って店内に視線を向けた。「この時間は、ママ友さんたちで一杯なんですね。子どももたくさんいたから、男一人だと入りにくい雰囲気だったんですよ……ところで、お茶でもどうですか」

唐突な大友の誘いかけに、美智留は笑みで答えた。

「何を飲んでたんですか？」

「アイスコーヒーを」

「大友さん、直帰なんでしょう？　だったらビールにしませんか」

「ああ」美智留もノリがいい。これで一歩前進だと思いながら大友はうなずいた。「いいですね。運動で消費したカロリーの分を補給する感じになるけど」

「大丈夫ですよ。あまりいろいろ気にすると、体作りは上手くいきませんから。ストレスフリーは大事です」

二人は結局、暑さを避けて店内に入った。中はもう空いていて、冷房がありがたい……二人とも生ビールを頼んだ。ジョッキではなく背の高いグラス。本当は、大ジョッキを一気に半分ほど空にする勢いで呑みたかったのだが、そんな呑み方をしていたら仕事に差し障る——そう、今日はこれからが仕事なのだ。

美智留の私服——トレーニングウェア以外の姿を見るのは初めてだったが、仕事中とそれほど印象は変わらない。淡いグリーンのポロシャツに、真っ白な細いパンツ。足元はニューバランスのランニングシューズというスポーティなスタイルだった。

「このまま運動できそうですね」

「さすがにそれはないですけど、靴はこういうのが圧倒的に楽ですね」足を組んでいた美智留が、足首を回した。いかにも柔らかそうで、足首は大きく動く。「普通のＯＬさんとか、大変だと思いますよ。ヒールの高いパンプスって、体には絶対に悪いんです」

「何となく分かりますよ。荒川さんは、そういう格好をすることはないんですか？　スーツにハイヒールとか」

「あ、そういうのはないですね」美智留が顔の前で手を振った。「基本は家とジムの往復なので」

そこでようやく乾杯になる。美智留はビールの呑み方が綺麗だ。すっと顎を上げてグラスを傾ける。一気に呑むわけでもなく、ちびちび舐めるようにするわけでもなく、ただゆっくり、静かに流しこむ。グラスに三分の一ほどを呑むと、そっと息を吐いた。

「ああ、これでルール違反しちゃいました」美智留がちろりと舌を出した。

「禁酒してるとか？」

「お客様とお酒を呑んだり、食事をしたりすることです」

「そういうの、禁止なんですか？」大友は目を見開いてみせたものの、それも当然だろうと内心では思っていた。客に手をつけるな——不適切な関係になるな、ということだろう。水商売ではないのだから当たり前だ。

「見つかったら怒られるでしょうね」

「じゃあ、この店はまずいかもしれませんよ。ジムに近過ぎます」

「ばれないことを祈りましょう」美智留が笑った。「大友さんこそ、大丈夫なんですか？　営業の仕事って、サボっていてもばれないんですか」

大友は適当に話をでっち上げた。自分はＩＴ企業の営業を担当しているが、売りつけるのは「モノ」ではなく「サービス」である。顧客は中小企業で、毎日のように売り上げがあるわけではない。足を運んで顔つなぎをし、そのうちゆっくりとビジネスの話を切り出す……だから時間には余裕があるのだ。

「そんなものですか？」

「行き当たりばったりで稼ぐわけじゃないですから」大友はうなずいた。今のところ、ボロは出していないと思う。この辺は、学生時代の演劇仲間で、卒業後に商社に就職した友だちから聞いた話がベースになっている。商社マンは営業マンとイコールではないだろうが、物を売り買いするという一点では共通しているはずだ。

「それで、平日の昼間にもジムに来られるわけですか」

「でもこれも、仕事のためですよ。営業は、第一印象も大事ですからね」大友はシャツの腹を撫でた。「やっぱり、体形は崩したくないですし」

「そもそもそんなに崩れてませんよ」美智留が笑みを浮かべる。

「いや、自分では分かるんです。悲しいかな、中年太りというやつですよね」

「でも大友さんは、素敵ですよ」

そう言う美智留の声や表情に変化はなかった。こういうことを言うと照れて、苦笑するタイプの人が多いのだが……言い慣れているのだろうか、と大友は訝った。それこそ、舌先三寸で人を褒め上げ、いい気にさせたところで騙す。

「いやいや……」逆に大友は苦笑してみせた。「それだったら、いろいろなことで苦労してません」

「そうですか？」

「再婚できてませんしねえ」

「離婚したんですか？」

美智留が目を見開く。この件は彼女には話していなかったな、と思い出した。家庭生活の話題が出たことで、一歩踏みこんだ関係になれる。

「話の順番が逆でしたね……五年前に離婚しました」

「性格の不一致とかですか？　それとも大友さんの浮気が原因？」

意外にずけずけと訊ねてくる……これが彼女流のコミュニケーション方法なのだろうか、と大友は考えた。敢えてプライベートな領域に踏みこむことで、壁を崩せる時もある。

「私は浮気はしませんよ——主義として」

「いかにもモテそうですけど」

「こっちに応じる気持ちがないと、浮気は成立しないでしょう」本当に自分には縁遠い話だと思いながら、大友は適当に喋った。未だに、亡くなった妻の菜緒に操を立てていると感じることもある……それは友人たちからも、度々指摘されている。優斗の存在も原因だが、再婚しない一番大きな理由は菜緒の存在だ。

「じゃあ、離婚は……」

「性格の不一致、ということですかね。子どもがいないと、あっさりしたものですよ」

「再婚は考えてないんですか？」またも深く踏みこんでくる。もっと遅い時間、もっとアルコールが入っていれば不自然ではない会話だが、まだ外は明るく、ビールも一杯目だ。

「考えないこともないですけど、結構一人で何でもできちゃうので」

「食事とかは不便でしょう」

「外食専門ですからね……それで、段々太ってきたんですよ」

「確かに自炊しないと、栄養バランスを取るのは難しいですよね」

「荒川さんは自炊派ですか」

「ええ」

「ご結婚されてる?」彼女の指に指輪の類が一切ないことは確認していたが……結婚しても指輪をしない人もいる。

もっとも彼女の場合、事情はそれほど簡単ではないかもしれない。もしも本当に、結婚詐欺師だとすれば。

「残念ながら、独身のまま、そろそろ四十歳が見えてきました」

「失礼ですけど、今何歳なんですか?」知っていることだが、わざと訊いてみた。彼女が簡単に嘘をつくタイプなのかどうか、見極めたい。

「三十六歳です」

「大袈裟ですよ。四十歳までにはまだ間があるじゃないですか」年齢については、取り敢えず本当のことを言ったわけだ……もっとも茂山に言わせれば、優秀な詐欺師は嘘の中に少し真実を混ぜこむのだという。そうすることで、話の信憑性が増す。

「四捨五入したら、四十ですよ」

「でも、若いですよね」露骨な持ち上げに聞こえるかもしれないと思ったものの、大友は言ってみた。最近の女性は全般に若く見えるとはいえ、彼女の場合は三十歳でも通用する。ぴしりと背筋が伸びて、姿勢がいいせいもあるだろう。

「ジムのインストラクターが老けていたら、格好がつきませんからね。背中を丸めないように気をつけています」美智留が笑顔を浮かべる。

「そういうのを意識するから、若くなるんですかねえ」

「大友さんも十分若いじゃないですか」

「いや、なかなか……やっぱり、四十を過ぎると、昔みたいにはいきませんよ」運動して初めて意識したことだった。昔はもう少し体が動いた——それにもっと柔軟だったと思う。トレーニングする度に、体の衰えを実感するばかりだった。

「荒川さんは、昔からスポーツをやってたんですか？」

「ええ。大昔にシンクロを」

「シンクロナイズドスイミング？　すごいですね」大友は目を見開いて見せた。「よく知りませんけど、大変な世界なんでしょう？　いつ頃からやってたんですか？」

「最初は小学生の時に、習い事の感覚でした。近くにスクールがあったんです」

「なるほど」

「それが高校生までで、大学ではシンクロを本格的にやるつもりだったんですけどね……」

「やれなかったんですか？」一歩踏みこんだ。この話は、青春の失敗談につながっていくのだろうか……その頃からは十五年近く経っているはずとはいえ、美智留は今でも傷を引きずっている可能性もある。

「怪我で。才能は……才能があったかどうか、見極める前に怪我で駄目になっちゃいましたから」

「怪我は残念ですね」

「でも私は、燃え尽きる前にやめたから、かえってよかったかもしれないですね。やめてからが大変……私と大学で同期だった子たちは、今になって苦労してます」美智留がグラスを持ち上げ、途中で止めた。

「シンクロほど興奮できるものはないっていうことですかね。他に何をやってもつまらなく思えてしまう、とか」

「そうかもしれません」美智留が二口目のビールを呑んだ。それで三分の二まで空いてしまう。結構なペースだった。「でも、それも人生ですから。トップに行けるのは、どんなスポーツでも一握りの人だけでしょう？　私は今、ちゃんと仕事があって、毎日それなりに充実しています。トップには行けなかったけど、いい人生だって言えますよ」

キラキラした笑顔。言葉の通りに、充実した人生を送っているのは間違いなさそうだった。彼女の場合、シンクロにおける挫折は、人生の骨折にはならなかったのだろう。所詮スポーツ、たかがスポーツ……失敗したスポーツ選手が、その後転落の人生を送る様は、大友も見ている。

「いい人生と言い切れるのは、羨ましいですね」大友はビールを一口啜った。

「大友さんは、いい人生じゃないんですか」

「どうかなあ」大友は頭の後ろで両手を組み、ぐっと背中を反らした。ちょっとくつろいだ態度――こちらはもう、完全に開けっ広げだと態度で示したつもりだった。「離婚とか、いろいろありましたから。それに仕事も難しいですよね。こういう営業の仕事を、五十になっても続けるのかと思うと、ぞっとしますよ」

「でも、いずれは管理職になるんじゃないですか？　それなら、外回りもなくなりますよね」

「成績がよければ、将来のこともいろいろ考えますけど、そう上手くはいかないんです」大友は緩い笑みを浮かべて見せた。これで美智留は、大友に対して一定の評価を下したはずである。弁は立ってそこそこやる気はあるが、人の上に立つ能力や気概はない――そんな人間にはなりたくないと、大友自身が思うタイプだった。演技とはいえ、情けなくなってくる。

さりげなく話をして、さりげなく別れる――第一回の、ジム外での接触は成功だったと言っていいだろう。あとは、不自然にならない程度に実績を積み重ね、彼女の正体を探る。

時間はかかるだろう。しかし自分なら何とかできるのではないかと大友は楽観的になっていた。

肝心の問題——なおも、美智留が詐欺師だとは思えなかった。

4

美智留との接触は週に二回。捜査は遅々として進まぬままに、トレーニングの残り回数は四回になった。そして学校は夏休みに突入し、優斗は宣言していた通り、一人で佐久へ行ってしまった。大友の方は、美智留を調べる仕事があるので、夏休みは取れない……事情があるとはいえ、何だか息子に見捨てられたようで情けなくなってくる。

まあ、優斗にすればいい夏休みなのだろう。部活をやっているわけではないので、長い休みになればずっと自宅にいるか、塾に通うぐらいしかすることがない。大友が中学生の頃は、夏休みともなれば毎日のように友だちと会ってだらだら遊んでいたものだが……最近の子どもたちは、そんな夏休みには縁がないようだ。何かと忙しいし、連絡はSNS。それであれこれやり取りをしているうちに、会っていないのに会った気になってしまう。まだSNSを使うのを許可していなかったから、優斗はそれで時間潰しをするわけでもない。

結局、空いた時間はいつも勉強。いつの間に、こんなに勉強好きになってしまったのだろうと不思議に思う。特に強制したわけではないのだが。

そんな優斗にとって、佐久はいい環境なのだろう。何しろ大友の父——優斗の祖父は元学校の先生である。とうに退職して、今は畑をやりながら読書三昧で悠々自適の毎日だが、基本的に人に教えるのが好きなタイプだ。勉強に行き詰った時、すぐ近くに頼れる大人がいるのは、優斗にとって何より心強い限りだろう。それに佐久は、東京よりはわずかに涼しい。体が溶けそうな東京の八月を我慢しているより、肉体的、精神的にも楽なはずだ。

一人東京に残った大友は、図らずも自分の数年後をシミュレートすることになった。優斗も、大学に入ったら家を出て一人暮らしをする可能性が高い。息子の巣立ちの時は、大友が一人の時間を取り戻す時でもある。こういう侘《わび》しさにも慣れておかないと……。

一人の時間をどう使うか。

優斗が佐久へ行ってから最初の土曜日、同期の敦美と柴克志《しばかつし》を自宅に招いた。

「お前も暇というか……優斗がいないと、やることないのかよ」

家に入るなり、柴が憎まれ口を叩いた。右手にはビールの六缶パック。ビールは大友も用意しているが、これで間に合うだろうかと心配になる。柴はつき合い程度にしか呑まないものの、敦美はうわばみだ。最近はさすがにそういうことはなくなったが、一晩中呑み続けて、そのまま平然と仕事に出て来ることも、かつては珍しくなかった。

──酒量は今もそんなに変わっていない。敦美はテキーラのボトルを一本、ぶら下げて来た。これは強い酒が好きな彼女専用、ということだろう。

一番気楽に過ごせる相手二人なので、今日は料理にもそれほど力を入れないことにしていた。つまみを適当に……締めにはそうめんを出すことにしている。これは喜ばれるはずだ、と予想していた。二人とも独身で一人暮らし。そういう環境だと、意外にそうめんなど食べないものである。

「綺麗にしてるわね」敦美が最初に家の感想を口にした。

「そんなに広くないからね。掃除も楽だ」柴のビールを冷蔵庫にしまいながら大友は答えた。

「でも、前の家よりは広いでしょう」

「一部屋分だけ、ね」以前住んでいた家は1LDKで、リビングルームの一部を家具で仕切って優斗用のスペースにしていた。今は、親子それぞれの部屋がある。

「優斗の部屋は？」面白そうに敦美が言って、リビングルームの中に視線を這わせた。

「出入り禁止」大友は両手を組み合わせてバツ印を作った。「一応、プライベートな空間だから」

「掃除はどうしてるの？」

「あいつが自分でやってる」

「まあまあ……」呆れたように敦美が肩をすくめる。「親子揃ってマメなことで。テツの癖が移ったのかしら」

「そうかもしれない。まあ、一応綺麗にはしてるみたいだから、僕は手をつける必要もないんだ」

「そう言われると、ますます覗いてみたくなるけど」

「よせよ」柴が話に割って入った。「中学生男子だぜ？　大人には見られたくないものだってたくさんあるだろう。なあ、テツ？」

「テツに振らないの。あなたとテツじゃ、全然違う中学時代だったんじゃない？」

「まあ、それはそうかも……」ぶつぶつ言ってから、柴が黙りこむ。同期とはいえ、柴は敦美が苦手なのだ。仕事ではいいコンビ——捜査一課の同じ係だ——なのだが、言い合いになると柴が必ず負ける。

三人はダイニングテーブルについて、ささやかな宴会を始めた。つまみは乾きもの主体。それに少しだけ、大友が作った料理を合わせた。鳥の唐揚げ、薄い豚肉を巻いて焼いたアスパラ、薬味に凝った冷奴。

「これ、準備するの大変だったんじゃない？」唐揚げを箸でつまみ上げながら、敦美が言った。

「揚げ物は、一番手間がかからないんだ」

「油の処理とか大変そうだけど」

「慣れだね」実際、揚げ物は時間もかからないし、ボリュームたっぷり故に一品でメーンの料理になるから便利なのだ。揚げ物が面倒臭いと言うのは、たまにしか料理を作らない人である。

「この冷奴は？」大きく切り分けた豆腐を自分の取り皿に移しながら、柴が訊ねる。

「普通の豆腐だよ。薬味が特別なんだ」

「何かのペーストみたいだけど」

「いろいろ混ぜてみた」

しかし、中身が何かは分からないだろうな、と大友は内心ほくそ笑んだ。メーンは、会津産のふきのとう味噌。これにすりおろした生姜《しょうが》や、細かく刻んだ万能ネギ、ミョウガなどを混ぜ合わせている。薬味の味が濃いので、食べる時に醤油は使わない。大友家では基本的に酒の肴ではなく「ご飯の友」だ。ぐちゃぐちゃに潰して、ご飯と混ぜ合わせて食べる。夏場など、これだけでも十分なぐらいだ。

三人は、大友の料理についてあれこれ言いながら、ビールを吞み続けた。柴が持って来てくれた六缶パックのビールがなかなかなくならない。柴はもともとあまり酒が強くないし、逆に敦美はビールではなくもっと強い酒が好きだ。大友も、ビールだとそれほど量が吞めない。

「テキーラにするか？」

敦美に訊ねる。普段ならすぐに食いついてくるのに、敦美は「そうね……」と曖昧な返事をした。そう言えば今日は、何となく元気がない。彼女にしては珍しいことだった。

「取り敢えず、ビールでいいわ」敦美がグラスを掲げて見せた。

無理にテキーラを勧める必要もないか……大友は自分のビールを一口呑んだ。何となく、苦味が強い。

「ところでテツ、最近刑事総務課にあまりいないそうだけど」

「そうかな」柴の指摘にどきりとした。

「何か、極秘任務でも？」

「いや、そういうわけじゃない」同期に嘘をつくのは心苦しいが、茂山からは「しばらく極秘で」と釘を刺されている。警視庁の中で話しても、捜査情報が外部に漏れるはずもないが、茂山は基本的に猜疑心の強い男なのだ。

「お前に仕事を頼む人は、もういなくなったと思ってたけど。まさか、後山《あとやま》さんじゃないよな」柴はしつこかった。

後山は、大友にとって二代目の「守護者」だった。キャリア官僚で、警察を辞める直前の肩書きは、警視庁刑事部参事官——刑事部全体に指示を出せる立場であり、大友を動かしやすかった。

その後山は去年警察を辞め、現在は広島のある街の市長になっている。この市の市長を勤めていた岳父が亡くなったのをきっかけに警察を辞め、「次」の選挙を目指していたのだが、岳父の後釜として立候補・当選した副市長が、選挙違反事件でその座を追われたのである。すぐに行われた市長選で、後山は無事に当選を果たしていた。口さがない連中は、「自分が当選するために、選挙違反の捜査をけしかけた」と言っていたが、元キャリア官僚であってもそんな力はない。選挙違反が立件されたのは、単に広島県警が優秀だったからに過ぎない。

「後山さんとは、連絡を取ってないよ」かつてはそれなりに濃厚な関係を築いていたのだが、辞めた後にはそういうわけにはいかなかった。電話なりメールなりで連絡は取れるのだが、大友の方で遠慮している。今は立場が違う……彼も慣れない行政のトップとして、学ぶことも苦労することも多いだろう。その邪魔をしたくはなかった。

「そうか。面白い人だったけどな」柴がうなずく。「しかし、やっぱり俺たちとは住む世界が違うんだな」

「ああ」それは認めざるを得ない。

「市長ねえ……そのうち国会議員にでもなって、東京へ戻って来るんじゃないか」

「どうだろう。そういう話は聞いてないけど」

「で？」柴がダイニングテーブルの上に身を乗り出す。「後山さんがいなくなった後、誰がお前を動かしてるんだ？」

「別に、動いてないって」

「そうか？」柴が疑わしげに目を細める。「だけど、何もないのにお前が刑事総務課にいないってのも変じゃないか。総務課は、椅子に座ってるのが仕事みたいなものだろう」

「そんなこともない。たまたまいないところを見たからって、それが全部だと決めつけないでくれ」

「柴はしつこいのよ」敦美が大友に同調したものの、何となく暗い。普段こういう状況になると、明らかに柴をからかって楽しむのだが。

「いやいや、気になるじゃないか」

柴の反論に対して、敦美は言い返さない——これも妙だ。いつもならあっという間に柴をやりこめてしまうのに。そういえば今日は、ずっと元気がなかった。

「風邪でもひいたか？」大友は訊ねた。

「何で？」敦美が嫌そうに訊ねる。

「いや、元気がないみたいだから」

「何でもないけど」そっけなく言って、敦美がビールを呑み干した。

何とも気勢の上がらない宴会になってしまった。普段ならこういうことはまずない。一番気を遣わなくていい相手同士だから、会話は弾む——弾まなくても、一緒にいるだけで心地よい。しかし今日は、敦美の不機嫌さが、周囲に黒い空気を拡散しているようだった。

そうめんを食べ終えると、宴会はお開きになった。敦美にすればまだ呑み始めという感じ——明日も休みだし、久しぶりにとことん腰を据えて呑もうと言い出してもおかしくなかったのに。

柴は調子に乗って早々と酔っ払い、ダウンしてしまった。ソファでいびきをかく姿を嫌そうに見ながら、敦美が腰を上げる。

「今日は帰るわ」

「ゆっくりしていけばいいじゃないか」

「ちょっとやることがあって」敦美は相変わらず素っ気なかった。

「じゃあ、駅まで送るよ」

「いいわよ……暑いし、大変だから」

「どうせ柴も起きないいし」

「相変わらずだらしないわね」柴に対する毒舌は健在——しかし悪意はなく、単に反射的な台詞だと大友には分かっている。

「ちょっと酔い覚まししたいし、散歩ついでだから。前の家に比べれば、駅に近いしね」

結局敦美は、それ以上抵抗しなかった。これも珍しい。普段なら、男に送られて帰るなど、恥と考えている節があるのだ。確かに彼女は格闘も得意だし、その辺の男に腕力で負けることもない。

何があったのか、駅までの道のりで聞き出そうとしたのだが、大友が何を訊いても、敦美は曖昧な答えに終始するだけだった。結局何も分からないまま、小田急町田駅に到着……時間が無駄になっただけだった。

改札の向こうに消える敦美を見送り、大友は溜息をついた。戻ったら柴の面倒を見なければいけないし、何だか面倒臭い週末になってしまった。

今夜はビールの酔いが不快で、少しでも頭をはっきりさせようと、帰り道、コンビニエンスストアに立ち寄った。自分用にブラックの缶コーヒー、目を覚ました柴が欲しがるかもしれないと思って、ハーゲンダッツのアイスクリームを二つ仕入れる。普段は甘いものになど見向きもしない柴は、酔った後に限って突然、「アイスが食いたい」と言い出すことがあるのだ。

缶コーヒーで意識をはっきりさせつつ、ゆっくりと歩く。本気で敦美が心配になってきた。彼女だって機嫌が悪くなったり、精神的に調子が悪い時もあるが、そういう時は必ず吐き出してすぐにすっきりしてしまう。ストレスを溜めこまないのが、彼女のやり方なのだ。

しかし今日は、明らかに普段と様子が違っていた。悩みを心の奥深くにしまいこんでしまった様子……同期の自分たちにも言えないこととは何だろう。

帰ると、柴はソファに普通に座っていた。

「高畑、何か言ってたか」

「いや……起きてたのか」

「酔ったふりだよ、酔ったふり」柴が立ち上がる。「お前になら何か話すかもしれないと思ったから、俺はここで意識不明の演技をしてた」

「残念だけど、何も言わなかった。何かあるとは思うけどね……アイス、食べるか？」

「いいね」柴がにやりと笑う。ハーゲンダッツの抹茶味を渡してやると、その笑みがさらに大きくなった。「これが一番好きなんだよ」

「ストロベリー味もあるけど」優斗の好みはこっちだ。

「抹茶でいいよ」

冷凍庫にしまおうとして躊躇《ためら》う。優斗はしばらく東京へ帰って来ないのだ……そのまま冷凍庫の中に埋もれてしまいそうだったので、自分で食べることにした。

なかなかスプーンが入らないほど固くなったアイスクリーム……ようやくほじくり返して口に運ぶと、冷たい甘さが歯から脳天に突き抜けた。

「お前も人が悪い。僕に全部任せるなよ」

大友は柴の前に立った。柴は嬉々としてアイスクリームを食べており、人の話を聞いている様子はない。

「まあ、高畑もいろいろあるんじゃないかな」柴が他人事のように言った。確かに他人事ではあるが……。

「何か、心当たりでもあるのか？　いつも一緒にいるんだから、変わったことがあれば分かるだろう」

「そんな、一々見てないよ」柴が口に突っこんだスプーンをぶらぶらさせた。ゆっくりと引き抜くと、「でも、何かあったかもしれないな」とぽつりと言った。

「というと?」

「最近、ぼうっとしていることが多いんだ。このところ特捜がないから、仕事でミスすることはないけど、ちょっと気になるな」

「ああ」

「男じゃないかなあ」

「何か根拠でもあるのか? 具体的な話とか」

「分からん」柴が首を横に振った。「あいつ、自分のことはあまり言わないからな。でもこれまでにも何度か、男の話はあったよな」

「意外にデリケートなんだよな」大友はうなずいた。「上手くいかないのはいろいろ理由があるんだろうけど、その都度、結構なダメージを受けていた」

「今回はちょっと長い気がする。いつ頃からかって言われると困るけど」

「そうか……」大友は柴の向かいのソファに腰を下ろした。「相当ダメージの大きい失恋だったのかな?」

「どうかなあ。だいたい、あいつが男と一緒に歩いている場面が想像できない」柴も首を捻る。「俺たち、そういうところを一度も見たことがないだろう?」

「そうだな」

「別に、見たくもないけどな」一瞬声を上げて笑ったものの、不謹慎だと思ったのか、柴がすぐ真面目な表情になった。「いい大人が……だけど実際、結婚も結構切実な問題だよな」

「三人とも、だ」

「お」柴が嬉しそうに笑う。「お前も含めて三人……ということは、ついに見合いする気になったのか？」

「そういうつもりはないけど……」大友は眉間に皺が寄るのを感じた。最近、不自然に思っていることがある。

「どうした？」

「聖子《せいこ》さん――義母《はは》が、見合いを勧めてこないんだよ。前は、顔を合わせる度に見合い写真を見せてきたのに」

「諦めたんじゃないか？」

「そうかもしれないけど、諦めたきっかけが分からない」

「聞けばいいじゃないか」

「聞けたら聞いてるよ……聞いたら藪蛇になりそうだから」

「難しいねえ、お前も」

「茶化すなよ」大友は唇を尖らせた。

「いや、茶化してないけどさ……」柴がアイスクリームに戻った。ふいに顔を上げ、「相手にされないならされないで、悲しいんじゃないか？」と指摘する。

「いや、そういうわけじゃ……」

大友は言葉を切った。執拗に見合いを勧められるのは鬱陶しいだけで、常に断ってきた。こういう話が出なくなってほっとしているが、それでも微妙にすっきりしない。要するに、義母の聖子は自分を見捨てたのではないか？　もうどうでもいいと思っているから、見合いの話をしなくなったのではないだろうか。

それでも、煩わされるよりはいい……はずなのに、やはり釈然としない。

5

大友は、美智留の生活パターンを洗い直すことにした。今度は尾行と監視。

金曜日の午後五時半。予定しているトレーニングは残り一回だ。何となく体が軽くなった感じはしていて、この一か月は無駄ではなかったと思いながら、ひたすら彼女を待つ。五時四十五分。駅に近いＧＡＰの一階にいた大友は、目の前を美智留が通り過ぎるのを確認した。すぐに店を出て尾行開始。

美智留は長身に見合った大股で、結構なスピードで歩いて行く。大友の脚でも、遅れずに付いて行くのは結構大変だった。右手に玉川高島屋の本店を見ながら駅へ向かう。金曜の夕方、夏休み中とあって中学生や高校生も多く、歩道は人で溢れていて歩きにくい。ともすれば人の流れに紛れそうになる美智留を、大友は必死で追い続けた。

今日は変装はしていない。普通、顔見知りを尾行する時は軽い変装をする。髪の分け目を変え、普段はかけない眼鏡をかけ、さらにリバーシブルの上着をひっくり返して着たり……しかし今日は、その必要を感じなかった。つい先ほどまで一緒にいたし、先日、仕事をサボってお茶を飲む光景を彼女に見せつけているから、仮に気づかれても「今日もサボっていました」とニヤニヤ笑えば納得してもらえるだろう。

二子玉川駅周辺は、再開発が一段落し、東急田園都市線随一の繁華街として人を集めている。もちろんそれまでも、若い家族連れがショッピングに集まる繁華街として賑わっていたのだが、駅を中心に高層ビルが建ち並び、会社も移転してきてオフィス街の様相も見せ始めて、さらに賑やかになった。渋谷のミニチュア版という感じ……いや、小綺麗な分、渋谷よりも上等な街だ。

コンコースは広く、やはり人通りは多い。渋谷のスクランブル交差点の雑踏ほどの賑わいではないが、それでも美智留の姿を見失いそうになった。長身のせいもあって目立つとはいえ、やはりこの人通りは最高の隠れ蓑になる。美智留がこちらに気づいて、尾行をまこうとしているとは考えられなかったが。

時間帯に関係なく、田園都市線は混み合っている。夕方の上り線だからサラリーマンの姿はほとんど見当たらないものの、これから渋谷へ遊びに行こうとする若い人たちで一杯で、空席は一つもなかった。大友もたまに利用する路線だが、一度も座れたことがない。構造的、あるいはダイヤに重大な問題があるのではないかといつも疑わしくなる。

美智留は用賀で降りなかった。帰宅しないのだろうかと首を捻ったが、何も自宅と仕事場の往復で毎日を終えているとは限らない。友だちと会うかもしれないし、共犯者と打ち合わせ……やはりしっかり確認しておかないと。茂山は、美智留と坂村が会っている場面を何度も確認したと言っていたが、自分でも直接確かめてみたい。これまで何度か会った印象では、やはり美智留は詐欺師の雰囲気をまとってはいなかった。

誰かの人生を探る時は、変な先入観抜きで、ゼロの状態から情報で埋めていくのがベストだ。しかし今回、自分は失敗しかけているかもしれないと、大友は不安になっていた。「詐欺師らしくない」。第一印象に引っ張られ過ぎているのではないか。現段階では、彼女を「容疑者」として見られない。

美智留は三軒茶屋で降りた。渋谷にでも出るのではないかと予想していたので少し慌てたが、それで見失うことはない。

三軒茶屋駅というのも不便な造りで、改札を抜けてから地上に出るために、エスカレーターやエレベーターがほとんどない。駅自体も結構古びていて、そろそろ全面的な改築が必要な感じだった。

ここは大友にも縁がない街ではなかったが、それほど詳しく知っているわけではない。はっきりしているのは、街の構造が非常に複雑で、繁華街が何か所にも分散していることだ。駅の真上では国道二四六号線と世田谷通り、茶沢通りが交差しており、そこを中心に繁華街がばらばらに広がっている。戦前のままという感じで区画整理もなされておらず、大通りから一歩裏に入ると、車のすれ違いもできない細い通りが毛細血管のように走っている。ただし、このごちゃごちゃした感じに引き寄せられる人は多い。同じ「若者の街」である下北沢が繁華街の凝縮された街だとすれば、三軒茶屋は拡散された街だ。

美智留は、通称「三角地帯」と呼ばれる一角に入って行った。ここは世田谷通りと国道二四六号線に挟まれた狭い地域で、車の入れない細い路地が走り、小さな飲食店がびっしりと建ち並んでいる。大友も何度か来たことがあるが、雰囲気としては、吉祥寺の「ハモニカ横丁」と似た感じで、昭和の匂いを濃厚に残す場所だ。その辺の路地から、若き日の石原裕次郎が飛び出してきそうな雰囲気が漂っている。いつ再開発されてもおかしくない街——公務員的に考えれば、災害対策で区画整理は絶対に必要だ——とはいえ、こういう雰囲気が独自の魅力を放ち、若い人を引き寄せるのは間違いない。その証拠に、来る度に古い建物に新しい店ができている。

美智留が入って行ったのも、古い建物の一階を新しく改装したワインバーだった。外から見た限り、カウンターしかないような狭い店……美智留は、同年輩の女性と待ち合わせしていた。カウンターの空いた場所に滑りこみ、隣の女性に話しかけると、屈託のない笑みを浮かべる。ジムではほとんど見たことのない表情だった。ああいう場所では愛想良くしているものの、あくまで仕事向きの笑顔ということか……。

どうやら長くなりそうだと判断し、大友はその場を離れた。外から丸見えの店なので、たまに来て様子を確認すれば、彼女を見逃すことはないだろう。だいたい、ここに長く突っ立っていたら、怪しまれる。人は常に流れているとはいえ、こちらが美智留を観察できるのと同じように、店内にいる人からはこちらが丸見えなのだ。もっと遅い時間なら、酔っ払いがグダグダと時間を潰しているように見えるかもしれないが、まだ日も暮れていない。

今のうちに腹ごしらえしておくか。

この辺には、酒を呑みながら……という条件ならば楽しめる店がたくさんある。しかしまだ仕事中だし、意識をはっきりさせておくためにアルコールは遠ざけておかねばならない。ビールで喉を潤したかったが、仕方なく、世田谷通りに面した讃岐うどんの専門店に入った。最近はこの手のチェーン店はレベルが高いから、貧相な夕飯にはならないだろう。もっとも大友自身は、本場の香川県で讃岐うどんを食べたことがないので、東京で食べるのが本格的かどうかは判断できない。

暑いから冷たいうどんだ……ぶっかけうどんにさつまいもとちくわの天ぷら、それに握り飯を一つ。炭水化物だらけの食事だが、今日は徹底して美智留を尾行するつもりだったから、今のうちに腹を膨らませておかないと。

そそくさと食事を済ませ——予想よりも満腹感は強かった——店を出る。先ほど美智留が入ったワインバーの前に来ると、彼女がまだいるのが見えた。当たり前か……大友がここを離れていたのは、十分かそれぐらいだった。

しかし、張り込みには困る場所だ。まだ午後七時にもなっていないのに、早くも酔っ払いが街に溢れてきている。金曜日の夜のせいもあるだろうが、何とも言えない猥雑な雰囲気……身を隠す場所もなく、一か所に十分も立っていると人目が気になる。ワインバーを監視できる店があれば迷わず入るのだが、適当な店は近くになかった。

絡まれたら面倒なので、仕方なく、離れては近づいて……を繰り返す。何度目かにワインバーの前に戻って来たタイミングで、茂山に定時連絡を入れた。

「今、監視中だ」

「坂村と一緒か？」茂山の声が尖る。

「いや、女性と一緒にワインを吞んでる」大友は状況を説明した。

「その女性が何者か、分かるか？」

「まさか」大友は苦笑した。「店に入ったわけでもないし、顔もろくに見えないよ。友だちだろうな」

「大規模な詐欺グループの可能性もあるんだよな……前にも言っただろう？　被害者は数十人、被害総額も億単位になりそうなんだ」

「よくそれだけ、被害者を把握したな」

詐欺には様々な種類がある。問題は、発覚しないまま闇に消えてしまう事件が少なくないことだ。特に結婚詐欺の場合、騙された人間が、自分は被害者だと実感していないことも少なくない。結婚を約束していた相手と何らかの理由で別れただけ……交際中に相手に貢いでいたのも、単なる「交際費」の認識なのだ。騙されていたことに気づいていても、それを恥と思って警察に届け出ない人もいる。警察が把握している被害者が数十人ということは、実際の被害者はその数倍――いや、あり得ない。

「まだ全員に話を聴けたわけじゃない」

「だったら、その被害見積もりは大袈裟過ぎないか？」大友は反論した。

「推測される、というだけだ」茂山が渋々といった感じで認めた。二課の人間は、往々にして事件を大袈裟にしたがる。自分を大きく見せるためだ。実際被害者が多ければ多いほど、捜査は評価される。この辺、突発的に発生した事件に対応する捜査一課の刑事とはメンタリティが違う。一課は殺人事件を解決して当たり前。しかし二課の場合、事件そのものを明るみに出せなくても、誰かに文句を言われるわけではない。

「結婚詐欺って、時間と手間がかかるじゃないか」

「まあな」茂山が応じた。

「出会いを演出して、徐々に近づいて、相手に金を貢がせる――数か月単位で時間がかかるだろう」

「相手が早急に罠にはまる場合もあるけど」

「でもほとんどの人は、そんなに急にははまらない」大友は反論した。「もちろん、同時並行で複数の人間を騙すことはあるだろうけど、限界があるよな。変な話、効率ということを考えたら、振り込め詐欺の方がよほど簡単に金になる。手当たり次第に電話をかけるのは大変だけど、マニュアル化されているし、金を奪うのにかかる時間はずっと短い」

「嫌なこと、言うなよ」本当に嫌そうに茂山が言った。

「嫌かもしれないけど、事実だよ……だいたい、荒川美智留に関しては、この事件ではどういう役回りだと思ってるんだ？　先導役とか？」例えば、今ワインバーで会っている女性……彼女をターゲットに定めた美智留が、「いい人がいるんだけど、会ってみる？」と紹介するとか。同性から持ちかけられた話なら、心理的な障壁も低くなるかもしれない。

「可能性としては」

「彼女自身、被害者の可能性はないか？　坂村に貢いでいるとか」

「そういう雰囲気じゃないんだ。二人が一緒にいるところを見れば分かるよ。あれは恋人同士じゃなくて、仕事仲間っていう感じだ」

「仕事仲間、ねえ」大友は首を傾げた後、バッグから眼鏡を取り出してかけた。そろそろ美智留が出て来てもおかしくない時刻――さすがにここでばったり会ったら、美智留も偶然とは思わないだろう。軽い変装で何とか誤魔化すつもりだった。

「まあ、見てろよ。いずれ二人は接触するから」茂山が自信ありげに言った。

「僕はどこまで絡めばいいんだろう」少し心配になってきた。インストラクターとしての彼女とつき合う機会は、あと一回しかない。そこから先、ジムの「外」で会う機会を持ち続けるには、もうひと押しが必要だ。

「ジムももうすぐ終わるんだよな」

「ああ」

「何とか、外で関係を作ってくれないか？　いろいろ手はあるだろう。お前みたいな優男は、そういうのが得意そうだし」大友が考えていた通りの要求だった。

「何か勘違いしているみたいだけど、僕は生まれてから今まで、一度もナンパしたことはないよ」

「マジで？」

「何か誤解してないか？」大友は苦笑した。「僕のことを何だと思ってるんだ？」

「いや、それは……」茂山が口を濁した。しかしすぐに気を取り直して続ける。「とにかく、何とか彼女に貼りついてもらいたいんだ」

「頑張ってみるよ」今はそう言うしかない。こういう内偵捜査は得意ではないが、首を突っこんだ捜査から途中で抜け出すのは好きではない。始めたからにはちゃんと終わらせたかった。

「ちなみに、今一緒にいる女の特徴は？」

「残念ながら、外からはよく見えないんだ。店に入るのはわざとらしいし……彼女と同年輩に見えるけどね」

「結婚を焦り始めるアラフォー女性とか？」

「焦っているかどうかは分からないけど、三十代後半……四十歳にはなってないかな」

実際には、年齢を見極めるのは難しい。女性は化粧でいくらでも化ける——自分も芝居の経験者だから、大友にはよく分かるのだ。それに最近は、見た目が若い人が増えている。

「実際、お前の感触はどうなんだよ。詐欺に絡みそうな人間なのか？」

「正直に言えば、そういう感じはまったくしないんだ」大友は打ち明けた。「そう感じさせないのが詐欺師の能力かもしれないけど」

「実際、それで疑われた過去があるんだから」

「だけど、もう十年も前だろう」

「完全に更生しているかどうかは分からないぞ」茂山が釘を刺した。

彼の言い分も分かるものの、大友は釈然としなかった。結婚詐欺の容疑で美智留が捜査線上に上がったのは、二十六歳の時である。ただしこの時は、被害者が告訴を取り下げる形で、逮捕にまでは至らなかった。詳細は大友も知らないが、警察にすればとんだ失点である。茂山はこの古い事件に固執しているのだが、あまりにもこだわり過ぎるのは危険だと大友は考えていた。この件については、もう少し掘り下げて調べておくべきかもしれない。

「十年前の事件については、完全に把握してるのか？」

「ああ、捜査記録も残っている」

「後で見せてくれ。彼女の人となりを知るには、大事なデータだ」

「分かった。いつでも声をかけてくれ」

「ああ――切るぞ。出るみたいだ」

茂山の返事を待たずに、大友は通話を打ち切った。立ち上がってカウンターを離れた美智留が、バッグから財布を取り出す。相手も同じ――割り勘ということは、やはり単なる友だち同士かもしれない。もしも騙す相手だとしたら、ここは美智留が払うのではないだろうか。もっと大きな額を騙し取るための「まき餌」のようなものだ。

大友は少し下がった。隠れる場所はないが、そこは向こうが気づかないように祈るしかない。美智留は、一緒にいた女性と会話を交わしながら店を出て来る。話すのに夢中で、周りの様子は目に入っていないようだ。ごみごみした狭い路地を、慣れた足取りで歩き始める……駅の方へ向かった。取り敢えず三角地帯からは離れるようだ。

大友は腕時計に視線を落とした。店に入ってから一時間半。美智留は長っ尻ではないようだ。それともあの店は、それほど居心地はよくないのか……なにぶんカウンターしかない狭い店だから、ぐだぐだと時間を潰すには向いていないのだろう。

二人はゆっくりした足取りで駅の方へ向かった。どれぐらい呑んだかは分からないが、酔っている様子はない。会話はずっと続いているものの、馬鹿笑いしたり、声が大きくなったりはしない。大人の女性同士の、余裕あるつき合いだな、と判断する。

さて、ここから先は……二人は改札に入ると、下り線のホームへ向かった。用賀にある美智留の自宅に向かうのだろうか。同じ車両の少し離れた場所に陣取り――まだ車内は混み合っていて、見失わないようにするのに一苦労だった——二人の様子を観察する。並んで立って、静かに会話を交わしていた。相当長いつき合いではないか、と大友は想像した。親し気だが落ち着いている。

二人は下り線の二つ先の駅、桜新町で降りた。用賀ではなかったのか——慌ててホームに降り立つ。もしかしたらこの街に、美智留の相手の自宅があるのかもしれない。それならそれで、きちんと確認しておかないと。この段階では、不確かではあっても、情報はいくらあってもいいだろう。

桜新町というのは何とも地味な駅で、商店街もごくささやかなものだ。駅前からすぐに、住宅地が広がっている感じである。二人は駅前の道路を駒沢方面に少し戻り、スーパーの前で左に折れた。ほぼ真っ直ぐな道路が続いており、この辺から既に、戸建ての民家や小さなマンションなどしかない。二人はすぐに、道路の右側にあるコンビニエンスストアに入った。これも困った……身を隠す場所がないので、取り敢えず遠くに下がっていないと気づかれてしまう。

こういう時、煙草を吸えれば便利なのに、と思う。路上喫煙は褒められたものではないし、多くの場所で条例で禁止されているのだが、暇潰しにはなる。それに一人街角で佇んで煙草を吸っている人は、まったく不自然に見えないものだし。

今回は五分ほどで二人が出て来たので、助かった。二人はそれぞれ、両手に袋をぶら下げている。どうやら自宅で二次会だな、と大友は見当をつけた。明日は土曜日。ローテーション勤務のインストラクターの仕事は、週末の二日間が休みというわけではないだろうが、美智留は明日は休みなのかもしれない。それなら、気の置けない友人の家で呑み続ける、というのもありだ。

駅から徒歩七、八分ほど。二人は四階建ての小さなマンションに姿を消した。一階が美容室……おそらくこの美容室の持ち主がマンションのオーナーだ。税金対策で小さなビルを建てたのだろう。

二人は、美容室の脇の細い通路からマンションの中に入った。この奥にエレベーター……大友は二人の姿が見えなくなるまで、上を見上げてマンションの様子を確認した。二階から四階まで、道路に向いた方にドアが二枚ずつ。六世帯しか住んでいないし、ビルの幅と奥行きから考えれば、どれも単身者用のワンルームか1LDK程度の広さだろう。

二人が見えなくなってから十数えて、大友は細い通路に入った。予想通り、奥にエレベーターがあり、四階で停まっている。美智留は体を動かすのが仕事のような人だが、わざわざ四階まで階段で上がって行くとは思えない。恐らく、彼女の連れの部屋は四階……郵便受けを確認すると、四階の二つの部屋のうち「四〇一号室」には「畑中純一」と男性の名前がある。「四〇二号室」は「三山」。「みやま」だろうか……こちらが女性の苗字だろうと大友は判断した。女性だと分からないように、下の名前を記さない人はよくいる。

よし、ここまで分かれば、この女性が何者かを割り出すのは難しくない。つながりを探っていくことは、ある人物がどういう人間なのか割り出す基本である。おそらくこのまま美智留と接触を続けても、彼女がどんな人間かは分からないままだ。周辺の人間との関係を調べることで、美智留の正体が浮かび上がってくるだろう。

月曜日、大友はいつも通りに本部に出勤した。所轄に、「三山」という女性の正体を探るよう依頼していて、その答えが既に出ていたのでほっとする。

三山春香《みやまはるか》、三十六歳。独身で本籍地は山梨県笛吹市、勤務先は「ディスク」社。スポーツ用品メーカーだ。もしかしたら、大学時代からの美智留の知り合いだろうか……美智留はシンクロをやるために、体育大に進んだ。そういう大学の出身者が、スポーツ用品メーカーで働いているのは不自然ではない。むしろ適材適所だ。

この情報を持って、大友は茂山と面会した。

「こっちのデータにはない人間だな」茂山が眉間に皺を作る。まるで、犯人を取り逃したとでもいうように。

「二課も、荒川美智留の人間関係を全部把握しているわけじゃないだろう?」

「実際には何も分かっていないと言っていい。把握しているのは、坂村健太郎とつながっていることだけだ」

「それもどうだか……一緒にいるのを何度か見た、というだけだろう。それじゃ本当につながっているかどうかは分からない」

「だからお前に調査を依頼したんじゃないか」茂山が唇を尖らせる。

「分かってる……今回の三山春香の件は、何も関係ないかもしれないな。仮に荒川美智留が結婚詐欺の片棒を担いでいても、それとは関係ない友だちだっているだろう」

「まあな」茂山が両手で顔を擦る。何だか、疲れが溜まっている感じだ。二課の連中が日々どんな仕事をしているかは分からないが、一度内偵捜査が始まれば、じりじりと締め上げられるような時間が続くのは想像できる。そしていざ容疑を固めたら、一気に勝負に出る——「緩急」が強そうだ。

「荒川美智留の昔の結婚詐欺の件、聞かせてくれないか」

「ああ」茂山が引き出しを開け、一冊のファイルフォルダを取り出した。ここに保管してあるということは、正式の書類ではなく、彼が自分で集めた個人的な資料だろう。ぱらぱらとめくってから顔を上げ、「自分で読んだ方が早いんじゃないか?」と言った。

「まとまったものがあれば」

「俺がレポートにしたよ」

茂山が、ファイルフォルダから二枚の紙を抜き出した。二枚で収まるということは、それほど複雑な案件でなかったわけか……もっとも、茂山が文章をまとめるのが異常に上手い可能性もある。警察官の仕事の九割は、実は書類を書くことで、これが上手くできるかどうかで上の評価もずいぶん変わってくる。手早く、分かりやすい報告書を仕上げられない人間は、それだけで「仕事ができない奴」と評価を下されがちだ。

隣のデスクが空いていたので、大友はそこで書類を広げた。茂山のレポートは非常に分かりやすい……彼が二課で重宝されている理由が分かった。

美智留は十年前、二十六歳の時に捜査対象になっていた。容疑は詐欺……「結婚する約束をしていたのに騙された」「二百万円を貢いで返ってこない」と弁護士に相談した男性がいて、その情報が警察にも回ってきたのだった。当時の所轄の刑事課が調べ始めると、男性が言っていたことは全て本当だとすぐに分かった。美智留と被害者男性は、その半年ほど前から交際を始め、すぐに結婚の話が出た。式場の予約までしたものの、美智留は直前にそれを勝手にキャンセルし、連絡が取れなくなってしまった。被害者男性は、それまでに二百万円を彼女に渡していて、「騙された」と大騒ぎを始めたのだった。

彼女は、「親の入院費用で金がいる」と言って、援助を受けていたらしい。調べてみるとこれは事実だった。母親が難病で入院し、しかも当時父親が失業中で家族に収入がなかったため、どうしても金が必要だったようだ。しかし治療の甲斐なく、母親は死亡。それが、結婚式の直前のことだった。

結局美智留は、母親の死のショックで連絡を絶ってしまったらしい。死に続く葬儀や後始末などでくたくたになり、婚約者と連絡を取る気持ちさえ失ってしまった……警察ではすぐに美智留を捕捉して話を聴いた。美智留は「金は借りていただけ」と主張し続け、結局金を返すことで告訴を取り下げさせたのだ。

これは結婚詐欺とは言えないな、と大友は判断した。レポートだけでは、美智留の心情は浮かび上がってこないものの、悪意はなかったように読める。それ故、茂山がこの事件に固執しているのが謎だったが……素直に疑問をぶつけてみた。

「どうしようもなくなって、恋人に頼ったようにしか見えないけど」

「いやいや、普通、婚約者に金は借りないよ」茂山の表情には自信が窺えた。「しかも知り合って半年だぜ？　金を取れそうな相手を狙って近づいたとしか考えられない」

「正当な理由はあったと思うけど……」

「親の治療か？　それは、病気については同情する余地があるけど、だからって、金を騙し取っちゃいけない。目的は手段を正当化しないんだ」

「厳しいな」

「そりゃ厳しくもなるさ」茂山が真顔でうなずく。「被害者は普通のサラリーマンだった。いや、普通じゃないな。ブラック企業に勤めていて、給料も安かったし貯金もほとんどない中で、なけなしの金を出したんだぜ？　それで裏切られたら可哀想だろうが」

「それは分かるけど……結局金は戻って来たんだろう？」

「そう聞いてる」

「じゃあ、それほど悪質とは言えないはずだ」

大友は二枚のレポートをまとめて、茂山に向かって差し出した。茂山が渋い表情で受け取り、ファイルフォルダに戻す。

「だいたいお前、荒川美智留に直接接触してないんだろう?」大友は確認した。

「ああ」さらに渋い表情になって茂山が認める。

「だったら、怪しいと決めつけるのは無理があるんじゃないか? 偏見は冤罪の温床だ」

「そういうことがないように、十分気をつけてる。そのために、お前に頼んでるんだし」

「ただし、今のところ、僕の印象は透明だ」

「怪しいところが何もない?」

「今のところはないね」

「だったらシロでは?」茂山が突っこんだ。

「坂村健太郎と接点があるなら、完全にクリーンとは言えないだろう。一応、虚心坦懐に見極めようとは思っている」

「そうか……トレーニングはあと一回で終わりなんだよな?」

「ああ、明日が最後だ」

「この後の接触方法は?」

「とにかく考えるよ」

「取り敢えず、飯でも誘ってみるか?」

「そうだな……」

「お前が誘えば、断る女はいないと思うぜ」

「そんなことはない」大友は首を横に振った。ただし、前回お茶に誘った時の様子からすると、断らないような予感がしていた。「でも、やってみるよ。仕事場以外のところで会えば、また様子が違うと思うし……ところで、彼女には尾行も監視もつけていないんだな？」

「まだだ」茂山がうなずく。「坂村健太郎に関しては監視をつけているけど、最近、荒川美智留には会っていない」

「こいつはそもそも、本当にデイトレーダーなのか？」

「自称だよ、自称」茂山が訂正した。「ただ、湾岸のクソ高いタワーマンションで優雅に暮らしているんだから、それなりに金があるのは間違いない」

「結婚詐欺師って、そういうことをするものかな」

「そういうことって？」

「優雅な暮らし。しかも東京にいるのも妙じゃないか。金を分捕ったら、さっさと目立たない場所に逃げそうだけど」

「東京にいるのが一番目立たないんだよ。クソ田舎で派手にランボルギーニなんか乗り回してたら、目立ってしょうがないだろう。噂になって、すぐに足がつく」

「こいつは、ランボルギーニに乗ってるのか？」同じイタリア車でも、大友のアルファとは雲泥の差——たぶん値段が十倍ぐらい違う。

「いや、フェラーリだ」茂山が苦々しげな表情を浮かべる。「カリフォルニアっていう、4シーターのオープンモデルがあるんだけど、知ってるか？」

「名前だけは」

「フェラーリの中では安いモデルだけど、それでも軽く二千万円超だ」

大友は思わず口笛を吹きそうになった。そういう車を平然と乗り回している人がいることは理解しているが、それが詐欺師というのは……どうにも釈然としない。

「詐欺師っていうのは、そんなに儲かるのかな？」

「金が金を呼ぶっていうこともあるんだよ。湾岸のタワーマンションにフェラーリ……女が嗅ぎつけるのは金の匂いだろう？　それに騙されて、逆に貢いでしまうわけだ」

「なるほど……」

「金持ちが——金の匂いが嫌いな人間はいないだろう。えらく金がかかった小道具だけど、奴にすれば、詐欺で大金を稼ぐことが目的じゃないのかもしれない」

「むしろ、人を騙すことに快感を覚える……」

「ああ」真顔で茂山がうなずく。「それで優位に立てるとでも思うんだろうな。馬鹿どもを騙してやったって……俺は、そういう奴を絶対に許せないんだ」

6

「どうもお疲れ様でした」美智留が愛想良く言った。「じゃあ、最終的に計測しますので、こちらへどうぞ」

汗だく、しかも体のあちこちに疼くような熱を抱えたまま、大友は何とかうなずいた。運動が絡むような仕事は、今後誰から頼まれても拒否しよう、と密かに決めた。

まず、体重測定。

「七十キロ……ほぼ標準体重になりましたね」

「はあ」ピンとこない。「もう少し減ってるかと思いました。結構きつかったですからね」

「一か月で二キロですから、順調ですよ。これ以上体重を減らすなら、今までのウェイトトレーニングに有酸素運動を組み合わせないと無理です」美智留の笑顔は崩れなかった。「ただ大友さんの場合、体重を大幅に減らさなければならないような状態ではなかったですから、これで十分でしょう」

「そうですかねえ」大友はむき出しの両腕を擦った。

「そうですよ。中年太りには、まだ縁がないんですから……じゃあ、腕と胸囲を」

巻き尺で、まず二の腕のサイズから計測される。タブレット端末に数字を入力しながら、美智留が「二センチアップです。結果はちゃんと出てますよ」と嬉しそうに言った。

続いて胸囲。美智留が背中側に回りこんだので、大友は両腕を上げた。巻き尺が胸に巻かれる感触……それに美智留の存在をごく近くに感じる。おいおい、ここで緊張してもしょうがないぞ、と自分に言い聞かせる。

「いいです。三センチアップですね。実感、あります？」

「いやあ、よく分からないです」

これは正直な気持ちだった。シャツがきつくなったわけでもない。筋肉痛はなくなっていたが……。

「でも、見た目も変わりましたよ。だいぶすっきりしました」巻き尺を巻き戻しながら美智留が言った。「自分で鏡を見て、そんな風に感じませんか？」

「風呂場で？　自分の裸をじっくり見る習慣はないですよ」

美智留が声を上げて笑う。受付のカウンターにタブレット端末を置き、代わりにインスタントカメラを取り出した。

「壁を背にして、真っ直ぐ立って下さい」

言われるままに移動する。両手を揃えて垂らし、顎を少し引く。ストロボの光に目を瞑《つぶ》ってしまったか……と思ったが、出来上がった写真は逆に目を見開いていた。そういえば、トレーニングを始める前にも、こうやって写真を撮られた。

美智留が、その時に撮った写真も差し出した。見比べてみると、確かに違う。極端に痩せた感じではないものの、顎の輪郭は間違いなくシャープになっている。それに対して、上半身全体が張っているように見えた。「大きくなった」とは言えないが、筋肉が緊張で刺激されたのは間違いないだろう。

「だいぶ違うでしょう？」

「確かに……一か月で結構変わるものですね」

「本格的にトレーニングをすれば、もっとはっきり変わりますよ」

「でもやっぱり、これぐらいで十分という感じなんですよね」大友は苦笑した。「そんなにマッチョになる必要もないし」

「でも大友さんも四十歳は超えているんですから、これ以上痩せなくてもいいし、体のケアは意識した方がいいですよ。結局、運動と食事――健康をキープするには、この二つが両輪です。食事はすぐにでも工夫できますけど、運動はそう簡単にはいかないですよね」

「ジョギングぐらいならともかく」大友はうなずいた。

「内容が大変かどうかよりも、きっかけの問題なんです。後は長続きできるかどうか……大友さんはここできっかけを摑んだんですから、後は長続きさせることを意識すればいいんです。一か月続いた人は、その後もずっと続く傾向がありますから、チャンスですよ」

「ジムに入会する奴は多いんですけど、だいたい、いつの間にか通わなくなってしまうんですよね」大友は耳の後ろを掻いた。警視庁の同僚でジムに通っている人間は、元々運動好きの連中が多い。中年太り解消のためにジム通いを始めた人間は、だいたい長続きせずに終わっている。

「いい機会なので、よく考えて下さい。正式な入会のご案内も差し上げます」

「ああ……そうですね」終わった途端にセールストークか。しかしこれは、大友にとってもチャンスである。ジム通いを続ければ、美智留と接触する機会を保てる。本当にマッチョになったら、柴辺りに馬鹿にされそうだが。

最終的なデータをもらい、これで一か月に及ぶトレーニングは終わりになった。大友は丁寧に礼を言った後、周囲を見回してから言葉を継いだ。

「ちょっとお礼に……食事でもしませんか?」

途端に美智留の表情が強張る。愛想良くしようとしたようだが、その限界を超えてしまったらしい。

「そういうのはちょっと……禁止されていますから」

「ああ、そうでしたね」大友はうなずいた。「だったら、ジムとは関係のないナンパだと思ってもらえれば。例えばこの場所じゃなくて、外に出た時に声をかけたらどうなりますか?」

「それは……」

揺らいでいると思ったが、これで落ちるとも考えられない。もしも美智留が本当に結婚詐欺師だとしたら……こういう駆け引きは、彼女の方がはるかに得意だろう。

「今日、外で待ってていいですか？　営業マンらしくご案内しますよ」

「接待ですか？」

「そうです。あなたを接待します」

彼女が了解したかどうかは分からない。しかし拒絶はしなかった……時間が無駄になるのは覚悟の上で、大友は美智留を待つことに決めた。


炎天下で待つこと三十分。体を動かし、さらにシャワーを浴びた後なので、大友は外からも内からも暑さにやられていた。分厚いタオルハンカチは汗をたっぷり吸いこみ、既に役立たずだった。参ったな……直射日光を避けるためにハンカチを頭に乗せてみたが、何の役にもたたない。駅の近くまで退避しようか、とも思った。あそこまで行けば、日の当たらない屋根の下で待てるはずだ。

決断できないまま、愚図愚図と待ち続けて時間が経つ……五時二十分、陽炎の向こうに揺らめく人影——美智留だと気づいた時には、ほぼ気を失いかけていた。

「大丈夫ですか？」

美智留の声で我に返る。彼女は心配そうな表情を浮かべ、大友の右肘に自分の手をかけた。彼女の手の重みと体温がはっきり感じられ、さらに意識が鮮明になる。

「これは、あれです」

「何ですか？」美智留は表情を崩さなかった。

「誠意を示すために、雨の中で彼女の帰りを待ち続けるパターンですよ。でも、雨の中で待つよりも辛いかもしれない」

「熱射病になりますよ」美智留が顔をしかめる。

「ええ――取り敢えず、冷たいビールで復活できるでしょう」

結局、先日も行ったカフェに腰を落ち着けた。きちんと食事ができる店ではないが、とにかく冷房と冷たいビールが必要だったから。大友はまず水をもらい、小さなグラスを傾けて一気に飲み干した。氷が唇に当たる冷たさが何とも心地好い。

「生き返りました」

「無茶ですよ。最近の東京は、ほとんど熱帯ですから」

美智留の表情は依然として険しい。それが演技なのか本気なのか、大友には判断できなかった。こういう顔を見せつけられたら、大抵の男は参ってしまうだろう。ああ、彼女は本気で自分のことを心配している……。

二人とも、また生ビールを頼んだ。

「食事の誘いがビールですみません」大友は頭を下げた。「一杯呑んだらどこかに場所を移しましょう」

「いいですよ」最初に誘いをかけた時には乗りが悪かったものの、実際に会うと美智留は愛想がいい。

「この辺にしますか？　どこかいい店があれば……」

「営業の人は、美味しいお店に詳しいんじゃないんですか」

「二子玉川はあまり……この辺、接待で使える店がないじゃないですか」

「ああ」納得したように美智留がうなずく。「確かに、ファミリー向けが多いですよね」

「そうなんですよ。どうもこの街は、バツイチの男には居心地が悪い……」

「焼肉でも行きますか？」

「この街で？」二子玉川と焼肉は、イメージ的に合わない感じがする。

「高島屋の上にあります」

「ああ、いいですね」要するにデパート食堂か。大友は、少しだけ減ったグラスを人差し指で突いた。「これ一杯呑んだら行きましょうか」

「動いて大丈夫ですか？　さっき、本当に体調が悪そうでしたよ」

「あなたが来るのがあと五分遅れていたら、倒れていたかもしれない。だらしないですね。せっかくジムで鍛えたのに、意味がない」

「営業の人って、暑さや寒さに強いイメージがありますけど……いつも外回りでしょう？」

「ええ。でも、意外にサボれるんですよ。東京だと、そんなに歩かなくても済むし、疲れたと思えば喫茶店に入って居眠りできるし……どこの喫茶店が寝やすいか、ちゃんと頭に入っています」大友は耳の上を人差し指で突いた。

「そんなものですか？」ようやく美智留が笑った。「とにかく靴底をすり減らして、歩き回ってるんだと思ってました」

「喫茶店に入ってコーヒーを注文することで金を落とす――我々のコーヒー一杯で、日本経済は回ってるんですよ」

美智留が声を上げて笑う。屈託ない笑顔……三十代も後半になるのに、どこか子どもっぽい感じさえした。一見クールに見えるのに、そのギャップにやられる男も多いだろうな、と考えた。

結婚詐欺師ならば、彼女はかなり優秀だ。

ビールを呑み干し、場所を変える。かすかに頭痛を覚えたが、あれだけ頭を焼かれた後でビールを呑んだのだから、仕方ないだろう。

高島屋の九階にある焼肉屋に落ち着いたのは六時過ぎだった。席へ着く直前にスマートフォンを取り出して着信を確認する。なし……優斗からも連絡がないのが少しだけ寂しかった。

「大丈夫ですか？」大友がスマートフォンを確かめたのを見て、美智留が言った。気遣いもできるタイプのようだ。

「すみません、携帯をチェックするのは癖で……何もないですけど、何だか放置されているみたいですね」大友は薄い笑みを浮かべて見せた。「まあ、会社には直帰と言ってありますから。何もなければ連絡してきませんよ」

「結構自由ですね」

「意外にいい商売なのかもしれませんね。力を入れるべきところだけ入れて、そうでない時には適当に流す――緩急は大事ですよね」

これまでのやり取りで、美智留は自分にどんな印象を抱いただろう。狙い通りに、少し軽い営業マンだと思ってもらえればベストだ。その方が、彼女も本音を零《こぼ》す可能性が高い。

なかなか洒落た店――焼肉屋なのに、煙や油とは無縁だった。まだ時間が早いせいかがらがらで、窓際にある四人がけのテーブルに案内される。九階だからそれほど高いわけではないし、二子玉川という街は上から見てもさほど楽しい景観ではないものの、広々としているのは気分がいい。

料理は適当に頼んだ。場所柄、それに高級な感じから予想していた通り結構な値段だったが、ここは気にしないことにした。領収書は二課に回せばいい。

「ええと……」一通り肉と野菜を頼んだ後も、美智留はメニューを見ていた。

「追加します？」

「ご飯、頼んでいいですか？」

「いきなり白いご飯ですか？」大友は目を見開いた。これから肉を焼こうとしているのに、いきなりご飯と言われても。

「大友さんは、焼肉の時はご飯はどうしてますか？」

「ビールで肉を食べて、締めでビビンパか冷麺ですね」

「私、焼肉を食べる時は、どうしても白いご飯が欲しくなるんですよ。ご飯と焼肉って、最強の組み合わせですよね」

「それは否定できないなあ……じゃあ、私もつき合いますよ」

「いいんですか？」美智留が大友の目を真っ直ぐ見る。

「今日はお礼ですから。あなたに合わせます」

……というわけで、普段はやらない食べ方になった。肉を焼きながらご飯を食べ、合間にビールを流しこむ。ひどく忙しない上に、ご飯とビールを一緒に摂ることになって、急激に腹が膨れてくる。

　彼女の食べっぷりは、見ていて痛快だった。大きく口を開けて肉を頬張り、くしゃくしゃに丸めたサンチュも一気に口に入れてしまう。口に運ぶご飯の量も、女性が食べる感じとは程遠かった。それでも下品な感じがしないのが、また好ましい。

「しかし、よく食べますね」

「ごめんなさい」美智留が慌てて茶碗と箸を置く。「食べ出すと夢中になっちゃうんで」

「ダイエットとか、いろいろ言い訳して食べないよりもずっといいですよ」うちの息子は食が細くて、と言いかけて慌てて言葉を呑みこむ。バツイチ、子どもなしの設定はしっかり守らないと。

「体育会系の癖ですね。もういい年なのに、食べる量がそんなに変わらないんです」

「それでスリムなんだから、嫌になりますよ。こっちはそろそろ、食べれば食べただけ、贅肉になりかけている」

「大友さんはまだ大丈夫ですよ」

炭水化物ダイエットはどうだろう、と大友は適当な話題を持ち出した。試してみた職場の同僚がいて、あっという間に痩せたのだが……美智留は「お勧めできない」と即座に言った。脳をきちんと働かせるためにも炭水化物は絶対に必要だから、少し量を減らすのはいいけど、完全にやめてしまうのはかえって体によくない。

「なるほど……インストラクターの人が言うと、説得力がありますね」

「自己流でダイエットして、逆に太ってしまったり、最悪体を壊す人もいますから。私たちは、その辺の理論もきちんと勉強しています」

「頼もしいですね。時々、アドバイスしてくれると嬉しいな」

「いつでもどうぞ」

彼女の顔から本音を読み取ろうとした。インストラクターとして相談に乗ると言っているのか、ジムの外でも話は聞くと言っているのか……分からない。もう少し際どい話を続けて、自分に対する彼女の態度を見極めないと。大友は話題を変えた。

「シンクロで一番大変なことって、何ですか？」

「食べること」美智留が即座に答える。「食べ過ぎて体を壊す人もいるぐらいなんですよ」

これだけはどうしても聞いて欲しいという、熱心な口ぶり。どうやら彼女にとってシンクロは、消し去りたい過去というわけではないようだった。

「そんなに食べるんですか？」

「シンクロの選手で、そんなに痩せている人っていないでしょう」

「ああ……確かに」

「浮力をつけるために、ある程度の脂肪が必要なんです。だから、一日の摂取カロリーが四千から六千キロカロリーぐらいになります。成人女性に必要な摂取カロリーの二倍から三倍……もっとですね」

「そんなに？」大友は、急に胃が重くなるのを感じた。人が嬉しそうに食事するのを見るのは好きだが、自身があまり健啖家ではないので、大食いの話は苦手だ。

「朝昼晩と普通の人の二倍の食事を摂って、間食にバナナ三本とゼリー三個、菓子パンが三つ……」美智留が指を折っていった。その数え方では追い切れないような量だが。

「それで寝る前にお餅を五切れとか」

「とんでもない量ですね」

「大学では、泣きながら食べてましたよ」美智留が苦笑した。「怪我でやめたのはつらかったけど、もう食べなくていいんだって思うと、本当にほっとしました。一日三食トンカツとか、夜はトンカツと鶏のから揚げの両方を食べるとか、非常識ですよね」

「太る前に、胃がおかしくなりそうだ」それを思えば、今夜の彼女の食事など、当時の間食レベルにも達しないかもしれない。

「どんな怪我だったんですか？」

「腰です。要するにヘルニアだったんですけど、当時は本当に辛かったですね。最後は、顔を洗うのに腰を屈めるだけで激痛が走って、歩けなくなりました。それでシンクロは諦めたんですけど、不思議なもので、やめたら治るんですよね。やっぱり、私にはハード過ぎたんだと思います」

「復帰は考えなかったんですか？」

「それは、ないです」美智留が寂しげに首を横に振った。「普通に生活できるようになるまで一年。ちゃんと体を動かせるようになるまでまた一年。その頃には、大学の同期の子たちは、ずっと高いレベルに行ってしまってましたから。そこからやり直すほどの気持ちは残っていなかったですね」

「でも、体を動かす仕事はしたかったんでしょう？　だからジムでインストラクターをやっている」

「紆余曲折がありましたけどね。正式に就職が決まったのは、大学を卒業してから八年後ですよ」

「その間、どうしてたんですか？　治療に専念ですか？」

「いろいろです」急に言葉が曖昧になる。それ以上の説明を避けるように、美智留がメニューを開いた。

「あなたにも、大変な時期があったんですね」

「はい」美智留が顔を上げる。「でも、誰にでもそういう時期はあるでしょう？　そういうの、本人にとっては大変なことかもしれないけど、他の人にはどうでもいい話ですよね」

「私は聞きますけどね」大友はうなずいた。「変な話だけど、人の話を聞くのは好きなんです。営業って、そういうものかもしれません」

「人に物を売るのが仕事なのに？　営業って、人の話を聞くんじゃなくて、人に話をするのが大事なんじゃないですか？」

「それは、いざ本番という時です」大友はビールのグラスを摑んだ。「セールスに入る前に、まずいい人間関係を築かないといけないんです。そのためには、相手の話を聞くのが一番なんですよ。そうしながら、向こうのニーズを把握するわけです」

「そうなんですね」薄い笑みを浮かべたまま、美智留がメニューを伏せた。「ガードの固い人に対してはどうするんですか？」

「あなたのように？」

「私、ガード固いですか？」美智留が両手を合わせて胸元に押しつけた。

「固いですね」大友は笑みを浮かべて見せた。「まあ、私もまだそんなに突っこんだわけじゃないけど」

「会った回数だって、数えるほどですしね」

「営業マンも、そんなに図々しいわけじゃないですから」

「ゴリ押ししてくる人が多いと思いましたけどね」

「そうした方がいいですか？」

「いやあ……」美智留が苦笑した。「大友さん、そういうタイプには見えないし」

「ですね」認めて大友はうなずいた。「それが、うちの会社ではエースになれない原因でしょう」

「どこの業界も大変ですね」

それから二人は、彼女のジムでの仕事に話題を移した。達成感を覚える時は？　クレームをつけられた時にどう対応するか。困った客とは——美智留によると、一番困るのが「嘘をつく客」だという。

「ジムで嘘をつくっていうのは、どういうことですか？」

「本格的なダイエットメニューもあるんです。大友さんがやったメニューよりもずっときついですよ……それでも痩せない人はいるんです。『どうして痩せないんだ』ってクレームをつけられることがありますけど、そういう人は大抵、食事のプログラムで嘘をついているんですよ」

「ああ、決めた食事のルールを守らない……」

「トレーニングの時には、私たちがついているから一生懸命なんですけど、一度外に出たら、こっちは見守れないでしょう？　要するに、一汗かいたからビールで焼肉、締めに石焼ビビンパというパターンですよ」

「それじゃ、今の我々と同じじゃないですか」

美智留が声を上げて笑った。やはり邪気がない……一時は怪我で苦労したものの、今はすっかり復帰して、仕事も私生活も充実している人間としか思えない。大友は少しペースを変えることにした。

「荒川さん、ご家族は？」

「ご覧の通り」美智留がぱっと両手を広げて見せた。指輪なし。「独身アラフォーです」

「ご両親は？」

「二人とも亡くなりました」

「ずいぶんお若かったんじゃないですか」大友は眉間に皺を寄せた。こういう話については、正直に話すつもりなのだろう。

「そうですね。母親は、私が二十六歳の時に亡くなりました。難しい病気で……何年も苦しんだので、亡くなった時はむしろほっとしました。母も同じだったと思います」

「看病もしてたんですか？」

「主に父が……だから、亡くなった後はダメージが大きくて。結局それから四年後に、父も亡くなったんです」

「病気ですか？」

「心筋梗塞です」美智留が両手を胸に押し当てた。「母が亡くなったのが原因だったんだと思います。お酒や煙草の量が増えて、不摂生が続いて。私が一緒に暮らしていれば、そういうことにはならなかったかもしれませんけど……人間って、口煩《くちうるさ》く注意してくれる人がいないと駄目なんですね」

「分かりますよ。でも、あまり口煩く言われてもね……別れた妻も、がみがみ言うタイプだったんです。今みたいに一人の方が、ストレスが溜まらない感じはしますね」

「分かりますよ」美智留の笑顔は穏やかだった。「一人は気楽です。部屋が寒いって感じることはありますけど……」

「荒川さんは、どうして結婚しないんですか——すみません、いきなり失礼な話で」

「タイミングですかね」美智留が首を傾げる。「前にどこかで聞いた話なんですけど、ローテーションで仕事をしている人は、婚期を逃す確率が高いんですって」

「ああ、他の人と生活のリズムが合わないから？」

「そうなんですよ。うちは早番遅番の繰り返しで、そんなに生活ペースが乱れるわけじゃないですけど、週末に必ず休みがあるとは限らないし」

「じゃあ、デートもままならないですね」

「友だち——女性の友だちとは気軽に会えるけど、男性だとそう簡単にはいかないでしょう？」

「恋愛至上主義の人なら、そっちを優先するでしょうけどね」

「大友さんも？」

「私はしばらく、一人でいいですね」大友は静かに首を横に振った。「あれこれ天秤にかけても、やっぱり一人暮らしの方が楽かな」

　この先どこまで突っこむかは難しいところだ……「軽い営業マン」の印象を彼女に植えつけることには成功したはずだが、あまりにも図々しく一気に詰め寄ると、引かれてしまう恐れがある。ここはやはり、多面的な作戦で行くべきだ。彼女にゆっくりアプローチして正体を探ると同時に、周辺を調べる。

「ええと……今日は図々しいついでで、一つお願いしていいですか？」

「どうぞ。言うだけはタダって、よく言いますよね」美智留が笑みを浮かべ、両手を組み合わせる。

「ローテーションの仕事で忙しいかもしれませんけど、たまには会ってくれませんか？　つまり、ジムの外で」

「いいですよ」美智留があっさり言った。「食事を一緒にできる相手は、たくさんいた方が楽しいですから」

「食事要員ですか？」大友は口角を下げて見せた。

「まあ……そういうことにしておきます？　でも大友さん、私なんかに声をかけなくても、モテるでしょう」

「言われるほどモテませんよ」大友は両手で髪を撫でつけた。

　最後に少し引いたのが効果を発揮したのかもしれない。大友は、彼女と携帯の番号を交換することに成功した。

記録的な暑さ……という言葉を、毎年聞いている感じがする。それにしても今年の暑さは実際に強烈で、最高気温は連日三十五度を超えていた。

優斗は佐久へ行ったまま。毎日一回は電話をかけてくるものの、喜んでという感じではない。たぶん、大友の両親に言われて仕方なくかけているのだろう。

それにしても優斗が羨ましい。佐久の最高気温は、連日三十度ぐらいだろう。大友が子どもの頃なら、これでも十分暑いと感じていたはずだが、二十一世紀、猛暑の東京で毎日辛うじて生きている身からすれば、まさに避暑地の気温である。盆休みに佐久へ帰るのが待ち遠しくてたまらない。

7

毎週二回のジム通いが終わり、美智留と接触する機会はなくなってしまった。トレーニングの最終日に一度誘っただけで、その後は一度も会っていない。そう頻繁に食事につき合わせると、不自然に思われるだろう。こういうのはまさに恋愛と一緒……ゆっくり探りを入れながら、一歩ずつ近づいて行くのがいい。

とはいえ、大友の身柄が半分だけ捜査二課に貸し出されている状態に変わりはなく、やけに忙しくなっていた。刑事総務課の仕事の合間に密かに捜査二課に足を運び、茂山と打ち合わせをする。捜査二課の方でもまだ「タメ」の状態のようで、坂村に対する捜査もあくまで「監視」に止まっている。こういう「仕込み」の状態がいつまで続くのかと、大友は次第に焦れ始めた。

「よく、こういう状態で我慢できるな」警視庁の食堂で一緒に昼食を取りながら、大友はつい漏らした。「元一課の人間としては信じられないよ」

「内偵捜査っていうのは、こういうものだから」平然とした口調で茂山が答える。「まあ、何かと我慢強くないと二課ではやっていけないね。何年も内偵して、結局立件できないで終わることもあるから。でも、今回は絶対に立件するけどな」

「どうして」

「被害者がいるからさ」茂山の目つきがいきなり真剣になった。「さんざん弄《もてあそ》ばれて金も取られて……そういう人を助けるためには、坂村を逮捕するしかない。それでフェラーリとタワーマンションを処分して、少しでも被害を弁済させる。根こそぎむしり取って、刑務所を出た時には素っ裸にしてやるよ」

「それは警察の仕事じゃないと思うけど」金の話になれば弁護士の出番だ。

「弁護士だって、こっちの意図を受けて動いてくれるさ……被害者救済ということでは、方向は一致してるんだから。とにかくうちとしても、でかい事件を逃がすわけにはいかない」

「被害者、何人ぐらいになるんだろう」

「それはまだ分からない。実際に被害の規模が分かるのは、奴を逮捕してからだろうな。

だいたい、逮捕されたことが分かると、被害者が一斉に名乗りを上げてくるんだ」

「我も我もと」

「ああ。でも、現段階でも何人かは摑んでいる。少なくとも五人」

「それは、弁護士の筋から？」

「そうだ。その弁護士は、少なくとも二十人ぐらいは被害者がいると見てる。それぐらい騙さないと、湾岸のタワーマンションとフェラーリは買えないよ」

「なるほどね……」

「お、珍しい二人がお揃いだね」

声に気づいて顔を上げると、両手でトレイを持った柴がいた。今日のランチA——焼肉定食を頼んだようだ。大友たちの向かいに腰を下ろすと、早速食べ始める。しかし大友と茂山が並んで座っている光景に違和感を覚えたのか、ちらちらと顔を上げては二人を見ている。

「何だよ」茂山が不満気に言った。

「いや、珍しい二人がお揃いだな、と」

「同期なんだから、別に珍しくはないと思うけど」

茂山がやんわりと反論した。そう言えばこの二人は、同期とはいえそれほど仲はよくなかった、と大友は思い出した。仲がよくないというより、そもそも接点がないというか……何しろ四万人の職員を抱える警視庁は、毎年千数百人の新規警察官を採用する。

警察学校時代にさえ、顔と名前を全て覚えられるわけではないし、その後は一生、同じ職場にならないのも珍しくない。

「それよりお前、ついに女に手を出したそうじゃないか」柴がニヤニヤしながら、大友に向かって言った。

「手を出したって……」大友は、うどんを持ち上げる箸を止めた。こいつは何を言ってるんだ？

「二子玉川で目撃されてるんだよ。お前も迂闊《うかつ》だよなあ……あんなに人が多い街で、女連れで歩いてるなんて、見てくれって言わんばかりじゃないか。シュッとした長身の、なかなかいい女だったそうだな」

美智留だ……誰に見られたのだろうと心配になる。これはあくまで内偵捜査だから、警視庁の内部の人間にも自分の動きを知られてはいけない。返事をしないでいると、柴が箸を突きつけてきた。

「恍《とぼ》けるのか？」

「ノーコメント」

「おいおい、これはマジじゃないか？」柴が今度は茂山に話を振った。「言えない話……秘密の話っていうのは、いかにも裏がありそうだよな？」

「中学生かよ、お前は」茂山がからかった。「いい大人の会話じゃないぞ」

「馬鹿にするのか？」柴が口を尖らせた。

「馬鹿にされるようなことを言うからだ」

「で、どうなんだよ、テツ？」柴はしつこかった。「どこで知り合った？　何者だ？」

「言えないな」

大友は茂山と一瞬だけ視線を交わし合った。適当にあしらっておくしかないだろうな……茂山が素早くうなずく。

「おいおい、二人で何か秘密でも抱えているのか？」柴が目ざとく気づく。

「そういうわけじゃない」大友は否定した。「とにかく、変な噂を流さないでくれよ。だいたいそんなこと、誰が言ってたんだ」

「渋谷中央署——いや、失踪課の分室の若い奴」

「失踪課は暇なのかね」呆れたように茂山が言った。

「実際、そんなに忙しいわけじゃないだろうな」柴が応じる。「でもおかげで、こっちにも情報が入ってくるわけだ」

「お前、変なところにスパイを飼ってるんだな」大友は呆れて言った。

「警視庁みたいに厳しい組織の中で生き延びるためには、情報が最大の武器なんだよ。スパイの存在は必須だな。二課は、そういう話が大好きだろう？」

「仕事のためだよ。内部でスパイを飼ったってしょうがない」

二人のやり取りを聞きながら、大友は失踪課三方面分室のリストを調べよう、と頭の中でメモした。同じ刑事部内とはいえ、普段ほとんどつき合いがないのだ。だいたいあそこに、若いスタッフがいただろうか。「お荷物部署」と揶揄《やゆ》されている失踪課に、若いうちに配属されたとなると、もう「できない奴」の烙印を押されているのかもしれない。それで落ちこんでいるのを、柴につけ入られ……という感じだろうか。だとしたら、柴も人が悪い。

「身元はちゃんとした相手なんだろうな？」

「え？」柴にいきなり話を振られ、大友は丼から顔を上げた。

「いや、だから、変な相手に引っかかってないだろうな」

「ノーコメントって言ったよな？　何も言わないよ」

「変な相手には見えなかったそうだけど」

「その失踪課の若い奴の観察眼は信用できるのか？」

「それを言われると辛い」柴が苦笑する。「観察眼がしっかりしてないから、失踪課にいるのかもしれないし」

「ひどい言いようだな」

「失踪課っていうのは、そういうところだよ……ま、ちゃんとした相手なら、俺は何も言わないけどな。むしろ応援する。ママがいた方が、優斗だって喜ぶだろう。そう言えば優斗は、ずっと佐久へ行ったままか？」

「向こうで涼んでるんじゃないかな」思い出したくもないことを平気で突いてくる。もちろん、独身の柴には父親の気持ちが分かるわけもないが。「さすがにこの暑さの中で、勉強はきついよ」

「しかし、優斗があんなガリ勉になるとは思わなかったなあ」

「ああ、息子さん？」茂山が話に割って入ってきた。「テツの息子さん、そんなに成績がいいのか？」

「大したことはないけど、勉強は好きみたいだな」大友は答えた。

「ということは、将来は警察官じゃなくて、検事か裁判官かな？」

「それは決めてないと思う。まだ中二だし」

「うちは、上の子が今年中三だけど、進路問題で大変だぜ？　これから受験が終わるまで、こっちも毎日頭が痛いんだろうな。しかも年子だから、来年もこれが続く」

「それは大変だ」

柴は黙りこんでしまった。独身の柴には一番興味のない、子どもの教育問題。茂山は長男の優柔不断さについて愚図愚図文句を言い続けたが、柴が余計な詮索をしないようにするためだと大友にはすぐに分かった。実際柴は、話に割りこめないまま、黙々と食事に専念し始めた。

「じゃあ、お先に」大友はうどんを食べ終え、席を立った。

「あ、俺も」茂山も続く。柴を見下ろし、皮肉っぽい口調で「ごゆっくり」と告げる。

柴は何だか不満そうだったが、結局何も言わず、ひょこりと頭を下げて大友たちを見送った。

食堂を出ると、茂山がすぐに「たまげたな」と話しかけてきた。

「ああ。二子玉川みたいな大きな街で、ピンポイントで見つかるなんて思わなかった」

「あまり気にするなよ。余計なことを言わなければ、誰に見られても問題ない」

「だけど、動きにくくなる」

「次に会う約束はしたのか？」茂山が左手首に視線を落として時計を見た。

「いや。ちょっと間を置こうと思ってる」

「そうか……だったら、少しこっちの方を手伝ってもらえるかな」

「坂村か？」大友は声を潜めて言った。

「そう。手伝うというか、お前も顔を拝んでおいてもいいんじゃないか？　そのうち、取調室で対決することになるかもしれないし」

「取り調べは、お前たちの仕事だろう」警察のあらゆる仕事の中で、大友が一番自信を持っているのが取り調べではあるが……ここはあくまでヘルプ、一番美味しいところは捜査二課が持っていくべきだ。何となく、二課を手伝っているのは、自分のキャリアの本筋とは関係がない感じもするし。「荒事が似合わない」と言われつつ、やはり自分の本籍地は捜査一課だという意識もある。

「いつ会える？」

「いつでもいい。二十四時間とは言わないけど、かなり厳重な監視体制を敷いているから。基本的には夕方からだな……奴はだいたい、昼間は湾岸のタワーマンションに籠っていて、夕方に出かけるんだ」

「フェラーリで」

「フェラーリで」茂山がうなずいて認めたが、その顔にはかすかな憎しみの表情が浮かんでいる。そこまで個人的な感情を捜査に持ちこまなくても、と思ったが、それが推進力になることもある。だいたい、ぼろい金儲けをしている人間を「この野郎」とやっかむのは、人として自然な感情だ。

もっとも大友に言わせれば、坂村という男は単なる馬鹿である。詐欺師として数千万円——いや、億単位の金を騙し取れるような才能があるなら、他の分野で発揮すればいいのに。詐欺師はもちろん犯罪者だが、人間として様々な能力に秀でている場合も多い。人を惹きつける魅力、話しぶり、頭の回転の速さ。それこそ営業マンにでもなれば、トップセールスを記録できるかもしれない。

自分が演じている、少し軽い営業マンよりは、よほどいい成績を残せるだろう。

夕方六時。大友は茂山の覆面パトカーに同乗して、都営地下鉄勝どき駅の近くにいた。晴海通りの勝鬨橋に近い辺り……タワーマンションが林立し、賑やかな街を作っている。

ここのところ——バブル崩壊後、あるいは二十一世紀になって一番変わった東京の街が、江東区や中央区の臨海地区かもしれない。大友が学生だった頃の印象では、この辺りは「夢の島」がある「埋立地」だった。しかしその後、ゆりかもめや都営大江戸線が開通して交通の便が格段によくなり、フジテレビが移転してくるなど、新たなランドマークもできた。そのせいで、中央区の中でも古い街として地味な存在だった月島や勝どきなども、新たに脚光を浴びるようになったのだ。今後、東京オリンピックまではさらに開発が進み、東京で一番先進的な街の座を譲らないだろう。いかにも二十一世紀の東京型というべきか……狭い土地を有効活用するために、建物は上へ上へと伸びていく。それにしても、見上げただけで首が痛くなるようなタワーマンションに住むのはどんな気分なのか。高所恐怖症気味の大友には、自分が十階より上の部屋に住む日常が想像もできなかった。

「この辺りのマンション、いくらぐらいするのかな」大友は頭に浮かんだ疑問をつい、口にしてしまった。

「軽く億超え、かな」茂山がさらりと言った。「俺たちみたいな公務員には縁のない世界だ」

「詐欺師も儲かるんだね」

「プラスの話にしないでくれよ」茂山が文句を言った。「儲けたつもりが、結局刑務所行き……ってことにしたいんだから」

「ああ。それより、今日も出て来るかな」

「このところ毎日だから、まず間違いないと思う。昼間は本当にデイトレーダーで、夜になると詐欺師としての仕事をしているのかもしれないな」

こうやって張り込み——待ちの状態に入ると、しばしば会話が途切れる。気心の知れた柴や敦美がパートナーならば、それほど気を遣うこともないのだが、初めて一緒に仕事をする茂山の場合は、結構緊張する。結局、互いの子どもの話を持ち出して時間潰しをすることになった。

とはいえ、長く待つ必要はなかった。監視を交代してから三十分後、六時半になったところで、晴海通りに面した地下駐車場の入り口にあるシャッターが開いたのだ。

「来たな」茂山がつぶやく。

「どうして坂村だって分かる?」

「フェラーリのエンジン音は、聞き分けられるようになった」

大友は窓を少し下ろした。熱風が吹きこむ中、野太い排気音が耳に飛びこんでくる。晴海通りを走る他の車とは明らかに違う、野太くレーシーなサウンド。これでちゃんと車検が通るのだろうか、と心配になってきた。

それにしても派手な車だ……晴海通りに出てから、リモコンでシャッターが閉まるのを確認するまで、フェラーリはしばらくアイドリングしたまま停車していたのだが、とにかく目立つ。外装は鮮やかな赤。背が低く、地面を這っているようだった。ロードクリアランスも小さいので、小さな障害物を乗り越えるだけでも、ボディ下部に傷がついてしまうかもしれない。ブレーキランプとテールランプは一体型のシンプルなデザイン故に、くっきりと目立つ。太いマフラーは左右二本ずつの四本出し。その間につけられた魚のひれのようなパーツは、空気の流れを制御するディフューザーだろう。日本で車を運転する限り、ディフューザーが必要な速度域に達することはあり得ないのだが。

ほどなく、屋根が開く。ハードトップが折り畳まれる様は、「からくり仕掛け」という感じだった。

「夕方にならないと出かけない理由の一つは、これかもな」ハンドルに両手をだらしなく預けた茂山がぽつりと言った。

「昼間は、暑くて屋根を開けられない？」

「そうそう。そもそも、日本でオープンカーっていうのは無理があるんだよ」茂山がぶつぶつと文句を言った。「雨はしょっちゅう降るし、屋根を開けて気持ちいいのは、春と秋の一か月ぐらいずつじゃないか」

「そこを我慢して乗るのも、楽しみなんじゃないかな」そう言えば昔、菜緒も「オープンカーに乗りたい」と言っていた。結婚する直前だったか……マツダのロードスターやアルファロメオのスパイダーが候補に挙がっていたものの、結局優斗が産まれてオープンツーシーターの車は夢と消えた。彼女がサングラスをかけてオープンカーに乗っていると、絶対に様になったはずだが。

自分の背後には、中途で消えた夢の残骸が転がっている。

「お出かけだぜ」言って、茂山がシフトレバーを「D」に叩きこむ。フェラーリを追跡するのは相当大変だろうと思ったが、さすがに都内では、坂村もその性能をフルに発揮するわけにはいかないようだった。夕方とあって晴海通りを走る車も多く、法定速度までさえスピードが上がらない。せっかくいい車に乗っているのに、これではストレスがたまるばかりだろう。

坂村は勝鬨橋を渡り、築地から銀座へかけてフェラーリを走らせた。途中、東劇の角で左に曲がり、首都高に入る。

「さすがに下道ばかり走ってると、ストレスが溜まるんだろうな」少し前屈みになって運転しながら、茂山がつぶやく。

「首都高でも、そんなに事情は変わらないと思うけど」

「信号がないだけましだよ」

しかし実際には、首都高の方がひどかった。夕方の渋滞でびっしり埋まっており、のろのろ運転を強いられたのだ。こちらとしては見逃さずに済むので、ありがたい話だったが。一度坂村がフェラーリに鞭を入れたら、追跡は大変になるだろう。こちらの覆面パトカーはスカイライン、基本性能は低くないとはいえ、さすがにフェラーリには勝てないだろう。それに、非常識なスピードで後をついてくる車に気づくと、坂村も警戒するはずだ。できるだけ穏便に……と大友は願った。

環状線は、浜崎橋ジャンクションまで渋滞していたが、そこから芝公園方面へ向かうと急に流れがよくなった。このまま環状線を走り続けるのか、あるいは三号線で横浜方面、四号線で多摩方面へ向かうのか。

しかし坂村は結局、飯倉で首都高を降りた。飯倉片町の交差点を左折して外苑東通りに入ると、六本木通りにぶつかる少し手前でフェラーリを路肩に寄せて停める。茂山はそこから少し離れた場所に車を一時停止させた。

「六本木に来るんだったら、あのまま下道を走ってくればよかったのに」大友の感覚では、高速代の無駄遣いだ。

「ちょっとでも高速を走る感覚を楽しみたかったんだろう」

「その割には渋滞していた」

「ざまあみろ、という感じだな」茂山が吐き捨てる。

「誰か来たぞ」

ネクタイこそしていないが、スーツ姿の男がフェラーリに近づいて来た。坂村が屋根を閉じて車を降りると、代わってスーツ姿の男が乗りこんですぐに発進させる。

「バレーパーキングかな」

「たぶん。フェラーリに乗ってるような奴は、自分で駐車場なんか捜さないんだろう」

茂山の皮肉は次第にひどくなってきたが、すぐに真面目な口調に変わる。「お前、奴を尾行してくれないか？　俺は車を始末してくる」

「分かった」

大友はすぐに車を飛び出した。坂村は既に歩道を離れ、目の前のビルに姿を消したところ……足取りは軽く、口笛でも吹いていそうな様子である。今日も最高気温三十五度だったのに、スーツを着ている——さすがにネクタイはしていないが。Tシャツに短パンでフェラーリに乗るわけにはいかないとでも思っているのだろう。あるいは、きちんとした格好で会うべき相手が待っているのか。

例えば、まさにこれから騙そうとしている女性とか。

目の前のビルは、いわゆる「飲食ビル」で、下から上までレストランで埋まっている。ただし、安いチェーン店の類は一切ない。一階こそチェーンのコーヒーショップだったが、看板を見た限り、二階から上は寿司屋、和食店、イタリアンレストランなどで埋まっている。

エレベーターホールに消えた坂村を追う。彼はちょうどエレベーターに乗ってしまったところで、大友がホールに足を踏み入れた途端にドアが閉まった。四階で停まる……ホールにあるビルのフロア案内を見ると、四階にはイタリアンレストランが入っているだけだった。これで見逃すことはない。

大友はその場で茂山を待った。ほどなく、額を汗で濡らした茂山が駆けこんで来る。

「奴、どうした?」本当に走って来たようで、息も上がっていた。

「四階に上がった。イタリアンレストランだ」

「ええと……」茂山が尻ポケットからスマートフォンを抜く。操作してすぐに顔を上げ、「この店には来たことがないな。俺たちが監視を始める前のことは分からないけど」

「そんなに頻繁に店を変えるのか?」

「そりゃそうだよ」ハンカチを取り出して首筋の汗を拭いながら、茂山が言った。「連中は、顔を覚えられるのを嫌がるんだ。顔見知りの店員がいれば、何を話していたか、聞かれるかもしれないだろう？」

「初めての店だって、話は聞かれるだろう」

「でも、何者なのかは店員も把握できないわけだ。奴らは名前がばれないように、カードも使わないんだよ」

「なるほど……で、どうする？」

「店内で監視だな。誰と会うか、確かめたい」

「ここ、経費で落ちるのか？」大友は思わず眉を吊り上げた。捜査二課の金遣いが荒いことは、刑事総務課——部内の金の流れを一手に把握している——の課員としてよく知っているが……捜査に必要な張りこみとはいえ、この店は、好き勝手にオーダーすれば一人一万円は軽くかかりそうだ。現段階では、店側にも警察と知られたくないから、自然に客として過ごすしかない。

「心配するな。それと今日は、バッジを使う」

「いいのか？　店側が坂村とつながっているかもしれないじゃないか」

「できるだけ奴の近くの席に座りたい。そのためには、バッジの力が必要だ」

リスクを負ってでも確認したいわけだ。この時点で監視されていることを知ったら、坂村は必ず証拠隠滅の手を考えるはずだが……まあ、いい。ここは専門家の茂山に任せよう。彼がいいと判断したなら、手伝いの身としては従うだけだ。

店は、重厚さよりも気軽さを演出するような造りだった。中の壁は漆喰《しっくい》塗りで、イタリアの——おそらくだが——白黒写真があちこちに飾ってある。テーブルは全て小さく、ゆったりとした時間を過ごすというより、気の合った友人たちと軽い話をしながら、気の利いた料理やワインを楽しむのが似合いそうだった。大友は客単価を、一万円から五千円に引き下げた。

大友はすぐに、坂村を見つけた。店内は既にかなり混み合っているのだが、フロアの中央付近にある四人がけの席に一人で陣取り、スマートフォンを弄《いじ》っている。店員からすぐに目に入る上席。それだけで大友は、彼がこの店の常連だろうと判断した。名前が分からなくとも、店は頻繁に金を落とす客を優遇する。

「いたぞ」大友は茂山の袖を引いた。

「分かってる。ちょっと店と相談するよ」

常連だろうから気をつけろ、という言葉を呑みこんだ。茂山も当然、そんなことは承知しているだろう。

茂山が店側と交渉している間、大友は坂村を観察した。スマートフォンの操作に集中しているらしく、こちらにはまったく気づいていない。誰かにメールかメッセージでも送っているのか……ノーネクタイのスーツ姿なのに、適当なクールビズという感じがしないのは、スーツがいかにも上質そうで、体にぴたりと合っているからだ。先ほど歩いているのを見た限りでは、身長は約百八十センチ。スリムだが肩幅が広いのは、長年トレーニングを続けているからかもしれない。ワイシャツは光沢のある白い生地で、ボタンを二つ外して着こなしている。そこから覗く肌に金のネックレスが光っていてもおかしくはないが、装飾品は身につけないタイプのようだ。ネックレスや指輪、ピアスなどはなし。スーツの袖口から覗く腕時計も、特に金色が目立つような派手なものではなかった。

ホスト風ではなく、落ち着いた青年実業家のイメージを狙っているのかもしれない。そもそも顔も、ホスト風の派手なそれではなかった。どちらかというと薄い感じ……そういうのも、最近流行りの女子受けする顔ではある。軽さや調子の良さとは無縁に思えた。黒縁の小さな眼鏡をかけているが、これは大友の変装と同じような意味を持っているのかもしれない。素顔を隠すための小道具。眼鏡の印象というのは案外大きく、普段かけている人が外すと、急に別人に見えたりする。

「席が取れた」

戻って来た茂山が小声で報告する。大友はうなずき、店員に案内されて、坂村の席から少し離れたテーブルについた。二人とも横を向けば、坂村の様子が観察できる。

「いい席を選んだな」

「たまたま空いてたんだよ」茂山が苦笑する。「それと、料理と飲み物は任せろ」

「ここで夕食にするつもりか？」

「いや。自然に振る舞うために、軽く食べるだけだ。別に、イタリアンの店だからと言って、パスタもメーンもしっかり食べなくちゃいけないってことはないだろう」

「まあね」

すぐに飲み物が運ばれて来た。赤ワイン……大友は「呑むつもりか？」と訊ねた。勤務中に酒はまずい。

「これはワインじゃなくてぶどうジュースだ。こういう店で、酒を呑んでいるふりをするのにいいんだ」茂山がボトルを人差し指で弾いた。「見た目は完全にワインだけど、アルコール分はゼロ。ただ、飲み口はそんなに甘くない」

「初めてじゃないみたいだな」

「このジュースはよく飲んでるよ。便利なんだ。だいたい俺、酒はほとんど呑まないし」

「そうだっけ？」同期とはいえ、茂山の私生活はほとんど知らない。

「何だったら、お前は呑んでくれてもいいよ。車は俺が運転するから」

「遠慮しておく」大友は首を横に振った。「さすがに、仕事中にそれはできないよ」

茂山は、まさにワインを呑むのと同じ調子で進めた。店員が注ぐと、すぐにグラスを回して香りを嗅ぐ。ほんの一口飲んで、店員に向かって笑顔でうなずきかけた。テイスティング……そこまでやらなくても、と大友は苦笑した。だいたい、本当にテイスティングをする人など、それほど多くないはずだ。

「フルボディだな」茂山がにやりと笑う。

大友も、注がれたジュースを一口飲んで驚いた。これは……茂山はジュースと言うが、ジュースではない。渋みも酸味もあり、それほど甘くないのだ。アルコール分こそまったく感じないものの、やはり赤ワインの味わいがある。

「これは便利だな」大友はグラスを回した。

「だろう？」茂山が自慢気に言った。「俺たちは、酔っ払うわけにはいかないから、これが重宝するんだ」

「そうだな……ところで、坂村は誰かを待ってるんだろうか」

「女かな」ちらりと坂村を見て、茂山が言った。「約束の時間より少し早く来て、相手に『真面目な人間だ』って思わせるとか」

「マメじゃないと詐欺師にはなれない」

「そういうこと」茂山がうなずいた。「まあ、気楽に行こうぜ。もしかしたら、新しい被害者が分かるかもしれないし」

料理が運ばれて来た。とはいっても前菜……ワインの肴に前菜を突つく、という構図になるのだろう。大友はグリッシーニを齧ってから、生ハムとモッツアレラチーズのカプレーゼを自分の皿に取り分けた。料理はなかなかの味だったものの、さすがに純粋に楽しむわけにはいかない。困ったのは、少し食べたせいで食欲が刺激され、胃が悲鳴を上げ始めたことだった。

「せめてパスタだけでも食べるっていうのは？」大友は茂山に泣きついた。

「我慢してくれ。奴、すぐにここを出るかもしれないから。それにもう、店側に金は払ってるんだ」茂山がテーブルの上で両手を広げた。「追加注文すると面倒なんだよ」

「しかし、もう三十分経つんだよな」大友は左腕を突き出して腕時計を見た。少し早く来る演技という茂山の説明は分からないでではないが、それにしても待ち過ぎではないだろうか。坂村は時折スマートフォンを弄っては時間を潰していたが、次第に苛々し始めるのが分かった。どうやら相手は、約束の時間にだいぶ遅れているらしい。「女にすっぽかされるのには慣れてないだろうな」

「そうでもないよ」茂山がさらりと言った。「ああいう連中は、鉄の精神力を持っている。ちょっとやそっとのことじゃ、びくともしない。そうじゃなければ、次々と人を騙そうとなんかしないだろう」

「振り込め詐欺をやってる連中なんか、特にそうだよな。あいつらは、電話で勧誘の仕事をしている人と同じぐらい、忍耐強いと思う」

「ああ。突然罵声を浴びせかけられて、電話を叩き切られたぐらいで落ちこんでいる暇はないからな」

「そうだね……あれかな？」大友の視界の端に、急いで歩いて来る男の姿が映った。男？　となると、今回の事件とは関係ないのだろうか。

「どんな人だ？」茂山は店の出入り口の方に背を向けているので、相手の姿が確認できない。

「男。身長百七十センチぐらい。ほっそりした体形で、ジーンズにジャケット姿だ」

「詐欺師に見えるか？」

「自由業、かな」

「それじゃ曖昧過ぎる。だいたい、詐欺師も自由業じゃないか？」

皮肉っぽく言って、茂山がちらりと横を見た。ちょうど後から来た男がテーブルに着くところ。二人とも視線を向けると不自然に思われるかもしれないので、大友は坂村たちを見るのを我慢した。

「坂村、怒ってるぞ」

「怒鳴ってはいないみたいだけど」大友の耳には、二人の話し声は届かない。

「低い声で脅しつけてるのは、本気で怒ってる証拠だよ」

「なるほど……」大友も少し離れたテーブルを見た。確かに坂村は怒っているようだ。怒鳴り声こそ上げていないものの顔は真っ赤で、今にも爆発しそうである。テーブルの上に身を乗り出し、相手に頭突きしそうな勢いでまくし立てている。しかしあくまで声は抑えているので、何を言っているかは分からない。

一方、遅れて来た男は、坂村の怒りがまったく応えていない様子だった。肘をつくほど気楽な様子ではないが、適当にうなずきながら坂村の叱責を受け流している。この二人が相棒だとすると、関係はあまり上手くいっていないだろうな、と大友は想像した。

「詐欺師仲間かな」大友は茂山に訊ねた。

「分からない」

「そういう人間がいるっていう情報は？」

「ない」茂山の表情は渋かった。「こっちが把握している限り、坂村は男とは一度も会っていないんだ」

「友だちという感じじゃないな」大友は顎を撫でてから、ジュースを一口飲んだ。

「もしかしたら、俺たちが想像しているよりもずっと大きいグループなのかもしれないな」

「結婚詐欺は、グループでやるものなのか？」その疑問は、最初から大友の頭にあった。結婚詐欺というと、口先の上手い男がたった一人でやる、という印象がある。

「過去には、そういう例もないわけじゃない。だから今回、お前に仕事を頼んだんだし」

「なるほど……仕事の相談をするのに、相手が遅れて来たから坂村が激怒しているという構図かな？」

「たぶん」茂山がうなずく。

大友はまたちらりと坂村のテーブルを見た。坂村が立ち上がったところ……トイレではない。小さなクラッチバッグを手にしている。

「坂村が出るぞ」大友はささやいた。

「もう一人は？」

「メニューを見てる」

「ヤバいな」茂山が舌打ちした。「俺は坂村を追う。お前、今来た男についてちょっと調べてくれるか？」

「任せてくれるか？」

「ああ。後で連絡を取り合おう」

茂山がすぐに席を立った。先に店を出た坂村の跡を追って行く。彼の背中が見えなくなったところで、大友はメニューを取り上げた。後から来た男もメニューを見ていて、すぐに手を挙げ、店員を呼んだ。注文を伝える長さから考えると、飲み物だけでなく、きちんと料理をオーダーしたようだ。

これなら自分も空腹を満たせる——大友は急いで手を挙げて店員を呼び、パスタの中で一番安いペペロンチーノを頼んだ。これでも千二百円……ろくにメニューも見ないうちに料理が来てしまったので気づかなかったが、大友はこの店の客単価を五千円から八千円に引き上げた。そして、追加した料理の代金は自分が払わなければならないことに気づいた。

ちょっとした前菜と、とても夕飯には足りない量のペペロンチーノ……十一時過ぎに自宅に戻った大友は、中途半端な空腹に苛《さいな》まれた。

8

坂村と会った男は、パスタの他に何か肉料理を平らげて店を出て行った。その時点で午後八時。大友はすぐに尾行を開始した。

男は六本木を離れず、イタリアンレストランの入ったビルのすぐ近くにあるバーに移動した。カウンターについてハイボールのグラスを重ねながら、一時間……そこそこ酔いが回った様子で、足取りが怪しくなっている。しかしすぐに、別のバーに移動した。大友はどちらの店でもジンジャーエールをもらってちびちび飲んでいたのだが、無駄な動きとしか思えない……ただ、手がかりはあった。二軒目のバーで、男は店員と親し気に話して冗談を飛ばしていたのだ。雰囲気からして、どうやら常連らしい。男の正体を摑むには、後でこの店に確認すればいい。

二軒目の店を出た時には、十時になっていた。そこで大友は失敗を犯した。男はすぐにタクシーを摑まえたのだが、尾行のためのタクシーがなかなか来ない。結局、タクシーのナンバーを控え、二軒目の店に戻って男の名前を割り出したことで満足するしかなかった。古川亮《ふるかわとおる》。名前以外の素性は分からなかったが、名前さえ分かれば、そこから先のことは何とでも調べられる。成果は……一応、プラスだと考えるようにした。

茂山と連絡を取ろうとしたのだが、彼の電話はつながらなかった。まだ坂村を尾行しているのだろう。

連絡は後回しにして、大友は夜食を用意した。冷凍してあったご飯をレンジで解凍し、梅干しとノリを添える。何とも情けないお茶漬けで、これだったら帰る途中でコンビニエンスストアにでも寄ればよかったと後悔したが、腹が一杯になればいいのだ、と自分を納得させた。わずか一分で茶碗は空になってしまう……。

自分を甘やかすことにして、冷蔵庫からビールを取ってくる。一口呑んだところで携帯が鳴った——茂山。

「すまん、ずっと出られなかった」茂山の声は弾んでいた。

「尾行を続けてたのか？」

「ああ。一人じゃ危ないから、後輩を呼び出して……二課が、警視庁で一番超勤が多いのも当然だな」

最近は警察でも、「死ぬまで働け」などというのは流行らない。管理職は部下の残業を厳しく監視しているし、若い連中は定時に引き上げるのも当たり前だと思っている。自分の場合は、と大友は苦笑せざるを得なかった。他の課の仕事を応援している時には、しばしば帰りが遅くなったり、特捜本部に泊りこんでしまったりする。全ては、腕が鈍らないようにするためのトレーニング。むしろ「授業料」を払ってでも引き受けるべきかもしれない……。
「お前はどうした」
「自宅に戻った」今夜の状況を逐一説明する。
「名前が分かったのは大きいぞ」ようやく茂山の口調は落ち着き、声も明るくなってい
た。「もしも相棒なら、こいつもターゲットにして、坂村の追跡捜査ができる。線が二
本あった方が、情報は追いやすいんだ」
「で、お前の方は？」
「振り回されて終わったよ」茂山が自嘲気味に言った。「あの後二軒はしごして……ま
あ、奴も顔は広いんだね。ソフトドリンク一杯で粘って、いろんな人に愛想を振りまい
ていた」
「今夜は、顔つなぎが目的だったのかな」
「あるいは、次のターゲット探し……まあ、今夜はちょっと前進したと考えようぜ。古
川亮という男については、明日調べよう」
「そうだな」大友は缶ビールに口をつけた。
「じゃあ、今夜はお疲れ。途中から任せてしまって悪かったな」
「いや、慣れてるよ」
電話を切り、今度はビールを一気に、喉を鳴らして呑んだ。喉が急激に冷え、軽い頭
痛が襲ってくる。それでも暑さをようやく忘れることができたので、次はシャワー……

一日動き回ったせいで、体がべたべたして気持ちが悪い。取り敢えず体を洗って、気持ちもリセットしないと。

シャツを脱いだところで電話が鳴った。また茂山だろうかと思ったが、今度は柴だった。こんな時間に電話してくるのは珍しい。

「どうした」何かあった——事件だと思い、大友は前置き抜きで訊ねた。

「高畑が怪我した」

「え？」最初に考えたのは、酒場での喧嘩だった。敦美は滅多なことでは酔わないものの、トラブルになって黙って引き下がるタイプではない。無礼なことでも言われれば、実力行使に出てもおかしくないのだ。

しかし柴は、即座に喧嘩を否定した。

「転んだんだよ」

「え？」大友はまた間抜けな声を出してしまった。「転んだって、まさか、酔っ払って？」

「そのまさかなんだよ」柴が声を潜めた。もしかしたら、近くに敦美がいるのかもしれない。「あいつにしては珍しい……酔っ払ったところなんて、見たことないよな？」

「ああ」

「店を出た瞬間にいきなり転んでさ……頭を打って、肘も強打した。かなり痛そうだったから、医者に連れて行って、家まで送って来たところなんだよ」

「たまげたな」思わず正直に言ってしまった。「怪我の具合は？」

「頭は大丈夫。肘は、靭帯をやられてるみたいだけど、もっと詳しく検査してみないと分からない。明日、もう一度病院へ行くように言ったけど、分かってるかな……」

「そんなに酔ってたのか？」大友は目を見開いた。

「別に暴れるとか、そういうことはなかったんだけど、いきなり足元が怪しくなってたからな。なあ、お前、本当に何か知らないか？」

「残念ながら、分からない。お前の方こそどうなんだ？　僕より近くにいるんだから、よく見てるだろう」

「落ちこんでるのは間違いないんだけど、俺には確かめるチャンスも度胸もないよ」

「酔っ払うほど、精神的なバランスを崩してたわけか……分かった。機会があったら聞いてみるよ」

「頼むな」拝み倒すような口調で柴が言った。「とにかくお前の方が、上手く話は聞けると思うから」

「何でもかんでも僕に押しつけられても――」

電話はもう切れていた。何なんだ、いったい……何でも好き勝手に言い合える同期とはいえ、これは失礼ではないか？　心配して電話してきたなら、もう少し僕に対しても言いようがあるはずなのに。

まあ、でも仕方がない。精神的に落ちこんでいる刑事のメンタルケアをするのも刑事総務課の仕事……かもしれない。

翌朝、大友は捜査一課に顔を出した。柴と敦美の班は特捜事件に参加しておらず、待機中。敦美は憮然とした表情でパソコンに向かっていた。とはいえ、左腕を包帯で固められているので、右手だけでキーボードを打つのにひどく苦労している。

「やあ」

「テツ……」敦美が情けなさそうな口調で言って、大友を見上げた。「朝から何？」

「怪我したそうじゃないか。お見舞いに来たんだよ」

「大した怪我じゃないわよ」

「結構重傷に見えるけど」

敦美が、隣に座る柴を睨んだ。ばらしたのはあんた？　と無言で責めるような目つきだった。柴は目を逸らしていたが、恐怖で肩が震えているのが分かった。

「ちょっとお茶でも飲まないか？」

「こんな時間に？」敦美が右手を持ち上げた。いつもは左手に腕時計をしていたはずだ、と気づく。これも怪我のせいだろうか。

「別に今、仕事はないだろう？」

「ないけど……」不満げに敦美が唇を尖らせる。

「じゃあ、いいじゃないか」大友は笑みを浮かべて見せた。「眠そうな顔してる。コーヒーが必要なんじゃないか？」

数分後、敦美はぶつぶつと文句を言うことになった。コーヒーっていっても、食堂のコーヒーじゃない……こんなの、コーヒー味がするだけのお湯なのに。

「申し訳ないけど、さすがに外へ出るのはちょっとね」大友は言い訳した。警察庁などが入る警視庁の隣の中央合同庁舎二号館には、チェーンのコーヒーショップがある。二百二十円で結構本格的なコーヒーが飲めるのだが、今は警視庁を出たくなかった。

からがらの食堂で窓際に腰かけると、大友はすぐに切り出した。

「昨夜、珍しく酔ったんだって？」

「とんだ失態だったわ」敦美が皮肉っぽく言った。「柴に介抱されるようになったら、私もお終いね」

「体調でも悪かったのか？」

「ちょっとね。呑む前に頭痛薬を飲んだから、そのせいかも」

「ああ。鎮痛剤とアルコールは相性がよくないから」

……でも、いつもの高畑らしくないな」

「私だって、いろいろあるわよ」敦美が溜息をついた。

「悩みがあるなら、相談に乗るけど」

「簡単に言えることと言えないことがあるから」

また溜息。これは相当重症だ、と大友は判断した。敦美は能天気な人間ではない。悩みを抱えこむこともある。しかし今までは、それを上手く発散してきたのだ——大友も一役買っていたと自負している。敦美の場合、悩んでいても自分の中で答えが出ている場合が多く、誰かに話すことでそれを確認したいだけなのだ。だから大友は、辛抱強く話を聞いて、時々相槌を打ち、最終的には敦美の言うことを全面的に認めてやった。

しかし今回は、事情が違うようだ。悩みをうち明けるならともかく、今日の彼女はそれを話しそうもない。

「話したくないなら無理する必要はないけど、あまり抱えこむと、大変だよ？」

「分かってるけど、特にテツには言えないこともあるのよ」

「どうして」

「あなたが男だからに決まってるでしょう」

恋愛関係だ、と大友は悟った。手ひどくふられたとか……あるいは婦人科系の病気かもしれない。

「とにかく、気にしないで」

「肘は？」

「大丈夫。折れてるわけじゃないし」

「靭帯損傷の方が面倒だそうだよ。ＭＲＩでちゃんと検査してもらった方がいい」

「今日の午後にでも、もう一回病院に行ってみるわ。もう、痛みもそんなにないけどね」

「君は我慢強いから」

「しょうがないわよ。こういう仕事をしていると、我慢しなくちゃいけないことも多いし……ちょっとごめん」

敦美が、テーブルに置いてあったスマートフォンを取り上げた。その直前、大友は画面に「柴」と名前が浮かんでいるのを見ていた。

「うん……分かった、了解。すぐ戻るわ」

通話を終え、敦美が短く「殺し」と告げて立ち上がった。

「殺し？」

「渋谷西署管内」

一瞬振り向いてそれだけ告げると、敦美は走り去った。腕を固定していることなど忘れさせる走り方で、大友は啞然と見送るしかなかった。

結局仕事なのかもしれないな、と思う。敦美が悩んでいたのは、暇だったからかもしれない。捜査一課の刑事というと、朝から晩まで、しかも休みなしで一年三百六十五日働くようなイメージがあるが、実際には出動は順番である。特捜事件が起きれば投入され、事件が解決すれば本部で待機の日々になる——敦美たちの班は、このところずっと待機が続いていたから、暇を持て余していたのだろう。事件の渦中に放りこまれれば、自然と忙しくなって悩んでいる暇もなくなる。

それで敦美の悩みが無事に解決してくれればいいのだが、と大友は祈った。

刑事総務課に戻るとすぐに、大友は課長の峰岸《みねぎし》から、渋谷西署へ向かうように指示された。

「殺しで特捜本部を立ち上げるみたいだから、様子を見てきてくれ。最近、渋谷西署の管内では特捜は立ってないから、向こうの連中も混乱するかもしれない」

「分かりました」

「あっちの仕事で忙しいようだけど、大丈夫だな？」捜査二課の仕事を手伝っていることは、峰岸は当然知っている。

「大丈夫です……西署、何か問題でもあるんですか？」

「慣れてないだけだよ。取り敢えず無事に動き始めているかどうかだけ、確認してくれ」

「了解です」

お盆前、一番暑い最中に渋谷まで行くのは面倒臭い、という意識が先に立つ。だがこれは、刑事総務課員としてこなさねばならない仕事なのだ。

今日も暑い……しかも渋谷西署は、警視庁から微妙に行きづらい場所にあるのだ。乗り換えが面倒で、どこかで必ず歩かねばならない。大友は、霞ケ関から丸ノ内線で新宿まで出て、京王新線に乗り換えるルートを選んだ。歩くといっても駅の構内だから、それほど汗はかかずに済むだろう。

しかし、初台駅を降りてから、甲州街道沿いに歩く数百メートルが地獄だった。甲州街道の上には首都高四号線が走っていて、交通量が多い。そのせいか、気温もぐっと高くなっているようだった。署に着くまでに、ハンカチが汗で完全に濡れてしまう……命の危険さえ感じて、大友は途中、自動販売機でペットボトル入りのスポーツドリンクを仕入れた。この暑さは、ただの水ではしのげない。浸透率のいいスポーツドリンクでないと。

一口飲んで生き返り、大股で渋谷西署を目指す。この署は甲州街道沿いにあり、庁舎は比較的古い。外から見た限りでは分からなかったが、署内に入ると、既にばたついた空気が流れていた。まだマスコミに発表はされていないので、記者たちが押しかけて大騒ぎになる段階ではないが、それでもざわついているのは肌感覚で分かる。

大友はまず、副署長席に向かった、取り敢えずの挨拶。その後で特捜本部の状況を見なければならない。

「いや、お忙しいところ、申し訳ないね」頭がすっかり禿げ上がった副署長が、本当に申し訳なさそうに言った。定年間近に副署長にまでなった苦労人……人はよさそうだ。

「いえ、これも刑事総務課の仕事ですので。何かお手伝いできることがあれば」

「警務課の連中が中心になって準備を整えてるけど、慣れないもんでね。あなたには……力仕事は頼めないかな」副署長がにやりと笑った。

「いや、大丈夫ですよ。最近、鍛えてますから」ジム通いが役に立つかどうか。

「じゃあ、うちの柔な連中がへばってたら、よろしくお願いしますよ」

「特捜は久しぶりなんですか？」

「さっきちょっと調べたら、かれこれ十年以上、特捜事件は起きてない」

「管内の平和を保っていたということですね」

「物は言いようだな……特捜は、四階の大会議室に設置してますから」

短いやり取りの後、大友は階段で四階まで上がった。また汗が噴き出てきたが、これはいずれ引くだろう。署内はどこも、冷房がきつく効いているのだ。

会議室に入ると、まだ机も並べ終えていなかった。この時間に事件が発生したとなると、刑事全員が集まっての捜査会議はおそらく夕方……それまでにはまだ時間があるが、係長や管理官ら管理職は、それまでにここへ入るだろう。準備はできるだけ早く終えねばならない。

「刑事総務課の大友です。手伝いに来ました」

本当は、テーブルや椅子を運ぶのは自分の仕事ではないのだが、どうも人が少ないようだ。ここは手伝っておかなくては……大友が声を張り上げると、ほっとしたような視線を向けられる。

大友は警務課員たちを手伝い、テーブルを並べた。一番前には管理職の連中用のテーブル。それに向き合う格好で、刑事たちがつくテーブルを並べていく。それほど重い物ではないのだが、数が多いので結構時間がかかる。終わった頃にはまた汗が噴き出てきた。まだ残っていたスポーツドリンクを飲み干し、警務課長に声をかける。

「チェックシートはお持ちですよね？」

「ああ」初老の警務課長が、書類の挟まったクリップボードを取り上げた。全署に配布されているもので、特捜本部を立ち上げる際に必要なものがリストになっている。渋谷西署では、これが十年も使われていなかったわけだ……。

チェックリストは、まだまったく埋まっていなかった。什器類を揃えるだけでも一苦労で、準備が整うのは午後になるだろう。

「電話の手配はついてますか？」大友は訊ねた。

「ああ、それは間もなく」

「ファクスは？」

「そいつはこれから……コピーもね」

「すぐに使うことになりますから、二つは優先でお願いします。お茶の用意は、一番最後でいいです」

特捜本部には、だいたいポットと急須、大量の湯呑みが持ちこまれる。時にはコーヒーメーカー。外回りから帰って来た刑事たちが喉を潤すためのサービスだ。飲み物など、今時どこでも売っているのだが、これは警察の伝統である。冷静に考えれば、無駄なものとして排除してもいいのだが。

大友は、警務課長とチェックリストの突き合わせを続けた。幸い、署の外から調達してなければならないものは何もない。何とか早く、準備は整いそうだ。

「ここがきちんとできるまでは、お手伝いしますので」

「申し訳ないねえ。お忙しいところ」警務課長が頭を下げる。

「いえ、これも総務課の仕事なので……ところで、どういう殺しなんですか？」

「まだ聞いてない？」

「内容を知る権利はないですからね」大友はうなずいた。「でも、もちろん興味はありますよ」

「私も一報を聞いただけなんで、詳しいことは知らないんだが……」警務課長が、髪をかき上げてから説明し始めた。

管内の古いマンションで死体が見つかったのは、今日の午前六時頃。新聞配達の人間が、二階の部屋のドアが開いているのを発見した——ドアだけでなく、人の腕も。玄関先で倒れた人間の腕が、廊下にまではみ出ていたのだ。外へ逃げようとして玄関までやって来て、ドアを開けたものの、力尽きてそこで倒れた……配達員は慌てて一一九番通報し、倒れていた人は病院に運びこまれ、そこで死亡が確認された。

「で、事件性があったわけですね」

「ここに刺し傷がね」警務課長が、首の後ろをトントンと手刀で叩いた。

「ナイフですか？」

「いや、もっとずっと細いもの——千枚通しか何からしい」

「え？」大友は思わず目を見開いた。「千枚通しって……凶器としては珍しいですよね」

「ここには人体の急所が集まってるから」警務課長が、首筋を撫でた。「ただ、凶器が千枚通しっていうのは、聞いたことがないね。あんたの言う通りで、それで一撃必殺っていうのはかなり難しいんじゃないかな。殺し屋とか？」

「殺し屋なんか、日本にはいませんよ」

仮に殺し屋だったとしても、千枚通しを使う意味が分からない。もっと確実に殺す方法はいくらでもある訳だし……。

「被害者の身元、割れてるんですか？」

「完全に確定したわけじゃないけど、現場の部屋の住人なのは間違いないだろうね」警務課長が尻ポケットから手帳を引き抜いた。「宮脇俊作《みやわきしゅんさく》、三十六歳。独身らしいね。部屋を調べたら免許証が出てきた。本籍地は神奈川の相模原。今、そっちと連絡を取ってる」

「何者かは分かってますか？」

「いや、まだそこまでは割り出していない……私が知らないだけで、刑事たちはもう摑んでいるかもしれないけど」

痴情のもつれではないか、と大友は想像した。妻、ないし恋人がかっとなって、たまたま手元にあった千枚通しを首の後ろに突き刺した——そして怖くなって慌てて逃げた。ドアが開いたままになっていたのも、その証拠かもしれない。

あり得ない話ではない。殺しの多くは、身内の犯罪なのだ。

宮脇というのはどういう男なのか……それほど金は持っていないだろうと想像する。渋谷西署管内の古いマンションに住んでいるのだから、少なくとも家賃にそれほど金をかける余裕はなかったはずだ。

いずれにせよ、それほど時間はかからずに解決するのではないだろうか。人間関係を解していけば、自然に犯人に辿り着く……もしかしたら今日中に解決して、特捜本部は名ばかりになるかもしれない。

昼飯を飛ばして、午後一時半、特捜本部の設置は完了した。それにタイミングを合わせるように、本部から係長、管理官が到着する。管理官は、大友も顔馴染の牧原《まきはら》。ボタンダウンの半袖シャツに紺色のパンツという、標準的なクールビズスタイルだった。こういう格好は、大友の感覚ではカジュアル過ぎるが、サイズがぴたりと合っているせいで、上品な感じはする。

「何でお前が、このクソ特捜にいるんだ」大友の顔を見るなり、牧原が吐き捨てる。これがこの男の特徴……外見はぴしっとして真面目そうに見えるのに、とにかく口が悪い。

「刑事総務課としては、普通の仕事なんですよ」

「そうか。で、クソ犯人はもう捕まえたのか?」

「それは私の仕事ではないです」大友はつい苦笑してしまった。

「何だ、お前がいるんだから、もう事件は解決したと思っていたよ」

「いやいや……取り敢えず特捜の準備はできていますので。私はこれで失礼します」

「おう、ご苦労」

牧原が鷹揚《おうよう》にうなずく。悪い人ではないんだけど、やりにくいよな……うつむいて苦笑しながら、大友は一階に降りた。副署長に挨拶し、刑事総務課に電話を入れて峰岸に報告する。これで今日の仕事は終わり……後は二課の手伝いをするかどうかだ。

何だか取り残されたような気分になる。柴たちはこれから、大騒ぎに巻きこまれるだろう。第一報を聞いて走り出す——そういう世界から離れて、もう十年近くになる。しかしいつまで経っても、あの興奮は忘れられないのだ。

自分は捜査一課の人間だ。戻りたい、と痛切に願う。

9

最近は警察でも、休みはきちんと消化しろ、と煩く言われる。しかし二課の内偵捜査が継続中とあって、大友は三日しか夏休みを取らなかった。しかも今年はカレンダーの並びが悪く、盆休みの三日間は週末とかぶってしまい、夏休みの感じがほとんどない。

大友はいつもお盆の時期ではなく少しタイミングをずらして佐久に帰省するようにしているのだが、今年は一番混み合う時に帰るしかなかった。それにしても、予想以上の混雑……十二日の仕事を終えて、午後七時前の新幹線に乗ってみると、まるで朝のラッシュ時のような混み合いだった。指定席は取れず、自由席にも座れずに、結局デッキで立ちっぱなし。座れないのに料金は同じかと憤慨したが、これはどうしようもない。短い休みに一斉に移動する日本人の習慣が間違っているのだ。

デッキで立ったまま食事をするわけにもいかない……結局、完全に胃が空っぽのまま、八時過ぎに佐久平の駅に着いた。ここからさらに小海線で十分ほど、ようやく実家の最寄りの中込駅に辿り着いた時には、くたくたになっていた。実家までは歩き……中込駅付近は、昼間はそれなりに賑わうのだが、この時間になると人っ子一人いない。途中で食事を済ませていこうとも思ったが、食指を動かされるような店はない。仕方なく、真っ直ぐ実家へ向かうことにした。

実家についた途端、笑い声が外まで聞こえてきた。笑い声？　何かおかしい。厳格な父はもちろん、母も大笑いするようなタイプではない。それに優斗も、どちらかと言えば物静かな方だ。その三人が揃って笑っているのは違和感がある。

母が玄関まで出迎えてくれた。

「ずいぶん賑やかみたいだけど？」

「ああ、東海林《しょうじ》君の息子さんが遊びに来てるのよ」

「東海林って、あの東海林？」記憶に間違いなければ、中学校までの同級生だ。

「そうそう。優斗と同い年なのよ」

「何でまた」靴を脱ぎながら、大友は首を傾げた。

「優斗もずっとこっちにいるんだから、友だちぐらいできるでしょう」

「あいつらしくないな」そんなにあけっぴろげなタイプではない——むしろ人見知りする方なのだ。

「あ」

リビングルームに入ると、優斗が気づいて声を上げた。何だか釈然としない。今日来ることは言ってあるのに、予想外の訪問者に出くわしたような態度ではないか。

「こんばんは」ひょこりと頭を下げたのが、東海林の息子か……確かに似ている。中学生の頃の東海林にそっくりと言っていい。やたらと大きな目に太い眉毛。長野県民は顔が薄いとよく言われるのだが、それとは正反対の濃い顔つきだった。

「東海林の息子さん?」

「はい。智弘《ともひろ》です」声は太く、口調は礼儀正しかった。

「ずいぶん大きいな」大友は頭の上でひらひらと掌を動かした。体形は中学生らしくひょろりとしているが、身長はもう自分より高いかもしれない。

「バスケットをやってます」

「なるほど。それで背が伸びたんだ……ゆっくりね」

「ありがとうございます」

やけに丁寧な子だ。最近は「悪い子」「やんちゃな子」が少なくなってきた感じがする。大人しい子、いい子が増えてきたのはいいことだが、逆に心配でもあった。何というか、覇気がない……もっとも自分も、そんなことは言えないな、と大友は苦笑した。中学・高校時代は帰宅部で、とても気概のある子どもとは言えなかったのだから。

　大友は昔自分が使っていた部屋に荷物を置き、ワイシャツからTシャツに着替えた。階下へ降りると「何か食べる物、あるかな」と母親に訊ねる。

「ご飯もあるけど、おそうめんか何かの方がいい？」

「ご飯をもらうよ」今からそうめんを茹でていたら、鍋の熱気で汗をかいてしまう。大友も夏場のそうめんは重宝しているが、作る度に汗をかくのが鬱陶しくてならない。

「じゃあ、ちょっと待ってね」

　母親が食事を用意してくれている間、大友は冷蔵庫から勝手に缶ビールを取り出して呑み始めた。東京の喧騒から離れたと感じる瞬間……耳を澄ませても、リビングルームで談笑している三人の声しか聞こえてこない。もう、外を走る車も少なくなっているのだろう。

　母親手作りの惣菜が並んだ。こうやって簡単に料理が出てくるのが、母親のいる普通の家庭なんだよな、と大友は情けない気分になった。自分は、突然来客があっても食事を用意できない。

「それにしても、優斗、いつの間にこっちに友だちができたんだ？」

「だって、ずっといるのよ。家に籠ってるわけじゃないし、外へ出れば同い年の友だちぐらいできるでしょう」

「あいつ、そんなに社交的じゃないんだけど」

「東京じゃなくてこっちだと、気分も変わるんでしょう」さも当然のように母親が言った。「優斗、智弘君に勉強を教えたりしてるのよ」

「ということは、頭の悪さは親譲りだ」

「やめなさい……あなたも口が悪くなったわね」

母親に軽く叱責され、大友は肩をすくめた。実際、東海林はテストの度に四苦八苦していた……大友も、東海林に勉強を教えたことがある。歴史は繰り返すと言うべきか、親子はよく似ていると言うべきか。不思議な巡り合わせを考え、思わず笑ってしまう。

九時半になって、智弘は引き上げた。また明日、と優斗と約束している。二人の会話を邪魔しないようにとキッチンに座っていた大友は、まだ半分しか呑んでいない缶ビールを持ってリビングルームに移動した。

「面白い子だよね」優斗が嬉しそうに言った。「素朴っていうか」

「そりゃあ、田舎の子だから。しかしお前も、面倒見がいいな。わざわざ勉強を教えてるなんて」

「それも面白いんだよね。自分の復習にもなるし」

「いいことじゃないか」父親が割って入った。「復習は、最高の勉強なんだから」

「お風呂、入るね」優斗が立ち上がる。この会話にはあまり興味がないようだった。

「ああ」

優斗を見送ってから、大友はビールを一息に呑んだ。父親が、面白そうな表情を浮かべて大友を見る。

「息子がどんどん成長して、寂しそうだな」

「まあね」素直に認める。「あいつ、ちゃんとやってる？」

「手間がかからないよ。相変わらずいい子だな。それよりお前、高校のこととか、優斗と話したのか？」

「たまに聞くんだけど、まだ決めてないみたいだ」

「そうか……」父が顎を撫でた。

「その辺、父さんの方がよく知ってるんじゃないか？　元先生なんだし」

「長野と東京じゃ、高校進学の事情も全然違う」

「そうかもしれないけど……」

「まあ、気長に待てよ。受験はまだ一年以上も先なんだから」

　実際には、のんびり構えている暇はない。片親故にあまりフォローできていないという負い目もある。優斗が自分の進路を決めたら、自分は早くバックアップに回ってあげたい、とずっと思っていた。中二で進路をはっきり言わないのは普通なのか、あるいは他の子に比べて遅いのか。新学期が始まったら、すぐに父兄面談があるから聞いてみよう、と大友は思った。

短い、はかない夏休み……優斗も一時東京へ戻るというので、大友は月曜日の昼過ぎの新幹線を予約した。幸い、今度は指定席が取れたので、地獄の立ちっ放しは味わわずに済む。火曜日からはすぐに仕事に復帰するので、帰宅したら家の掃除をしないと。

いろいろ忙しくなるから、新幹線での一時間半は貴重な時間だ。この機会に、進学問題について優斗と話し合っておこうと思ったが、座って新幹線が動き始めた瞬間に、優斗は船を漕ぎ始めた。田舎でゆっくりしていたと思っていたのに、やっぱり疲れているのか……居眠りする息子を無理に起こすわけにもいかず、大友は一人ぽつねんと時間を潰すしかなくなった。

翌日、盆休みも明けて出勤すると、すぐに茂山に摑まった。

「例の古川という奴だけど、坂村との接点がはっきりしないんだ」

「もう丸裸にしたのか?」

「ああ、一応はな……」

「仕事は?」

「自分で会社をやってる。スポーツ関係のグッズを扱う会社のようだ」

「グッズ、ねえ」

「小物だよ、小物」茂山が口を尖らせる。

「それは分かってるけど、坂村との接点は何なんだろう。単なる友だちかな」言ってしまってから、そんなはずはないと考え直した。六本木のイタリアンレストランで落ち合った時の坂村の様子……約束の時間に遅れた友人を叱責している感じではなかった。もっと重要な問題――仕事上のトラブルで言い合いをしているようではなかったか。

「あれから二人は一度も会ってない。それどころか、坂村の動きも止まってるんだ。ここ数日、夜のクラブ活動も控えている」

「こっちの動きがばれたとか？」大友は首を捻《ひね》った。詐欺師というのは敏感な人種で、警察が動き出すと何故か察知されてしまうこともあるという。

「その可能性も否定できないな」茂山が渋い表情で言った。「まあ、被害届は出ているから、立件するのは難しくないと思うけど……できれば、現行犯に近い感じで逮捕に持っていきたい」

「女性の前で手錠をかけるとか」

「そうそう。精神的なダメージも与えてやらないとな」茂山は嫌らしい笑いを浮かべたが、それはすぐに引っこんでしまった。このままの状態だと、そんなことはできないと分かっているのだ。

「それで、今後の捜査の方針は？」

「本人に動きがない限り、周辺捜査を進めるしかない。被害者への聞き取りも強化するよ……それでお前の方だけど、荒川美智留とはどうだ？」

「最近、連絡を取っていない」

「そろそろ、ちょっと突いてみてくれないか？」茂山が大友に向けて人差し指を突き出した。「刺激して、どんな動きが出てくるか、見てみたい」

「それと、彼女の友だちに話を聴く手もある」

「ああ、三山春香とか？」茂山の頭には、関係者の名前が全部入っているようだった。

「家に泊りに行くぐらいだから、相当仲がいいんだと思う。荒川美智留の人となりを聞いてみるのも手じゃないかな」

「共犯である可能性は？　そこから荒川美智留に情報が流れるとまずい」茂山がしかめっ面を浮かべる。

「それを言ったら、誰とも話ができなくなる。人間はどこでどうつながっているか、分からないんだから……それともう一つ、僕にも被害者への事情聴取をさせてくれないか？　坂村がどんな風に人を騙したのか、被害者から直接聴いて確認したいんだ」

「それはお前の仕事じゃないんだけど……まあ、いいか。話を聴く人間が変われば、何か新しい情報が出てくるかもしれないし」

「助かる」ずいぶん柔軟だ、と大友は驚いた。普通、警察官は異常に縄張りを気にする。自分が摑んだ関係者を他人に任せるようなことは絶対にしないものだ。この、いい意味での適当さは茂山の性格なのか、捜査二課の仕事のやり方なのか。「正直、荒川美智留を攻める手がなくて困ってるんだ。ご依頼の件、上手くやれなくて申し訳ないんだが」

「よせよ」茂山が苦笑した。「こっちは無理言って頼んでるんだからさ……じゃあ、参考までに被害者と会ってみるか？　こっちが摑んでいる被害者は五人——何かヒントになるかもしれない」

「頼む」

この話はすぐに上にも通ったようだ。その日の午後、大友は二課の女性刑事と一緒に、「坂村に騙された」と弁護士を通じて訴えた和泉瑠衣《いずみるい》という女性と会うことになった。

担当も女性刑事か……二村春海《にむらはるみ》という刑事とは初対面だったが、柔らかい雰囲気は、刑事らしくない。被害者が女性だから、わざとこういうタイプを当てているのだろうと大友は想像した。

瑠衣とは、警視庁の近く、日比谷にある喫茶店で会った。正式な事情聴取ではないので、警察の施設を使うまでもない。こういう相手には気を遣う……大友は静かに、抑揚をつけないように気をつけながら話を切り出しつつ、瑠衣の様子を確認した。背はかなり高い――美智留と同じぐらいだろうか。ボブカットにまとめた髪は艶々していて、髪にも金をかけているのが分かる。坂村に金をむしり取られても、一文無しになってしまったわけではないようだった。事前に春海に聞いた限りでは会社員ということだったが、それならかなりの高給取りだろう。目鼻立ちがはっきりしていて、いかにもモテそうなのだが、妙に自信がなさそうに視線が泳いでいるのが気になった。これも、坂村に騙された後遺症だろうか……結婚詐欺師は、金の問題だけではなく、精神的なダメージも相手に負わせるのだと改めて意識した。気をつけて話さないと。

「お忙しいところ、申し訳ありません」

「いえ……何か役に立つなら」

「私たちの方こそ、和泉さんの役に立ちたいと思います。そのためには、坂村を逮捕するのが一番ですからね」

「はい」瑠衣の声に芯が通った。それを心底望んでいるのが分かる。

大友は瑠衣から話を引き出しながら――何度も事情聴取されて面倒だろうと思ったが、悔しさの方が上回るようで、瑠衣は淀みなく喋った――坂村のテクニックに舌を巻いていた。自然に近づき、自然に親しくなり、自然に金を巻き上げる。しかもあの男は、同時並行的に何人もの女性にアプローチしているはずだ。まったく、そういう能力をどこかに活かせないものだろうか。

「――そうですか、婚活パーティで会ったんですね」

「上手くいくかどうか分からなかったんですけど、一度ぐらいは試しでと思って……それで引っかかっちゃうんですから、私も甘かったんですよね」瑠衣が自嘲気味に言った。

「相手はプロですよ？　初対面だろうが何だろうが、人の心に入りこむテクニックは持っています」

「あんな人に対して、プロなんて言葉は使いたくないですけど」瑠衣の顔から血の気が引く。

「失礼しました」

会話が途切れたタイミングでふと思い出し、大友は美智留の写真を瑠衣に見せた。可能性は低いと思ったが、念のためだ。

「あ」写真を見た瞬間、瑠衣が短く反応する。

「この女性、ご存じですか？」

「見た……会ったことはあります」

「どこで？」

「坂村さんと一緒でした」

美智留を巡る状況が回り出した。

第二部　女たち

1

　瑠衣が美智留を見たのは、三か月ほど前――五月十日だったという。日付をはっきり覚えているのは、その日がたまたま瑠衣の誕生日だったからだ。西麻布のフランス料理店での食事、プレゼントは高級ブランドの財布、そして六本木のホテルでの一夜。そのホテルのスイートは、一泊十二万円だった……食事といいプレゼントといい、坂村は「経費」に相当金をかけていたわけだ。意外に儲けは少なかったのでは、と大友は想像したが、実際にはかけた金よりはるかに高い金額を貢がせていたのだろう。湾岸のタワーマンションにフェラーリ……と、また彼の資産が頭に浮かんでしまう。

　瑠衣はレストランでの食事を終え、六本木までタクシーで移動するために店を出た瞬間、美智留に出くわした。その時瑠衣は、美智留が坂村と特別な関係にある、と確信したという。

「どういうことですか？」大友はすかさず突っこんだ。

「その、雰囲気というか……」瑠衣が両手をこねくり回した。「二人はほとんど同時に気づいたと思うんですけど、その瞬間、お互いに『あ』っていう……そういう感じ、分かりません？」

「偶然親しい人に会った感じ？　その偶然が嬉しかった？」

「そうそう、そういう感じです」

瑠衣は認めたものの、表情はぶっきらぼうなままだ。それもそうだろう、と大友は納得した。結婚の話まで出ていた相手が、魅力的な女性と親し気に挨拶を交わしている——心中穏やかだったはずがない。しかし、未だにその件を気にしているのはどうなのだろう。坂村を完全に憎んでいるのではないか？

そういう自分も……美智留を「魅力的な女性」と評価してしまっている。容疑があるかないか、虚心坦懐で美智留という女性に接しようとしていたのに、既にプラス評価をつけていた。

「それでどうなりました？」気を取り直して質問を続ける。

「友だちなんだって、彼が紹介してくれたんです」

「わざわざ言う必要もないことですよね」

「たぶん私、凄い顔してたんだと思います……嫉妬？」

「じゃあ、その説明は一種の言い訳だったかもしれませんね。それであなた、友だちだっていう説明は信じたんですか？」

「まあ……疑う理由もなかったので」瑠衣の口角がぐっと下がった。

「彼女の方——荒川美智留さんという名前なんですけど、美智留さんの方はどういう反応を示してましたか？」

「あ、どうも……という感じで。軽く頭を下げただけでした。名乗りもしなかったですけど、表情が妙に明るかったんです。だから、やっぱり気になって……二人は何か、アイコンタクトを交わしていたんです」

「その件を、坂村には突っこまなかったんですか？」

「突っこもうと思ってたんですけど、忘れちゃって」瑠衣が首を横に振った。「二人になれば……そういうことはどうでもよかったんです」

なるほど。一瞬嫉妬の炎を燃やしたかもしれないが、あくまで一度だけすれ違った関係であり、当時はどうでもよかったということか。

それでも、大友にとっては貴重な情報だった。大友本人は、坂村と美智留が接触した現場を一度も見ていない。あくまで茂山の情報だけで、二人が知り合いである可能性があると、頭の片隅にインプットしていただけだ。これで、まったく別の方向から補強する材料が出てきたことになる。

瑠衣を見送り、大友はコーヒーをもう一杯注文してから、春海と情報を突き合わせた。春海は三十代半ば、中肉中背で、どことなく地味な印象のある女性だが、捜査二課にはこういう容姿の人材も必要なのだろう。どこへでも自然に溶けこめそうだ。大友は演技でそれをやるのだが、彼女の場合、意識せずとも人の懐に入りこめそうだった。

「坂村と荒川美智留の関係、どう思った？」

「今の証言だけだと何とも言えませんけど、知り合いなのは間違いないでしょうね」

「彼女は、特別な関係があると見ていたようだけど……」

「それは、嫉妬のせいでしょう」春海が軽く笑う。「自分の好きな人が、別の女性と話しているだけでも、気分は悪いですよ」

「なるほど……」大友は顎を撫でた。嫉妬は怖い。あらゆる冷静な判断力を失わせる。

それでも、瑠衣の情報は貴重だった。

「問題は、二人が会ったのが偶然かどうかですね」

「確かに」春海の指摘に、大友はうなずいた。「東京は広い。用事もないのにばったり会う可能性は低いはずだ」

「もしかしたらその時も、二人で組んで何かしかけようとしていたのかもしれませんよ」

「結果的には何もなかったけど」

「タイミングが合わなかっただけとか……いや、もしかしたら、荒川美智留が顔を見せることこそが、作戦だったのかもしれません」春海がハンドバッグから煙草を取り出した。この店は禁煙なのだが、目の届く場所に煙草があるだけで安心するのかもしれない。

「嫉妬させるためとか？」

「ええ」

「それで和泉さんは、坂村をつなぎ止めておくために必死になる……」

「そういうこと、あるでしょう？」春海が大友の目を覗きこんだ。

「いや、個人的にはそういう経験はないけど……」居心地が悪くなって、大友は咳払いした。

「そうですか？　大友さん、ずいぶんモテてるって聞いてますけど」

「それは、単なる都市伝説だから」大友は言い切った。「本当にモテてたら、今頃再婚してるよ」

「再婚しないのは息子さんのためなんでしょう？　そういうところに惹かれる女性も多いと思いますよ。基本的に女は、真面目で誠実な男が好きですから」

「その割に、坂村のような男もモテる」大友は話の方向を微妙に捻じ曲げた。いつまでも自分のことを話題にされたらたまらない……。

「それはそれで、テクニックがあるんですよ」春海が薄く笑った。「だいたい、あのルックスですからね。モテる条件が揃った外見です。何だかんだ言って、女は見た目にも惹かれますから」

それは認めざるを得ない。長身で、余計な肉がついていない均整の取れた体形。そしていかにも今風の、さっぱりした顔立ち。さらに金持ちイメージを演出する湾岸のタワーマンションにフェラーリ……坂村が醸し出す雰囲気に惹かれる女性は少なくないだろう。しかも向こうが、積極的にアプローチしてくるわけだし。

「和泉瑠衣さんは、どういう女性なんだ？」

「普通のＯＬさんですよ。神奈川県出身で、慶応を出て、今はＩＴ系企業で企画の仕事をしてます」

「勝ち組の一人だね」勝ち組という言い方も嫌らしいが、と思いながら大友は指摘した。

「そうですね、結婚していないことを除いては……彼女、三十二歳なんですけど、親しい友だちは全員結婚しているそうです。今のご時世、結婚したらしたで、いろいろ大変なんですけどね」

「仕事と家庭の両立とか」

「東京で子どもを産んだら、保育園も足りないから大変なことになります」春海がうなずいて同意する。「それでも、和泉さんの目から見たら、結婚している人は全員が幸せで、勝ち組に見えるんでしょうね。彼女も実際、そう言ってました」

「幸せに勝ちも負けもないんだけどね」大友はコーヒーを一口飲んだ。そう……幸せかどうかは他人との比較で決まるものではない。自分が満足できるかどうかが大事だ。瑠衣も、他人の人生と自分を比較しなければ、結婚を焦って詐欺に引っかかったりしなかったかもしれない。仕事に充実感を持ち、十分な給料を貰っていれば、それでいいではないか。

「彼女のフェイスブックが哀しくてですね……」春海の表情が曇った。「二人で写った写真が、一枚もないんですよ」

「普通フェイスブックって、そういう私生活の充実ぶりをアピールするものでは？」

「顔は絶対に写さないでくれ、と坂村に頼まれていたそうです。だから坂村が写っていても背中だけとか、手だけとか」

「何でまた」

「坂村は、同時並行で何人もの女性を騙していたわけでしょう？　だから、他の人にばれるとまずいわけですよ。フェイスブックなんて、誰が見てるか分からないわけだし」

「地雷になりかねないわけだ」

「そういうことです。用意周到ですね……」春海が慌てて左腕を突き出し、時計を見た。「もう出ませんか？　次に会う人との約束もありますし、私、ちょっと煙草を吸いたいので」

「了解」大友は伝票を取り上げた。どうせ経費で落ちるとはいえ、ここは年上の自分が払っておかないと。「次、どこだっけ？」

「板橋本町」

「ずいぶん遠いな」

「三田線で一本ですよ。約束の時間まで、四十分ぐらいありますす」春海が腕時計をちらりと見た。

「とにかく急ごう」

大友は立ち上がりながら、二課の仕事もこれはこれできついものだと思い知っていた。捜査一課だと、被害者は何も言わない——死体であることが多いのだが、捜査二課の場合、現在も被害に苦しんでいる被害者がほとんどのはずだ。特に詐欺の場合には。しかし、捜査のやりがいも大きいだろう。犯人を逮捕すれば、金が戻ってくるかどうかはともかく、被害者は溜飲が下がる。ほっとした被害者の顔を見ることで、苦労も報われるはずだ。

しかし、大友はまだこの仕事に慣れていない。結婚詐欺事件の被害者に会うのは、自分から言い出したこととはいえ、気が重かった。中には人生を滅茶苦茶にされた人もいるはず……そう考えると、駅へ向かう足取りまで重くなってくる。


板橋本町は、かつて「都内で一番空気が汚い街」と呼ばれていたはずだ。何しろ環七と首都高池袋線、それに中山道——国道一七号線が交差する交通の要所だから、とにかく車が多い。しかし実際に降り立ってみると、空気の悪さは感じられなかった。さすがに騒音は激しく、歩きながらではろくに話もできなかったが。

「看護師さんだったね」大友は声を張り上げた。

「夜勤に入る前に、ちょっと会ってくれるそうです」春海が応じる。

「仕事前に、嫌な話で申し訳ないな……今度の人、何歳だっけ」

「四十歳」

「ああ……」瑠衣よりもずいぶん年上だ。四十歳で結婚詐欺の被害に――と考えると悲しくなってくる。引っかかる事情があったのだろうが、それを想像するのも気が重い。

警察官の仕事は、多かれ少なかれ人の人生を引き受けることなのだ。

待ち合わせをしたのは、板橋本町駅のすぐ近くにあるチェーンのカフェだった。春海が申し訳なさそうに、店の奥の方にある喫煙席に大友を案内する。

「私は我慢できますけど、向こうが……結構なヘヴィスモーカーなんです」

「そういう人に、看護師の仕事はきついんじゃないかな。勤務時間中は現場を離れられないから、実質的に禁煙を強いられる」

「だから、仕事じゃない時はひっきりなしに吸うんですよ……あ、もう来てます」春海が早足になった。

喫煙スペースに入ると、むっとするような煙草の臭いと煙が襲いかかってきた。狭いスペースで空気清浄機はフル回転しているようだが、とても間に合わない。空気清浄機にダメージを与えようとでもいうように、座っている人間が揃って煙草をふかしていた。

大友がこれから会うべき相手――市川葉菜《いちかわはな》も、ちょうど煙草をくわえたばかりだった。今にもライターの火を移そうとした瞬間、春海に気づいて口から煙草を引き抜く。向かいの席に座ると、灰皿に既に二本の吸殻があるのに気づいた。コーヒーは全然減っていない。この人はコーヒーよりも煙草なのだ、と分かった。

自己紹介して、改めて葉菜の様子を確認する。四十歳には見えない――童顔なのだ。しかし全体には、疲れた雰囲気を漂わせている。それが仕事のきつさによるものなのか、坂村に騙されたショックから抜け出せていないからかは分からない。既に顔見知りなのだろう、春海の顔を見ると辛うじて笑みを浮かべたが、そうすることさえ辛そうな様子だった。

「今回、彼女たちの仕事を手伝うことになりまして……今日は、顔合わせです」

「はい」葉菜がようやく声を発する。疲れた様子に似合わず、鈴を転がすような心地好い声だった。

「だいたいの話は、二村から聞いています。いろいろ大変でしたね」

「ええ、まあ」言葉があやふや……あまり話をしたくない様子だった。

「今日は、ある人物の写真を見てもらいたいと思って来ました」急に彼女自身の話をする気にはなれないだろうと思い、大友は美智留の写真を取り出した。「この人なんですけど、見覚えはないですか？」

「綺麗な人ですね」テーブルに置かれた美智留の写真を見て、葉菜が遠慮がちな声で言った。そして溜息。「この人も、騙されたんですか？」

「違います」

「じゃあ……」葉菜の顔に困惑の表情が浮かぶ。

「坂村の仲間かもしれません。二人が一緒にいるところを見たことはありませんか？」

「この人ですか？　見たら覚えてると思いますよ……綺麗な人ですよね」

短い時間に二度「綺麗な人」。葉菜は、ルックスを重視するタイプなのかもしれない。自分より若く、目立つ顔立ちの美智留を見て、どういう感情を抱いたのだろう。嫉妬？

「見たことはないんですね？」大友は念押しした。

「ないです」断言。葉菜が写真を取り上げ、顔に近づけてまじまじと凝視する。溜息をつき、もう一度「綺麗な人ですよね」とつぶやく。

「今回は、いろいろ大変でしたね」大友は、話を切り替えた。

「私が馬鹿だったんです……って思いこもうとしても、やっぱり納得できません」葉菜が首を横に振った。「確かに、焦っていたとは思うんです。男の人に縁がなくて、四十歳が見えてきて……そこで、急に自分を好きだって言う人が近づいて来たら、舞い上がりますよ」

大友は無言でうなずくにとどめた。彼女はこちらがきちんと同意すると、とめどなく話し続けるタイプのように見える。葉菜が先ほど口から引き抜いた煙草をもう一度くわえ、素早く火を点けた。薄い煙幕の向こうで、疲れた顔がぼんやりと霞む。

「最初は、どういう感じで知り合ったんですか？」

「うちの病院の人間ドックです」

「人間ドック？」大友は思わず聞き返した。「本当に人間ドックだったんですか」

「ええ。でも、今考えるとそれは隠れ蓑で、ターゲットを捜しに来てたんでしょうね」

「病院で、ねえ……」大友は腕を組んだ。撃たれて入院していた経験からすると、病院のスタッフと親しくなる機会はあまりない。特に人間ドックなど、半日から一日で終わってしまうはずで、流れ作業に乗るようなものだろう。看護師と軽口を叩いている暇もないはずだ――毎年来ている常連ならともかく。

「すごく親し気に話しかけてくるんですよね……あと、急に体調が悪くなって」

「人間ドックで体調が悪くなったら、洒落にならないですね」

「今考えると笑っちゃうんですけど」そう言いながら、葉菜の顔はまったく笑っていなかった。「採血するじゃないですか。それで、自分の血を見て貧血を起こしたって……倒れて、そのままベッドで絶対安静です」

「貧血は本当だったんですか？」あるいは演技では、と大友は想像した。かつて所属していた劇団の主宰者・笹倉《ささくら》が舞台上で倒れる演技をした時は、本当に何かの発作を起こしたのではないかと心配した観客の間に、不安のざわめきが走ったものだ。

「今となっては分かりません。取り敢えず私がついていたんですけど、その時にいろいろ話して。人間ドックは初めてで、採血したこともなかったから、びっくりしたって言ってました」

「あなたはそれを信じたんですね？」

「ええ」葉菜が暗い表情を浮かべる。「女性なんかで、たまにそういう人がいますから……初めてなら仕方ないかもしれないと思いました」

「それが――」大友は頭の中でメモ帳をめくった。「三年前ですね？」

「ええ」

「その後はどういう風に接触してきたんですか」

「人間ドックが終わって一週間ぐらいしてから、いきなり病院に電話がかかってきたんです。普通、勤務中は電話を取りつがないんですけど、どうやったんですかね」葉菜が皮肉な笑みを浮かべる。

「それは分かりませんけど、坂村はある意味プロなんです」先ほど「プロ」と言った時には瑠衣に反発されたな、と思い出しながら大友は指摘した。「口八丁手八丁で生きている人間ですから、それぐらいのことは何でもないんでしょう」

「正直、少しはしゃぎました」葉菜が打ち明ける。「もちろん、入院患者さんなんかで、時々声をかけてくる人はいます。普段は軽くあしらうんですけど、その時は……たぶん、人間ドックの時から、少し意識していたんでしょうね」

「意識していた人から電話がかかってくるとは思ってもいなかったんですね」

「ええ、もちろんです」指先で灰が長くなっているのに気づき、葉菜は煙草をゆっくりと灰皿に持って行った。途中で折れて灰がテーブルに零れる。ちらりとそれを見て、葉菜が紙ナプキンで始末した。くしゃくしゃに丸めて、テーブルの片隅に置く。

「馬鹿みたいだって思いません？　仕事、仕事で生きてきて、二十年近くですよ……もう、いい加減結婚も諦めて、これからも仕事でいこうかなって考えていたタイミングで、そういう電話があって、誘われて……何であんなに簡単に転んだのか、自分でも分かりません」

「人の弱みにつけこむのが、詐欺師のやり方なんです」

「そう……私の弱みだったんでしょうね」葉菜が煙草を一吸いし、灰皿に押しつけた。すぐに次の一本を取り出そうとしたものの、気が変わったのか、バッグに戻してしまう。

「結婚なんてどうでもいいって諦めていたのに、本当は諦め切れてなかった……そういうの、態度に出ちゃうんですかね？　誰が見ても分かる感じで？」

「私には分かりませんが」大友はよく、柴や敦美に「鈍い」と馬鹿にされる。人の顔色から本心を窺うのは得意だと自負しているのだが、彼らが言うのは別の意味の「鈍い」だろう。仕事以外で女性の心が分からないという点では、自分でも認めざるを得ない。

「情けないですけど、本当にあの時は舞い上がっていたんです」葉菜が溜息をつく。

「すぐに会ったんですか」

「次の非番の時に……きちんとお化粧したのなんて、本当に久しぶりでした」

「坂村はかなり強引だったんじゃないんですか？」

「今考えるとそうだったと思います。でもあの時は、そういう風にされるのも嬉しかったんです」

「結局、二年近くつき合って、五百万円も騙し取られたんですね」

葉菜の肩がぴくりと動く。痛いポイントを突いてしまったのだと大友は悟った。

「……失礼しました」

「いえ」否定したものの、葉菜が目を逸らす。

嫌われついでだ、もう少しきつい質問をしようと大友は決めた。

「どういう経緯で別れることになったんですか？」

「電話を見たんです」

「携帯ですか？」

「ええ。やっぱりああいう人なので……モテそうな人ですから、いつも心配していたんです。それで、ホテルにいる時に携帯を見ちゃって……女の人からのメッセージが大量に入っていたんです。それも、何人からも。それで、ああ、私は騙されていたんだって分かったんです」

「そのことは、彼には言ったんですか」

「言いましたよ、もちろん。誤解だって笑って誤魔化してましたけど、あんなことで誤解するわけがないですよね」葉菜が寂しそうに笑う。「結局、最後に会ったのはその日でした。後は、何度連絡しても通じなくて、そのうち携帯を変えてしまったみたいです」

「家は知っていたんですか？」

「ええ、何度か行ったことがあります。ご飯を作ったりして……」

「その家、どこでしたか？」

「池袋のマンションです」

大友はちらりと春海の顔を見た。彼女が素早くうなずく——その物件は確認済み。

「どこか不自然なところはありませんでしたか？」

「と言いますと？」

「男の一人暮らしだったら、大抵部屋は汚れます。でも、やけに綺麗に片づいていたとか」

「ああ、それは感じたことがあります」葉菜がうなずく。「それで、他に女がいるんじゃないかって疑ったんですけど……勘は当たってたんですね」

大友はうなずいたが、それは彼女の思いこみだと確信していた。恐らく坂村は、都内のあちこちにアジトを持っていたのだろう。本拠地——自宅が湾岸のタワーマンション。しかしそこには女を入れず、密会用——あるいは一人暮らしだと信じさせるため——の部屋を何か所か用意していた。経費的に考えるとかなりの負担になるはずだが、彼にとっては、そんなことはどうでもよかったのかもしれない。ある程度金を稼いだら、その後は騙すこと自体が目的になってしまったのではないか？　どこへどう転がるか分からないゲームをプレーする快感は、確かにあるはずだ。

「結局、それからまったく連絡が取れず、ですか」

「ええ。それで心配になって弁護士に相談したんです」

「そこから先のことは、こちらでも分かっています……それにしても、大変でしたね」

「焦ると、ろくなことがないんですよね。でも、自分のことは自分では分からない……気持ちは、コントロールできないんですね」

2

何とも切ない話だ……警視庁へ戻る地下鉄の中で、大友はずっと腕組みをしたまま、ざわつく気持ちを何とか抑えこもうとした。大友の心中を察したのか、春海は話しかけようとしない。

日比谷駅まで出て、まだ陽射しが強い中を警視庁まで歩く。噴き出す汗をハンカチで拭いながら、ただ黙々と……横を歩く春海がいきなり口を開いた。叱責するような口調だった。

「あれぐらいでショックを受けてどうするんですか」

「いや、あれが普通の感覚だよ」思わぬきつい一言に、大友はつい反論した。

「私、このところずっと、振り込め詐欺の捜査をしてたんです。あれはイタチごっこですよ——いくら潰しても、次から次へと新しいグループが出てくるんですから。でも一々、被害者から話を聴いて調書を作らなければいけません」

「ああ」

「基本的に、振り込め詐欺事件の被害者はお年寄りばかりです。虎の子の貯金を全部巻き上げられて、今日の暮らしにも困る人たちをたくさん見てきました。そういう時、家族だって助けられるとは限らない……むしろ金の問題になると、家族だって冷たいものです」

「そういう人たちを見てきたから、結婚詐欺の被害者の話を聴いたぐらいでは何とも思わない？」

「思います」春海があっさり否定した。「でも、その都度動揺していたら、やっていけないんです。大友さん、被害者支援課で研修、受けました？」

「いや、刑事総務課にいる限り、必要ないことだから」

「一度、研修を受けるといいと思います。犯罪被害者に対する気持ちが変わりますから」

「そうかな……」

「そうですよ……でも、とにかくお疲れ様でした」歩きながら、春海がぺこりと頭を下げる。「家に帰らなくていいんですか？」

「一応、茂山に挨拶と報告をしていかないと」

「真面目ですね」

「頼まれている以上は、ね」大友は肩をすくめた。

真面目にやるのは、頼まれているからというだけでなく、謎を追いたいという欲望が自分の中で膨れ上がっているからだ。被害を受けた女性たちに話を聴けば精神的にダメージを受けるにもかかわらず、中途半端にしたくないという気持ちが強かった。

あなたは坂村と知り合いなのか——大友はその質問をいつぶつけるか、悩んだ。慎重になった。今訊いても、彼女は「知らない」と言うだろう。そこから先、突っこむ材料がまだない。

お盆明けの週末、優斗は再び佐久へ向かった。まるで向こうへ「帰る」感じ。そんなに気に入っているのだろうか……心なしか笑顔が豊かで、足取りも弾んでいる。金曜日だったので、夕方東京駅で落ち合って見送ろうと言うと、優斗はあっさり断った。

「子どもじゃないんだから、一人で行けるよ」

「いや、しかし」朝食の席で、大友は食い下がった。「一応、心配だから」

「何で?」

一人で旅をさせることには、今でも抵抗がある。かつての高速バスの事件が、大友の脳裏には鮮明に残っていた。だが優斗は気にしていないか、あるいはあっさり乗り越えたようだった。

「じゃあ、東京駅と、あと、佐久平に着いてから連絡するから。それでいい?」

「それならいいけど……お前、本当に佐久が好きだな」

「だって、涼しいでしょ。東京にいると何もできないよ。エアコン、苦手だし」

「まあ、それは分かるけど」

「自然に涼しいのが一番だよね」

「だけどその分、佐久の冬は厳しいんだぞ」

「それはそれで、また別の話じゃない。今は夏なんだし」

反論できない。子どもにあっさり言い負かされるとは……情けない限りで、「優斗も大人になった」としみじみ感慨に浸る気分にもなれない。

夕方からまた一人きり。大友は今日、美智留に会うことにした。しばらく間隔が空いていたから、いいタイミングだろう。

出勤するとすぐ、彼女にメールを送った。アドレスの交換もしているから、彼女の方でも自分を拒絶しているわけではない、と大友は都合よく判断していた。

しかし、返事がない……無視されているのかもしれないと不安になりつつ昼食を終え、自席に戻った瞬間、メールの到着を告げるスマートフォンのアラームが鳴る。美智留だった。


夕方から空いています。

簡潔なメッセージ。午前中はジムでレッスンをしていたのだろう。昼休みに入って返信してきたのでは、と大友は想像した。今なら話がまとめられると思い、すぐに返信した。

仕事終わりに、ジムの近くのあの店でどうですか？

即座に反応があった。

五時半で大丈夫ですか？


もちろん。ＯＫの返事を送って、大友はスマートフォンをデスクに置いた。思いついて内線電話の受話器を取り上げ、捜査二課にかける。茂山は不在……今夜美智留と会うことは、彼には報告しておきたかった。もう一度スマートフォンを取り上げ、茂山に連絡する。彼は移動中だったようで、背後に駅の騒音が聞こえる。

「今日、荒川美智留に会う」

「ああ、了解。一歩進めるか？」

「お前にその相談をしようと思ったんだ」

「何時だ？　夕方？」茂山が困ったような口調で訊ねる。

「そう」

「悪い、今日はちょっと別件があって本部へ戻れないんだ。お前の判断で何とかしてくれないか？」

「そうか……分かった」急に不安になる。慣れない仕事故で、普段はこんな気持ちになることはないのだが。

「その代わり、後で報告してくれないか？　何時でもいいから」

「了解」

電話を切り、ふっと息を吐く。美智留と会うまでに、あと数時間。今日は特に仕事もなく、それまでどうやって時間を潰すかが問題だ……もしかしたら僕は、彼女と会うのを楽しみにしている？　まさか。しかし人は、こうやって結婚詐欺師の罠にはまるのかもしれない。ぐいぐいくるだけが詐欺師の手口ではないだろう。わざと連絡せずに気を揉ませ、会いたいという気持ちを募らせる。

「大友、ちょっと」

峰岸に呼ばれて立ち上がる。課長席の前に立つと、ファイルフォルダを渡された。

「クソ暑いところ申し訳ないんだが、渋谷西署へ行ってくれないか？」

「届け物ですか？」

「ああ、警務課長へ……金の関係の書類が入ってる」

「予算、はみ出してるんですか？」特捜本部が所轄に置かれると、金の面倒を見るのはその署になる。

「ちょっとな」峰岸が渋い表情をした。「当初の見込みがずれて……もっと早く解決して、刑事たちは引き上げる予定だったんだが、未だに動きなしだから。他の所轄からの応援も入ってるから、経費も予定以上に膨らんでいる」

「そう言えば、犯人、まだ捕まってなかったですね」

「クソ暑いから、特捜の連中も気が抜けてるんじゃないか」峰岸は時々毒を吐く。

「確かに、外回りにはきつい陽気ですよね」暑いことは大友も認めざるを得ない。「届けたら、そのまま……向こうの仕事に回っていいですか」

「ああ、それは大丈夫」峰岸が同情の視線で大友を見た。「クソ暑いのに大変だな」

「夕方からの仕事ですから、少しは楽ですよ」

昔なら――そう、大友が子どもの頃は、お盆を過ぎると急に暑さが和らいだものだ。夕方ともなれば、少しだけ涼しくなった風が、汗で火照った肌を冷やしてくれた。今はこの暑さが一日中、そしてだらだらと九月まで続く。

優斗が、涼しい佐久へ逃げ出したくなる気持ちも理解できた。東京はもはや、人が住むべき街ではなくなってしまったのか？


渋谷西署へ立ち寄り、警務課長に書類を渡したのが午後三時半。これから二子玉川まで移動し、少し早い時間から待機しておくつもりだった。間違っても彼女を待たせてはいけない――これは、「軽いが誠実な人間」と思わせるための作戦だ。

署を出ようとした瞬間、背後から声をかけられた。

「テツ、何してるんだ？」

振り向くと、柴が立っていた。きょとんとした表情を浮かべ、指先で車のキーをぶらぶらさせている。

「ああ、ちょっと警務課長に届け物があって。そっちの金の関係だ」

「お世話かけますねえ。仕事が遅くて申し訳ない」柴が皮肉っぽく言った。

「いやいや……」

「これから戻るのか？」

「いや、別件で田園都市線沿線へ行く」

「またずいぶん、行きにくい場所だな」

柴が深刻な表情で指摘した。「行きにくい」は大袈裟としても、東京西部は、南北の交通の便がよくないのは確かである。ここからだと、一度新宿に出て山手線経由で渋谷から乗るか、下高井戸まで行って世田谷線を使い、三軒茶屋で乗るか……いずれにしても乗り換えは面倒だし、結構時間がかかる。

「そんなに急いでないから」

「途中まで乗せていってやろうか」柴が指先で車のキーをくるくると回した。

「いや、いいよ」大友は反射的に断った。「仕事の邪魔になるだろう？」

「いや、実はこれから大崎まで行くんだ。山手通りを走るから、途中、池尻で下ろしてやるよ。それなら乗り換えなしで済むだろう？」

「急いでないのか？」柴が気を遣っているのでは、と心配になる。ここから大崎方面へ向かうなら、今は首都高の中央環状線を使うのが便利だ。だいたい空いていて、所要時間は山手通りを使う時の半分ほどに短縮されるのではないだろうか。

「大丈夫だ。そんなに焦ってもしょうがないから」

「特捜が、そんなに呑気なことでいいのかね」

「おいおい、素人じゃないんだから」柴がかすかに非難するような調子で言った。「お盆を挟んだこの時期には、捜査は止まっちまうだろうが。そういうの、もう忘れたか？」

確かにその通り。日本では、お盆の時期は社会全体の動きが止まる。特に会社は、一斉に夏季休暇を取るので、人を摑まえるのが難しくなってしまうのだ。プチ民族移動とでもいうべき、古くからの習慣。さらに最近は、盆休みを避けて夏休みを取る人も多くなっているので、八月は捜査のペースが狂ってしまう。

庁舎の前の駐車場に停めてあった車の中はサウナも同然で、一気に汗が吹き出てくる。午後中ずっと、陽射しがもろに当たり続けていたのだろう。これから美智留と会うのに、このまま汗だくになったらたまらない……大友はすぐに窓を開けたが、もわっとした熱風が入ってくるだけで、車内はサウナ状態のままである。エアコンの吹き出し口に手を持っていくと、風の流れは感じられるものの、冷たさはまったくない。

「いやあ、これは、たまらないな」柴がワイシャツの襟を引っ張り、肌に直に風を当てようとする。

「何とかならないか？」

「無理」

結局、前後のウィンドウを全て全開にして走り続けた。甲州街道の熱気はそのままながら、少なくとも顔に風が当たるので、幾分気持ちが落ち着く。あとはエアコンが本来の威力を発揮し始めたら、窓を閉めるだけだ。

「時間はかかっても、電車の方がよかったかね？」柴が訊ねる。

「それだと歩いている間にまた汗をかくから……どっちにしろ暑いんだ」

「そうだな……まったく、今年はどうかしてるよ」

「お前、毎年同じことを言ってるぞ」

「毎年の記録更新だ」やけっぱちな口調で柴が言った。

しばらく走ると、ようやくエアコンが冷風を吐き出し始めた。そこで窓を閉め、ハンカチで額を拭ってほっと一息つく。

「特捜の方、動きがないみたいだな」

「嫌なこと言うなよ」柴が渋い口調で応じる。

「すぐに解決しそうな雰囲気だったけど」

「仕事の関係では特にトラブルもないようだし、私生活も……独身で、特に女関係の問題も抱えてなかったようだ」

「強盗の線は？」

「それはないな。部屋が荒らされた形跡もないし、財布もカードも全部残っていた。財布の中の現金が盗られたとも考えられない。五万円ちょっと、入っていたから」

大友はハンカチでまた額を拭い、ちらりと柴の顔を見た。彼の表情も渋い。ハンドルを指先で叩き続けているのは、苛ついている時の癖だ。連日猛暑日が続く中、はっきりした手がかりもなく歩き回るのがどれほど辛いかは、大友にもよく分かっている。

「自宅で友だちと呑んでいて、トラブルになったとか？」

「誰かが遊びに来ていた形跡はないんだ。最初は簡単に行くと思ったんだけどなあ……玄関のドアが開いていたわけだし、犯人は逃げた直後に見えた。しかし、何しろ古いマンションでね」

「ああ、防犯カメラもなかったんだね？」

「そう。近所の防犯カメラはチェックしたけど、怪しい人間は映っていなかった」

最近は街角の防犯カメラが増え、捜査に役立つようになっている。ともすればそれに頼りがちになってしまうのだが、防犯カメラは決して万能ではない。

「となると――」

「これで行き詰まったな」柴が認めた。

「被害者は何者なんだ？」

「宮脇俊作、三十六歳」

「それは聞いてる。他の情報は？」

「会社員――勤務先は、新宿にある小さな商社だ」柴は出身地から出身校まで、被害者の人となりをべらべらとまくしたてた。

「商社勤務ということは、海外でも仕事をしていた？」

「本人は国内の仕事専門だったようだけど」

「仕事上のトラブルがありそうな、なさそうな……かな？」

「ああ」柴が認める。「俺たちも最初はそう思って周辺を調べたんだけど、今のところ、そういう要素は出てきてない」

「実家は相模原だったよな？　家族の方は？」

「家族も、本人が今どんな生活をしているかは知らないようだ。絶縁してるわけじゃないけど、会う――話をするのも年に一回か二回だけだって言ってたからな」

「それじゃ、絶縁と一緒だな」家族も干からび、化石になるものだ。

「いずれにせよ、地元は関係ないと思うぜ」柴が言った。「高校を出てからは、ほとんど帰ってないそうだから。家族だけじゃなくて、当時の友だちとも切れてるみたいだな」

「僕には何もできないけど、取り敢えず頑張れって言っておくよ」

「そいつはどうも」白けた口調で柴が言った。「本当なら、お前が入ってくるような事件だよな。後山さんがいたら、出動を要請していただろう」

「後山さんが好きそうな事件じゃないけど」

「後山さんがお前を出動させた基準って、何だったんだろうな。難事件？　それなら今回だって、立派な難事件だよ」

「確かに……」大友としても興味を引かれる事件ではある。しかし今は、別件にかかりきりだ。

「お前、今、何かやってるのか？」

「やってるけど、内容はちょっと言えない。極秘で、と頼まれているんだ」

「お前の力を必要とする人は、相変わらずいるわけだ」

「なかなか上手くいってないけど」大友は話題を変えた。「ところで、高畑はどうだ？上手くやってるか？」

「今のところは。ちょっと不機嫌なのが気になるけどな」

「話、してみろよ」

「そんな恐ろしいこと、できるかよ。お前の方で頼むよ」

「時間があればね」

やはり敦美は、いつもの調子ではないのだろう。気にはなったが、他の捜査にとりかかっている今、彼女のために時間を割いている余裕はない。

僕は冷たい人間なのだろうか、と大友は思った。今、優斗は手がかからない状態にある。だったら互いに仕事が一段落した夜遅くにでも、敦美と膝を付き合わせ、じっくり話を聞くことはできる。

だが、敦美は拒否するだろうという予感があった。普段の彼女は、どちらかというと開けっぴろげなタイプだが、一度心を閉ざしてしまうと、その壁を突き崩すのは容易ではない。長いつき合いだけにそういうことは分かっているものの、そういう時にどうすればいいかは分かっていない。

友だちづき合いは、何歳になってもやはり難しいものだ。

3

大友は午後五時から、ジムの近くのカフェで待機した。今日はここを待ち合わせ場所に決めているので気が楽……陽射しを避けて、涼しい店内で待機できるのがありがたい。さすがにまだビールを呑む気にはなれず、アイスコーヒーにした。

店内には大友一人だった。テラス席に一番近い場所に陣取り、外を観察しながら時間を潰す。とはいっても、駅から少し離れたこの辺りは人通りが多いわけでもなく、目を引くような物もないのだが……一台の車が店の前に停まる。かなりの猛スピードだったのに、壁にぶつかったような急停車でぴたりと——真っ赤なフェラーリ。

大友は思わず身を乗り出した。見覚えがある車——フェラーリ・カリフォルニア。坂村だ。

まだ陽射しが強い時間なのでトップは上げたままだったが、坂村本人がすぐに車を降りた。今日は糊の効いた真っ白なシャツの袖を肘のところまでめくり上げ、それにワンウォッシュの濃紺のジーンズを合わせている。足元は、ドライブ用のヒールのない靴のようだった。サングラスを額に押し上げ、眩しそうに空を見上げると、すぐにかけ直す。両足を軽く組み合わせて、フェラーリのボディに身を預ける……格好つけ過ぎだ。しかしいくら格好をつけても暑さには勝てないようで、すぐに車内に戻る。

嫌な予感が頭の中で回り始める。何であいつがこんなところにいる？　いや、もちろんどこにいてもいいのだが、二子玉川といえば美智留だ。やはり二人は知り合い——仲間なのだろうか。

その嫌な予感は、五分後に現実になった。ジムの方から美智留が歩いて来る。すぐにフェラーリの歩道側のウィンドウが下り、坂村が首を傾げるようにして美智留に合図する。美智留は車道の方に回りこんでから、車内に身を滑りこませた。動きが変だと一瞬思ったが、フェラーリは左ハンドルなのだとすぐに思い当たる。

おいおい、僕との約束はどうなってるんだ……と心配になったが、フェラーリが動き出す気配はない。どうやら二人は、車内で何か話し合っているようだった。大友は自分の腕時計とフェラーリを交互に見ながら、ひたすら待った。距離があるし、ウィンドウが閉まっているせいもあり、歩道側の運転席に座っている坂村の表情はよく見えない。ましてや美智留は、完全に坂村の陰に隠れていて、顔すら見えなかった。

五分、経過。ちょうど約束の五時半になったところで、美智留が車から出て来た。車高が低い車なので、助手席側で立った彼女の上半身は、はっきりと見えている。美智留が歩道に戻ったところで、フェラーリは発進した。美智留は特に名残惜しそうな様子も見せず、淡々とした様子で歩道に戻る。ちらりと腕時計に視線を落とすと、そのままカフェに向かって歩いて来た。

自分との約束を無視するつもりはなかったようだ、とほっとしたが、逆に疑問は募るばかりである。

これまで大友は、美智留と坂村の接点を見つけ出せずにいた。そして美智留と会うごとに、彼女と結婚詐欺を、同じ文脈で使うことに不自然さを感じるようになってきてはいた。

もやもやする……しかし彼女が入って来た瞬間、店内がぱっと明るくなった。まるで直射日光が突然射しこんだような明るさ。美智留の額には小さな皺が寄っている……ちょっと困った様子だった。

「ごめんなさい。待ちました?」

「いや、ちょっとサボりたかったし……ここでのんびりしてました」大友は柔らかい笑みを浮かべて見せた。「今日も暑いですね」

「そうですね」美智留が座るなり、バッグからハンカチを取り出し、顔を扇いだ。「今日はビールじゃないんですか?」

「ビールにしたいところですけど、一人で呑んでもつまらないですから」

「じゃあ、ビールに切り替えます?」美智留が、大友のアイスコーヒーのグラスをちらりと見た。

「それより今日は、しっかり食べませんか? ばたばたしていて昼食を抜いてしまったので」

「いいですよ」美智留の表情が少し柔らかくなった。

「お勧めの店、あります?」

「何がいいですか?」

「やっぱり肉でしょうね。最近、ちょっと夏バテ気味なので」

「じゃあ、ステーキで……用賀に美味しいステーキのお店がありますよ」

「流行りの熟成肉ですか?」

「昔ながらのステーキ屋さんです。熟成肉の店って、高いじゃないですか。そんなに気楽に入れませんし」

美智留が肩をすくめる。今のところ会話は、いつも通りに順調だ。それなりに年齢を重ねた男女同士、ただ美味い物を食べようと気楽に相談している。

「じゃあ、行ってみますか」

「それより、大友さん」美智留が突然手を伸ばし、大友の二の腕に触れた。「ちょっと気合いが抜けたんじゃないですか? 少し筋肉が緩んでますよ」

「いやあ、やっぱりトレーニングには向いてないんでしょうね。すっかり忘れてました」大友はゆっくりと腕を引き、折り曲げて見せた。二の腕の筋肉の動きは感じられない。

「また勧誘しちゃいますけど」悪戯っぽい口調で美智留が言った。

「それは、ステーキを食べながらでお願いします」大友はうなずいた。

もっとも、そんな話で盛り上がるわけにはいかない。だったら今日の話題はどうする

か——坂村のことを持ち出すわけにはいくまい。重要な情報が手に入ったのに、それを

本人に確認できない。まだるっこしい感じはあるのだが、急いては事を仕損じる、とい

うのは疑いようのない真理だ。

なるほど、確かに昔ながらのステーキ屋だ、と大友は納得した。肉の種類はフィレと

サーロインだけ。あとはサイズで値段が違うだけである。サーロインの二百グラムで三

千円……少しびっくりしたものの、高級な熟成肉の店では、一人一万円は軽く飛んでし

まう。それを考えれば安いものだ。卓上には様々な調味料があり、途中で味を変えられ

るようだ。

ステーキなら赤ワインという感じだが、この店の雰囲気ならやはりビール……いや、

本当はバーボンのソーダ割りが似合いそうだ。店内はウェスタン調のイメージで統一さ

れており、壁にはテンガロンハットやバファローの頭蓋骨——これはさすがにレプリカ

だと思うが——などが飾りつけられていた。BGMには、低い音量でカントリーアンド

い。


大友はサーロインにしようかと思ったのだが、美智留に止められた。

「フィレですか……」時々、パサついた肉に出くわすので、フィレはあまり好きではない。

「ジム通いを止めたなら、食べるものにはもっと気を遣った方がいいですよ」

「厳しいですね」

「それと、サラダも食べましょう。最初に野菜を摂った方が、血糖値が上がりません」

「血糖値はまったく正常ですよ」

美智留が顔の前で人差し指を振った。顔には嬉しそうな表情が浮かんでいる。

「四十歳過ぎたら、体にはどれだけ気を遣っても足りませんよ。その中でも、食べ物は一番簡単に注意できることですから」

「そうですねえ」自宅で食べる時は優斗の好みに合わせて料理を作ってしまうので、自分の体のことなどまったく考えない。子ども向けの料理は、四十過ぎた男の体には合わないのだろうか。

結局二人とも、二百グラムのフィレステーキにした。前菜代わりにサラダ。このサラダが妙に凝っていて、スーパーの常連である大友でも見慣れぬ野菜が、何種類も使われている。ドレッシングは酸味が強烈に効いていたが、一口で慣れた。

肉はしっかりしていた。ミディアムレアで焼いてもらったので、中は赤いまま、しかしほの温かくなっていて、申し分ない。昔ながらのステーキ屋も馬鹿にできない——というより、こちらの方が大友の好みだった。

あっという間にステーキを平らげてしまった。改めて、美智留は女性にしてはよく食べると感心する。それでいて今もスリムな体形をキープしているのは、きちんと運動しているからだろうか。思わず聞いてしまった。

「荒川さん、体形維持のために何か特別にやっているんですか？」

「私たちの場合、仕事がそのまま運動みたいなものですよ」美智留が屈託のない笑みを浮かべる。「でも、週に三回は自分のためにきちんとトレーニングしてますけどね。勤務時間に入る前の一時間とか、終わった後とか」

「それをずっと続けているから……」

「適度な刺激を続けていれば、筋肉はずっと成長し続けるんです。年齢には関係ないんですよ」

そう言えばジムでは、かなり年配の人——定年から十年以上経ったような人——の姿もよく見かけた。ああいう人たちも、これからまだ鍛え直せると信じているのだろうか。

「どうしますか？」

食べ終えるとすぐに、美智留が腕時計を見た。オメガ、と気づく。ステンレススティールのバンドで、エレガントというよりスポーティなイメージが彼女にはよく合っている。これはいくらぐらいだろう……とふと考えた。誰かから騙し取った金で買ったのか、あるいは貢がれたのか。坂村と接触があったことで、大友の中にある彼女のイメージは、一気に黒に近くなっていた。

「ステーキ屋でいつまでも愚図愚図していたら迷惑ですよね。もう一杯、どこかでつき合ってもらってもいいですか?」大友は提案した。

「もちろん」

「用賀で、軽く一杯やれるような店はありますか?」ごく普通の住宅街で、商店街も些細なものだという印象がある。

「そんなにないんですけど……散歩がてら探してみます?」

美智留はこの街をよく知らないのだろうか、と大友は訝った。

「いいですね」さすがにこの時間――七時半を回っていた――になれば、少しは過ごしやすくなっているだろう。

会計を済ませて――彼女が主張したので割り勘にした――外へ出る。少し風が出てきて、いい気分だった。

「次は奢らせて下さいね」後から店を出て来た美智留に、大友は言った。「私が誘ったんですから」

「じゃあ、お願いします」美智留がぺこりと頭を下げてから、心配そうな表情を浮かべた。「ステーキ、どうでした?」

「美味かったですよ」大友は素直に認めた。「確かに昔のステーキっていう感じですね。

結局、醬油味のソースが一番美味かった」

「私も、こういう味が好きなんです」美智留が笑みを浮かべる。「もう、古い人間なんですかね」

「まさか……さて、店を探しましょうか」

用賀の駅前にはランドマークになる巨大なビル――ビジネススクエアというらしい――があるほかは、駅前からいきなりマンションが建ち並んでいる。繁華街はほんのささやかな感じ……何の当てがあるわけでもなかったが、二人は一方通行の出口から入って、狭い道を歩き始めた。このまま真っ直ぐ行くと、桜新町まで抜けてしまうのではないだろうか。

路面は煉瓦敷き。両側に並ぶ店は比較的古い。老舗の商店街という感じだろうか。鰻屋、小料理屋、お好み焼き屋と、気安い店が目立つ。洒落たバーでもないかと探していたのだが、どうもそういう雰囲気でもない。

「静かな街ですよね」美智留が言った。

「典型的な世田谷の住宅街ですね」大友は応じた。

「大友さん、ご自宅は町田でしたよね」

一瞬どきりとしたが、申し込みの時に住所はちゃんと書いたのだと思い出す。

「ええ」

「あそこも、ほどほど賑やかで、ほどほど静かでいい街ですよね」

「ご存じなんですか？」

「隣に住んでました――高校生まで」

「隣って……」

「相模原。駅は相模大野でした」

「ああ。相模原の人にとって、町田は憧れの街ですよね？」美智留が声をあげて笑う。昔から定番の相模原―町田ジョークは、やはり受けた。あとは、町田が東京なのか神奈川なのかというジョークもよく聞く。それに加えて最近は、町田の東京離脱説、などというのもある。

五分ほど歩いて、民家の一階にあるバーを見つけた。「和風バー」と謳っていて正体は分からなかったが、他に適当な店も見つからない。

カウンターだけの小さな店だった。カウンターの奥の棚には、日本酒がずらりと並んでいる。他に酒は見当たらない……日本酒は苦手なのだが、まあ、何とかなるか。制御しながら呑めば、明日に残ることもないだろう。

日本酒をベースにしたカクテルもあるようだが、二人とも冷酒を頼んだ。二合徳利とガラス製のぐい呑み。ぐい呑みを合わせて、小さな乾杯をした。日本酒は喉と胃を焼く……二合徳利でも多いなと思いながら、大友は一杯目を干した。

「美味しいですね、これ」美智留は日本酒が好きなようで、カウンターの向こうにいるマスターに話しかけた。彼女が頼んだのは金沢の酒で、その説明を嬉しそうに聞いている。

　二人の会話が途切れたところで、大友は先ほどの話を蒸し返した。相模原……何かが引っかかっている。

「荒川さん、生まれも相模原なんですか」

「ええ」

「相模大野なら、相模原でも便利ですね」

「それ以外の場所は、ねえ」美智留が苦笑する。「相模大野も、最近は再開発されてずいぶん便利になりましたけど、私のイメージは昔のままですね」

　相模原市内の代表的な駅というと、まず相模大野だ。町田に住む大友にすれば、小田急線の隣駅。市内には小田急線と京王線、JRは横浜線と相模線、中央線が走っている――というと便利なようだが、それは市の東部と北部だけで、西の方には鉄道もなく、基本的に「山の中」という感じだ。

「高校生までっていうと、離れて二十年近くですか……最近は帰りますか？」

「いいえ」美智留が寂しそうな笑みを浮かべた。「両親とも亡くなってますから。家も処分したんで、もう帰る場所がないんですよ」

「失礼しました」大友はさっと頭を下げた。

「いえいえ、昔の話ですから……とにかく子どもの頃は、遊びに行くっていうと町田でした。小田急百貨店や丸井とか。最近はお店も増えたんでしょう？」

「そうですね。駅前なんか、小さい新宿っていう感じですよ」

二人はそれからしばらく、町田の便利さ——そして相模原の不便さを話し合った。こういう地元の話題は常に盛り上がるもので、大友も少しサービスした。頭の中でシナリオを作りながら、笑いを誘う話題を挟みこむ。独身だからどこに住んでもいいんですけど、町田は意外に便利で……そもそも怠慢な人間なので、一度住むと引っ越すのが面倒臭くなって、今のマンションにもう六年も住んでいる、云々。

「昔の友だちとは、会わないんですか？」

「昔って、相模原時代の？　今は全然ないですね」美智留は二合徳利を半分ほど空にしていて、饒舌になっていた。

「今だったら、メールなりSNSなりで簡単に連絡が取れますよね」

「そうなんですけど、面倒臭い感じ？」美智留が首を傾げた。「東京って、住むのが楽じゃないですか。それに慣れちゃうと、田舎なんてどうでもよくなるっていうか……実際、もう田舎はない感覚ですしね」

「家族がいないと、そうなりますよね」

「大友さん、長野でしたっけ？」

「ええ。両親は健在なので……年に一度ぐらいは顔を見せないと煩いんですよ。離婚して一人になった息子は、何かと心配なんでしょう。いい年なんですけどねえ」

美智留が声を上げて笑う。次第に遠慮がなくなってきているようだった。

「シンクロのチームの仲間とはどうですか？　厳しい練習を一緒にくぐり抜けてきた同志でしょう？」

「今は、つき合いはないですね……私は途中で脱落した人間ですから」

「怪我だから、しょうがないじゃないですか」

美智留が両手をそっと組み合わせた。まるで両手の間に、大切な想い出を保存しているとでもいうように。少し視線を落としたまま続ける。

「シンクロを始めたのはスクールで、高校生までほとんど同じメンバーで練習してました。そのチームから何人かが、選抜みたいな感じで同じ大学に進んだんですけど……どこかで零れ落ちますよ。昔の仲間には何だか声をかけにくいんです。トップの選手は、オリンピックにも出てますから、もう別世界の人ですよ」

「でも、体育大に進めないで、高校生でやめる人もいるんでしょう？　そういう人に比べれば、あなたはトップに近い場所まで行ったんですよね」

「そうかもしれませんけど、私としては挫折した感じ――途中で降りちゃった感じが強いですね」

「それから大変でしたか？」

「大変……うん、大変だったかもしれません」美智留が首を傾げる。「でも私は、そういうことで愚痴は零しませんけどね。何があっても自分の責任なので」

強がり……彼女は、例の事件のことを言っているのだろうか。結局逮捕されなかった詐欺事件は、彼女の中ではどういう位置付けになっているのだろう。

「あなたはちょっと、自分に厳し過ぎるかもしれない」

「基本的には、まだ体育会系なので」美智留が素早く笑みを浮かべた。

「とはいえ、厳しいなあ」

「大友さんは、そういう感じはしないですね」

「向かないんですよ。汗臭いのが苦手なので。柔道と剣道はやってみたけど、あれなんか、一番汗臭いですからね。人生最悪の経験でした」

自分の話は危ない……大友は話題を相模原に引き戻した。隣町ということで、ある程度は話を合わせられるのだ。美智留も軽く話せる話題のようである。

「高校は？」

「青王《せいおう》です」相模原市内にある私立高校だ。「あまり頭のいい学校じゃないですけど」

「そうですか？」

「少なくとも私たちがいた頃は。シンクロ優先だったので、スクールに通いやすい高校で、実家の近くで……そういう条件で選びました。偏差値五十以上の子は、絶対に行かないような高校でしたよ」

美智留が肩をすくめる。そこまで卑下しなくても、と大友は心配になった。

「高校時代の想い出って何ですか？　シンクロばかりで、授業中はずっと寝てたとか？」

「あ、当たってます」美智留が声を上げて笑った。「シンクロって、本当に疲れるんですよ。もう、練習の時以外は寝ていたいっていう感じで。それでも、大学に入ったらもっと厳しかったですけどね。それが、故障した原因だったかもしれません」

話はどうしても、彼女の怪我に立ち戻ってくる。美智留にとって腰の怪我は、やはり人生を左右した一大事だったのだろう。それから転落の一途を辿ってもおかしくはない。実際、結婚詐欺を疑われたこともあったわけだし……しかし今の彼女は無事に立ち直り、日々の仕事と生活を楽しんでいる。坂村との関係はまだ分からないが、やはり暗い側面があるとは思えなかった。

カウンターに置いてあったスマートフォンが鳴る。美智留に画面を見られないようにと素早く取り上げ確認すると、茂山だった。

「ちょっといいですか？　上司です」大友は立ち上がった。

「怒られたら、素直に謝って下さいね」陽気に言って、美智留がひらひらと手を振る。かなり酔いが回ってきたようだ。

店を出て、道路の反対側にまで行く。美智留に聞こえるとは思えなかったが、念のためだ。

「悪い。荒川美智留と一緒か？」茂山は慌てていた。

「ああ」

「ちょっと様子がおかしいんだ」

「荒川美智留の？」大友は少し屈んで店の中を覗きこもうとした。店の前面はガラス張りなのだが、上側がすりガラスなので、彼女の脚しか見えない。
「違う、坂村だ。いなくなった」
「いなくなった？　逃げられたのか？」
「まあ、そうも言えるが……」茂山の口調は歯切れが悪い。
「どういうことだ？」
「二人は一緒じゃないのか？」
「まさか。彼女は今、僕と一緒だ……いや、三時間ほど前には、二人は一緒にいた」大
友は事情を説明した。その時、二課の監視要員は坂村をまだ捕捉していたのだろうか。
「そうか……その後で、いなくなったんだ」
「ちょっと待てよ。僕が最後に坂村を見てから、三時間しか経ってないぞ。消えた、と
言うには早過ぎるんじゃないか？」
「それが、状況がおかしいんだ」
　慌てているのか、茂山の説明は回りくどくて分かりにくい。しかし話を聞いているう
ちに、事情が分かってきた。
　時間的に、二子玉川を離れてからわずか四十分後、坂村は東名高速の海老名サービス
エリアにフェラーリを乗り入れた。ずっと尾行していた二課の連中は、そこで見失って
しまったという。三十分経っても一時間経っても、坂村は自分の車に戻って来ない。そ

の時点で茂山にも連絡が入り、手が余った者が総出で坂村を探し始めた。しかし行方は摑めず、大友にまで問い合わせの電話が入った――という流れだった。

あそこはいつも混み合っているから、見失う恐れもあるだろうが……何しろドライブの途中で立ち寄る以外に、わざわざサービスエリアを訪問する目的で行く人もいるぐらいだ。

「坂村、どんな様子だった？　何かおかしくなかったか？」

「それは分からない。僕は一瞬見ただけだ」

「でも、坂村と荒川美智留が知り合いなのは、これで認めるだろう？」茂山がどこか得意げに言った。

「それはそうだ……坂村の行方について情報はないよ。サービスエリアで遊んでるだけじゃないのか？　あそこ、その気になれば半日ぐらい遊んでいられるから」

「フェラーリを放り出して遊んでるとは思えないんだ。何かあったんだよ」

それは推論に過ぎないと思ったが、大友は口に出さなかった。坂村は、茂山がずっと追い続けているターゲットである。こんなところで逃すわけにはいかないだろう。

「荒川美智留が嚙んでるんじゃないか？」

「まさか」大友はすぐに否定した。「彼女は、坂村と別れてからずっと僕と一緒にいる」

「だからと言って、何もできないわけじゃないだろう。共犯がいるかもしれないし」

「共犯って、どういう意味だ？　彼女が坂村を殺したとでも？」

「可能性は否定しない……ちょっとこっちへ戻れるか？　善後策を協議したいんだ」

「構わないけど、僕で役に立つとは思えないな」当初の仕事は、美智留との接触だけだ。次第に二課に呑みこまれていく感じは、何となく不快である。

「いいから、ちょっと知恵を貸してくれ。俺たちは本部で待機しているから……荒川美智留とは自然に別れてくれよ」

「それは大丈夫」上司だ、という先ほどの嘘がここから効いてくる。何かヘマをして、夜になってから呼び戻されるのは、不自然ではないだろう。

　電話を切り、店に戻って美智留に謝った。急に上司に呼びつけられたので、これから戻らなければならない。次の機会にまた是非——彼女は「お酒入ってますけど、大丈夫ですか？」と心配そうに聞いた。

「まだ、そんなに呑んでませんから」

「じゃあ、気をつけて……私、もう少し呑んでいきます」

「でもそれじゃ、奢る約束を果たせませんよ」大友はいかにも不満そうに言った。

「次でいいじゃないですか」美智留が笑みを浮かべる。「これで、次に会う理由もできたでしょう？」

　美智留とのパイプはつながっている。彼女の方でも、パイプを塞ぐつもりはないようだった。しかし、これから先は難しい。

　茂山は、美智留を疑っている。大友の感触では、美智留が坂村に何かした可能性は極めて低いのだが、完全に否定できるものでもないだろう。

次に会う時、自分と美智留はどういう立場に立っているのだろう、と大友はぼんやりと考えた。

刑事と容疑者？　その可能性は捨て切れない。

4

午後九時、大友は警視庁に戻った。捜査二課で待っていた茂山たちの顔色はよくない。中には、大友に突き刺すような視線を向けてくる刑事もいる。今のところ、大友が最後に坂村を見たようなものだから、「何をやっているんだ」と思っていてもおかしくない。自分たちのミスを棚上げした言いがかりだが……喧嘩する場面ではない、と自分に言い聞かせる。

「荒川美智留を引っ張ろうと思う」

唐突に言い出したのは、茂山の直属の上司に当たる、捜査二係長の神原《かんばら》だった。小柄だが全身にみっちりと筋肉がついた、押し出しの強いタイプである。

「ちょっと待って下さい」大友は思わず手を挙げた。

「何だ、大友。ついさっきまであの女と会ってたんだろう？　お前に連れて来てもらえばよかったな」神原が皮肉っぽく言った。

「そういうわけにもいかなかったと思いますが……容疑は何なんですか」

「結婚詐欺事件について、重要参考人として話を聴く——ということにしておいて、坂村の行方を喋ってもらう」

「彼女が坂村の行方を知っている保証はありませんよ」大友は反論した。

「知り合いなのは間違いないだろうが」神原もすぐに反論する。「最後に直接坂村と話したのは荒川美智留だぞ」

「それはそうですが、その後、私とずっと一緒だったんですよ」

「そのお前は、まだ荒川美智留と坂村の関係を解き明かしていない」神原が大友の胸元に人差し指を突きつけた。「そろそろタイムリミットだ。いつまでも泳がせておくわけにはいかないぞ」

「詐欺容疑と言っても、具体的な材料はないでしょう」大友はあくまで冷静でいるよう、自分に強いた。怒ってはいけない。ここはあくまで論理的にいこう。「接触していたのは間違いありませんが、会話の内容も分かりません。私自身、まだ坂村との関係についても聞いていませんから、この段階ではまだ情報はあやふやです」

「それは分かっているが、俺たちはもう、坂村を二か月近く追い回しているんだ」神原も引こうとしなかった。

「もしも二人が同じ詐欺グループの仲間だとしたら——この段階で、荒川美智留から坂村に情報が入るはずです。それは危険ではないでしょうか。あるいはもう、坂村は警察の動きを察知していて、一人で高飛びしたかもしれませんが……」

　大友は神原の目を凝視した。神原の視線が泳ぐ。慌てて強攻策に出ようとしたのだな、と悟った。二課の捜査については素人も同然ではあるものの、焦って動いたら相手に逃げる余裕を与えてしまうことは予想できる。発作的に人を殺した犯人と違い、計画的に人を騙すような犯人は、危険を察知するレーダーが発達しているに違いない。

「もう少し待ちませんか？　荒川美智留のことについて、調べさせて下さい」

「実際のところ、どこまで分かってるんだ？　お前の心証ではクロなのかシロなのか……どっちだ」

「まだ何とも言えません」

　神原が鼻を鳴らす。彼が馬鹿にするのも分からないでもない。もう、美智留と接触を始めてから一か月以上が経つのだ。気を取り直して話を続ける。

「生い立ちを調べるのも大事だと思います。彼女は学生時代、腰を痛めてシンクロの選手としてのキャリアを断念しました。結婚詐欺事件の容疑者になったのは、その数年後です。でも今は、普通に働いている。起伏の大きな人生なのは間違いありません」

「今の職場の評判はどうなんだ？」

「簡単に聞いただけですが、いいですね。基本的に真面目だし、客のあしらいも上手いようです」

「なるほど。しかしキャリアは挫折している……だったらもう少し詳しく、過去を調べてみてもいいだろう。今後はフルタイムでやれるか？」

「そうします」いろいろ問題が起きそうだが、刑事総務課には話を通してもらえるだろう。それなら、専任で捜査ができる。

その時、大友の脳裏にある情報が去来した。青王高校……美智留の母校……そして……大友はいきなり立ち上がった。

「どうした」神原が怪訝な視線を向けてくる。

「ちょっと思い出したことがあります。失礼します」大友はスマートフォンを握って、二課の大部屋から出た。廊下で、柴の電話を呼び出す。この時間だと捜査会議の最中かもしれないが……予感は当たった。しかしこの際、待っていられない。

「後にしてくれよ。今、捜査会議なんだ」柴が囁くように言った。

「急ぎの用事なんだ。時間をもらえないか？」

「しょうがねえな……ちょっと待て」柴の声が聞こえなくなった。ほどなく、「どうした」と不愛想な声が戻ってくる。

「殺された宮脇俊作なんだけど、出身地は相模原だったよな」

「ああ」

「出身高校は、青王高校だったと思うけど……」

「そうだよ。そうだけど、それがどうした」

「いや、今手伝っている案件に関係してるんだ」

「二課だろう?」

　柴がずばりと指摘したので、大友は黙りこんだ。この件は表沙汰にはなっていないはず……しかし耳ざとい柴のことだから、どこかで聞きつけてきたのだろう。彼にすれば微妙な気分のはずだ。柴も、大友は本来一課の人間だと思っている。それがどうして二課の手伝いなんか——とむっとしてもおかしくはない。刑事総務課員である大友から見れば、馬鹿馬鹿しいセクショナリズムなのだが。

「……言えないけど、とにかく助かった」やはり自分の口から告げるわけにはいかず、大友は礼だけ言った。

「ま、お前がやってることだからいいけどさ。もしかしたら、こっちにも引っかかってくる話なのか?」

「まだ何とも言えない。何か分かったら真っ先に知らせるから、お前の手柄にすればいいよ。じゃあ——」

「ああ、ちょっと待った」今度は柴の方で話したいことがあるようだった。

「話していていいのか?　捜査会議は?」

「それは何とか……実は、高畑が休んでるんだ」

「体調でも悪いのか?」大友は思わず声を張り上げてしまった。敦美が体調不良で休む……大友の記憶にある限り、そんなことは過去に一度もない。病気の方で、「許してくれ」と泣きつくタイプだ。怪我はそれほど重傷ではなかったはずだし。

「そうらしいんだけど、珍しいよな」

「確かに。病欠なんて、今まで一回もなかったんじゃないか？　お前、連絡したか？」

「家で一人で唸《うな》っている時に電話されても、迷惑だろう」

「まあ、そうだけど……じゃあ、僕がメールでもしておくよ」嫌な予感がする。先日来、どこか調子がずれている敦美が病欠とは。もしかしたら、命にかかわるような大病ではないか、と心配になった。体調が悪ければミスもする。精神的にも不安になる。

「頼むわ。俺が余計なことすると、あいつ、怒るからな」

「そんなこともないと思うけどね……とにかく、この件は任せてくれ」

メールは後回し……大友は二課の大部屋に駆けこんだ。期待と冷やかしに満ちた表情に出迎えられる——大友は、殺人事件の被害者である宮脇俊作と美智留が同じ高校の卒業、しかも同級生らしいことを告げた。

「それがどうした」神原はこの情報に満足していない様子だった。

「分かりませんが、偶然でしょうか」

「まさか、荒川美智留が、その宮脇俊作とかいう男を殺したというのか」

「そうは言いませんけど……確率の問題です。同じ高校の同級生が二人、犯罪にかかわる可能性はどれぐらいあるんでしょうね」

沈黙。大友は立ったまま、さらに話を進めた。

「とにかく、荒川美智留の過去を調べさせて下さい。何か出てくると思います」

「分かった」神原がうなずく。「ただし、うちも人手が余ってるわけじゃない。坂村も捜さなくちゃいけないし、お前一人でやってくれよ」

「総務課の方に話を通していただければ」大友はうなずいた。

「分かった。健闘を祈る」

真面目に言っているのか冗談なのか分からなかったものの、大友は丁寧に一礼して捜査二課を出た。すぐに刑事総務課に向かう。この課は基本的に定時には人がいなくなるので真っ暗……自席につき、スマートフォンを取り出して敦美にメールした。


病気で休んでるって聞いたけど、大丈夫か？


先を続けようとしたが、余計なことを書くと苛々させてしまうかもしれない。よし、これでいいことにしよう。送信して、椅子に背中を預け、天井を仰ぐ。酔いはとうに引いていたが、何だかだるい。先のまったく見えない捜査について考えると、どんよりとした気分になるのだった。

メールの着信音。もう返事が？　驚いて確認すると、確かに敦美だった。


明日から復帰予定。心配しないで。

すぐに返事を書く。

了解。何か心配事があるみたいだけど、いつでも相談に乗ります。

送信……今度は返信がこない。寝ているのに、無理に必要なことだけ返信してきたのだろうか。五分が十分になる。もしかしたら、今のメールで怒らせた？　そんなに刺激するような内容ではなかったはずだが……まあ、仕方ない。彼女はたぶん寝ているから、わざわざ電話で煩わせることもないだろう。

今夜は帰ろう。

そう言えば……優斗に、佐久に着いた時には電話するように言っておいた。ただその時間、自分は美智留と一緒にいて電話に出られず——留守番電話が入っているのに気づく。再生すると、少し不満そうな優斗の声が聞こえてきた。

電話するには少し遅いか。

何だか、いろいろなタイミングがずれている気がしてならない。

5

週明け、大友は動き始めた。もうお盆休みの呑気な雰囲気は消え、東京全体が完全に仕事モードに入っている。しかし今日は、普段よりも気が楽だった。何しろ、小田急線に一駅乗るだけ。しかも通勤方向とは逆でガラガラだ。だいたい、上りの混雑がおかしいんだよな……と、東京の一極集中ぶりを改めて実感する。

　相模大野の駅に着くと、一応刑事総務課に連絡を入れた。神原がきちんと筋を通してくれているはずだが、念のためである。峰岸は既に事情を聞いていて、大友の行動を了承してくれた。

「まあ、無理しないようにな」

「ええ」珍しく気を遣われ、少しだけ気分が楽になる。

　さて、まずは学校か。美智留と宮脇俊作が青王高校を卒業したのは、もう二十年近く前である。当時二人を教えていた教師はまだ在籍しているか……そちらの線からは攻められないだろう。しかし学校には、何らかの記録が残っているはずだ。

　夏休み中ということで、話はすぐには進まない。出勤していた教務課の職員を摑まえることはできたものの、二十年前の学籍簿はすぐには出せない、と言われた。

「そういうデータは残っているんですか、いないんですか？」こういうものは簡単に出てこないと分かってはいたものの、大友は思わず、若い職員に詰め寄ってしまった。

「ありますけど、私の一存では出せません」

「では、誰の許可が必要なんですか？」

「教務課長……というより、校長ですね」

「だったら、校長に連絡を取って下さい」大友はさらに突っこんだ。

「しかし、そういうのは……」いかにも面倒臭そうに職員がごねる。

しばらく押し問答が続いたが、結局大友は押し切った。やはりバッジの威力は絶大である。ただし職員は、最初に取り次いだものの、後は自分で説得するようにと、大友に受話器を渡した。

何だか妙な感じになってしまった。教務課の窓口で、前屈みの姿勢で職員と話していて、そのままの格好で受話器を渡されたのだから……中腰のまま丁寧に事情を説明すると、妙に卑屈な感じになる。

「警察は、何回もこちらを訪ねて来ているんですよ。正直、迷惑しています」校長がむっとした口調で言った。

「いや、これはあくまで仕事ですから。殺人事件の捜査なんですよ」自分が捜査しているわけではないが、と思いながら大友は言った。

「それは分かっていますが、こう何度も来られても……うちは全く関係ないんですよ？二十年も前に卒業した生徒について聴かれても、答えられることはありません」校長の声には次第に苛立ちが混じってきた。

「それは分かりますが、もう一つ事件があるんです」

「殺人事件以外に？」校長が急に声を潜めた。

「ええ」

会話が途切れる。校長があれこれ考えを巡らせているのが分かった。こんな短時間に、卒業生が二人も事件に関係しているとは……私立校の責任者として、まず学校の評判を第一に考えているのは間違いない。

「学校にご迷惑はおかけしません。私は事実関係が知りたいだけなんです」

「しかし、警察があれこれ調べているだけで、学校にはいろいろ影響が……」

大友はしばらく校長と綱引きを続けた。向こうは結局拒否はできない――捜査なのだから当たり前だ――としても、校長の文句は一通り聞いておくことにした。言うべきことを言ってしまえば収まる、と踏んだのである。校長も抵抗するだけして、「学校を守るために頑張った」と思ってもらえばいい。面倒臭いが、これが日本的なやり方だ。

「とにかく私は、事実関係が知りたいだけなんです。二人の人間が同じ時期に在籍していたかどうか――同級生だったかどうか。学籍簿を確認してもらうだけで済みますよ」

「ちょっと、そこで待っていてもらえますか」言って、校長が大きく溜息をついた。

「一時間ぐらい。私がそちらに行って、直接お話しします」

第一関門クリア。受話器を返す時、汗でべっとりと濡れているのに気づき、慌ててハンカチで拭った。

「校長と、一時間後にここでお会いします。待っていていいですか?」

「いや、それは……」若い職員が渋面を浮かべた。「ここは学校ですので」

待合室ではない、と言いたいわけか。無理に押しても彼の機嫌を損ねるだけだと思い、大友は一時撤収することにした。

一時間をどう使ったらいいか……この辺には、時間を潰せそうな店もない。そして、相模大野の駅から歩いて十五分ほどもかかる。往復だけで三十分。歩いているだけでまた汗だくになってしまうだろう。ふと、一六号線沿いにマクドナルドがあったのを思い出す。あそこまでなら歩いて五分ほどのはずだ。朝食を摂っていないから、このタイミングで済ませてしまおう。

二階席から国道一六号線の賑わいを眺めながら、ぼんやりと食事を終える。ホットケーキの油とメープルシロップでべたべたになった容器を押しやり、コーヒーを一口。無意識のうちにスマートフォンを取り出し、昨夜の敦美とのやり取りを読み返した。メールに必要最小限のことしか書かないのはいつもの敦美だが、昨夜はあまりにも素っ気なかった。よほどひどい風邪だったのか。

同期とはいえ、男と女……柴を相手にする時と違って、本音をダイレクトにぶつけ合うわけにもいかない。彼女自身、実は孤独を愛する傾向があるし。それ故、基本的には一人酒を好むのだ。

放っておくべきなのだろうと思う。本当に困ったら泣きついてくるかもしれないし。だが敦美の性格を考えると、ぎりぎりまで泣き言一つ零さない可能性の方が高い。どこまで行ったら手遅れになるか、見極めるのも難しいものだ。いつもと少し様子が違うからと言って、あまり気を揉むのもどうかと思う。大人なのだから放っておいた方がいいと自分に言い聞かせたが、どうにも納得がいかない。

心配だ。

今日から出勤しているという敦美に電話をかけようかとも考えた。しかし出勤している以上、もうフル回転しているはずだ。仕事の邪魔はしたくない。では柴……とも思ったが、仕事中なのは彼も同じだ。夕方、一段落したタイミングで柴に電話してみようと決めた。

約束の一時間まで残り十分というところで、大友は学校に戻った。校長は既に来ていた。

何となく冷たそうな人だな、と警戒する。小柄で痩せ形。眼鏡の奥の眼光は鋭く、薄い唇が薄情そうなイメージを加速させる。夏休み中、急に呼び出されてきた割には、きちんとスーツを着こんでいた。車を飛ばして来たのだろう。汗一つなく、涼しい表情を浮かべているのがその証拠だ。

「強引な人ですね」第一声が愚痴だった。

「どうもすみません」大友はすぐに頭を下げた。こういう時は下手に出るに限る。「事件の捜査は急を要しますので」

「それで、学籍簿ですね……いつ頃のものですか？」

「十八年前、プラスマイナス一年です」

校長が、最初に応対してくれた若い職員に向かって顎をしゃくった。職員がパソコンを操作し、校長はその前で身を屈めた。こんなに簡単にデータが出てくるのか、と大友は呆れた。一時間以上を無駄にしたとしか言いようがない。

「学生さんの名前は分かりますか？」

大友は美智留と宮脇俊作の名前を告げた。校長がすぐに腰を伸ばして、大友の顔を正面から見る。

「ええ」

「今ご覧になっているのは、三年生の時の学籍簿ですか？」

「いますね。十八年前に卒業しています」

「ええ」

「クラスは？」

「同じクラスです」

「そうですか……」接点が濃くなった。一年間同じクラスだったとしたら、少なくとも顔見知りであったのは間違いない。

「まったく、これはどういうことなんですか？」既に用事は終わったと思ったのか、校長が苛ついた口調で訊ねる。「宮脇君は、殺されたんですよね」

「ええ」

「荒川美智留さんは？　この事件に関係しているんですか？　まさか、本校の出身者が、人殺し……」校長の言葉は最後が宙に消えた。

「そういうわけではありません。荒川さんは、別の事件の関係者です」

「それは現段階では何とも言えません」

大友が口を濁すと、校長はいかにも不満そうな表情を浮かべた。学校を守ることと同時に、野次馬的な興味も抑え切れないようだ。

「当時のことを知っている先生はいらっしゃいますか？」

「いや、二十年近く前ですからね」

「私立校は、先生の異動もないのでは？」

「いや、うちの場合は系列校で回りますから、その頃教えていた先生は、もういませんね。当時からいるのは、野球部の監督ぐらいでしょう。でも彼は特殊です。何しろ甲子園出場監督なので、余人をもって代えがたし、なんですよ」

そう言えば何年か前、青王高校は夏、春と連続して甲子園に出たはずだ。そういう実績を作ってしまえば、ほとんど生涯雇用のようになるのかもしれない。今は、野球部は練習していないが……甲子園に出場経験のあるような私立の強豪校は、学校の外に広い練習グラウンドを持っているのかもしれない。

「ちなみに宮脇さんは、部活は何をやっていたんですか」

「学籍簿を見た限りでは、特にやっていなかったですね」

「荒川さんは、どうですか？」

「荒川さんも、ですね」

「容疑者？」

それはそうだろう。美智留は学外のスクールでシンクロに集中していたはずだ。学校では寝るだけだった、というのは本当だろう。恐らく、高校生活の記憶など、ほとんどないに違いない。つまり彼女には友だちがいなかった——この学校の関係者を当たっても、美智留の過去を知る人には出会えないだろう。

「あ」若い職員がいきなり声を上げたので、大友と校長は彼を同時に見た。二つの視線に気づき、職員の顔が赤くなる。

「どうかしたか?」校長が怪訝そうに訊ねる。

「いえ、あの……」言っていいかどうか分からず困惑したのか、職員は耳まで赤くなった。

「言いたいことがあるなら言いなさい」校長は早くも苛立ってきた。

「荒川さんですよね? シンクロの荒川さん」

「シンクロ? うちにはそういう部活はないだろう」

「いえ、外のスクールで……うちの姉と同じチームにいたんです。学校も同じだったけど」

「そうですか」大友は彼の方に一歩詰め寄った。校長の顔をちらりと見て、「学校にはもうご迷惑をおかけしませんので」と告げる。

ただし若い職員には迷惑をかけることになるかもしれない。

美智留が通っていたスクールは、小田急線を挟んで、青王高校とは反対側にあった。地図で確認してみると、歩いて三十分ほどかかりそうだった。炎天下にほぼ拷問……それに、これから人と会うのに、あまりにも汗だくだと失礼だろう。大友はバス路線を調べて、歩きは最低限に抑えることにした。

水があるだけで涼しげになる――それはプールでも同じだった。夏休みとあって、子どもたちで賑わっているのが、何だか微笑ましい。そう言えば、優斗もスイミングスクールに通っていたが、長続きしなかったな……とふと思い出す。

若い職員の姉――美智留の一年後輩だった――松村結子《まつむらゆうこ》は、このスクールで子どもたちを教えている。シンクロのジュニア――小学生相手だ。今日の練習は午後からということで、運よく手が空いていた彼女を摑まえることができた。

白いポロシャツに膝までのハーフパンツという格好の結子には、美智留と同じ匂いがした。子どもの頃からずっとスポーツを続けてきて、それが生活のベースとして染みついたタイプ。身長は百六十センチぐらいで、肩幅が広いのは、今でも毎日泳ぎこんでいるからだろう。髪はショートカットで動きは軽快、いかにも快活そうな女性だった。ただし、美智留の名前を出した途端に顔が暗くなる。

「美智留さんですか……」

「荒川美智留さんです。あなたの一年先輩ですよね？」

「ええ」

「座りませんか?」

大友はプールサイドの小さなベンチを指さした。シンクロ用のプールには誰も入っていないので静かだが、立ったままでは話がしにくい。

ベンチに並んで腰を下ろすと、結子が小さく溜息をついた。ちらりと横を見ると、うなだれて自分の膝を見下ろしていた。美智留の話題はそんなにショックなのだろうかと訝りながら、大友は声をかけるタイミングを計った。落ち着くまで少し待とうか……泳ぎたいな、とふと思った。美智留にインストラクターをしてもらって運動の楽しさに目覚めたわけではなく、とにかくひんやりとした水に身を浸したかった。

「美智留さん、どうかしたんですか?」

「具体的なことは言えませんが、彼女について調べています」

「まさか、また結婚詐欺じゃないでしょうね」

また——その一言が十年前の一件を指しているのは明らかだった。東京でのこととはいえ、出身地では噂になって知られていることかもしれない。神奈川県第三の都市とはいえ、相模原は大いなる田舎なのだ。

「それは、皆さんが知っていることなんですか?」

「ああ、まあ……当時は結構噂になりましたからね。でも、噂だけですよ? 本当だったかどうかはよく分かりません。私も、美智留さんとはずっと会ってなかったし」

「スクールが一緒で、高校も同じでしたよね」

「ええ」結子が認める。「だからつき合いは長かったんですけど……もう、会ってない時間の方が長くなりましたね」

「このスクールからは、青王高校へ行く人が多かったんですか？」

「何人かは」結子がうなずく気配が感じられた。「決まっていたわけじゃないですけど、近いですからね」

「そうですか？　バスで二十分かかりましたよ」

「でも、横浜や川崎の高校へ行くよりは近いでしょう」

「なるほど。地元の人にとっては、その方が便利なんですね。練習は大変だったんでしょう？」

「ああいうのは二度と勘弁して欲しいですね」結子が苦笑する。

「荒川さんは、どんな人だったんですか？」

「それは……うちではエースでしたよ。体育大に進んでエリートコースに乗ってました。あの大学は、オリンピック選手を何人も輩出していますから」

「あなたは？」

「私は残念ながら、ここまででした……高校生までで」

ちらりと横を見ると、結子は自分の首のところで掌をひらひらさせていた。そこが伸びしろの限界だった、と示すように。

「じゃあ、荒川さんと直接つき合いがあったのは、高校二年ぐらいまでですね」

「そうですね。大学へ行ったら、美智留さんはこのスクールにも来なくなったし……当たり前ですけどね。大学の練習が忙しくて、こっちに顔を出す余裕なんかなかったはずです。練習、厳しいんですよ」

「彼女から聞きました。食べるのが大変だったとか」

結子は、この話には乗ってきた。「ダイエットが大変」という話はよく聞くが、「痩せないようにするのが大変」というのは珍しい。酒席などでは、いかにも盛り上がりそうな話題だ。

「——だから、現役引退してから、体形を維持するのに苦労している人も少なくないです」

「荒川さんは、怪我で引退に追いこまれたと聞いていますが……」

「そうですね」結子の声が暗くなる。

「結婚詐欺は、それと関係あるんでしょうか」

「でも、結局容疑は晴れたんでしょう？　逮捕されたわけでもないし」

「そうですね」結子の勢いに気圧されながら大友は認めた。こういう噂は尾ひれがついて悪口になるものだが、結子はむしろ美智留を庇《かば》っているようだった。珍しい反応である。

「勝手な噂を流す人がいて、むかつきました。美智留さん、人を騙すような人じゃないですから」

「それはあくまで、あなたが知っている限りでは、ですよね？」

「私は——」声を張り上げかけ、結子が急に口を閉ざした。ややあって、力なく話を続ける。「そうですね……私が知っている美智留さんは、高校時代までですもんね。大学に行ってから何があったか、どんな風に変わったかは、全然分からないんです」

「高校時代の荒川さんは、どんな感じだったんですか？」

「いい先輩でした。結構、長く一緒にいたんですよ。学校が終わってこのスクールに来る時も、いつも同じバスに乗ってましたから。よく話しました……下らない話ばかりだったけど」

「男性関係はどうでしたか？」

「まさか」結子が慌てた調子で言った。「当時のコーチが厳しい人で、恋愛禁止だったんです。『練習第一。デートなんかしてる暇はない』って、口を酸っぱくして言ってました」

「アイドルみたいですね」

「実際、デートしている暇もなかったですけど」結子が寂しそうに笑う。「練習、練習で……高校時代なんか、休みはお盆の三日間と正月三が日だけですよ」

「それは厳しい——じゃあ、荒川さんも、男性とつき合っている暇なんか、なかったでしょうね」

「ああ、それは……うん……」急に歯切れが悪くなった。

「誰かつき合っていた人がいたんですか？」大友は即座に突っこんだ。

「言っていいものかどうか」

「もしかしたら宮脇さん？　宮脇俊作さんですか？」

横を見ると、結子は爪を弄っていた。こめかみに汗が浮かんでいる。空調がほどよく効いているのだが……。

「殺された宮脇さんですか」

改めて問うと、結子が座り直し、大友の方を向いた。古びたベンチがぎしりと音を立てる。

「あの……美智留さん、その件には関係ないですよね？」

「今のところは」

「よかった……」

結子がポロシャツの胸のところで両手を重ね合せる。将来はわからないという意味だが、彼女は都合よく解釈したようだ。

「宮脇さんが殺されたって聞いた時、びっくりしたんです。知り合い……私は知り合いじゃないですけど、美智留さんのことが頭に浮かんでしまって」

「それはびっくりしますよね」大友はうなずき、先を促した。「二人は実際、つき合っていたんですか？」

「ええ。でも私が知っている限り、そんなに深いつき合いじゃなかった……そんな暇はなかったはずですから。でも、バスの中でよく話を聞きました。のろけ、ですよね」

「肉体関係は？」

結子の耳がかすかに赤くなる。首を横に振ったが、それだけでは彼女の真意は分からなかった。大友は「なかったんですか？」とさらに追及した。

「分からないですね。美智留さんも、そういうことまでは言わなかったので。でも雰囲気で……たぶん、なかったと思います。そういうことがあると、何となく分かりますし」

「なるほど」忙しいシンクロ選手の恋は、あくまでプラトニックなものだったのだろう。だがこれで、二人の関係はさらに濃くなった。二十年近く前の関係が未だに尾を引いている、ということも十分あり得る。

「その後、二人はどうしたんでしょうね」

「それは分かりません」結子が首を横に振る。「美智留さんが大学へ行ってからは、ほとんど話をしてませんし……でも、つき合ってはいないだろうな、と思ってました。宮脇さんは、関西の大学に進学したって聞きましたから。練習が忙しい上に遠距離恋愛なんて、まず無理ですよね」

障害があっても、気持ちで乗り越えることはできる――まして二人はまだ十代だったのだ。だが大友は、結子の推理を支持した。美智留がどれだけシンクロに打ちこんでいたかは、彼女からも聞いている。恋愛感情はなかなかコントロールできるものではないが、「一時棚上げ」と決心するのもおかしくはないだろう。

「宮脇さんがどんな人だったかは、ご存じですか」

「それは、全然知らないです。一学年上だし、男子だし……私は接点はなかったですからね。美智留さんから聞いた印象しかないです」

「どんな印象だったんですか？」

「優しい人だって……でも、それってすごく曖昧ですよね」

「なるほど……」もう一度柴に話を聞いてみようと思った。特捜本部はとうに、宮脇の人生を丸裸にしてしまっているだろう。そこに美智留の名前が出てこなければ、彼女は事件には関係ないはずだ——少なくとも殺人事件に関しては。

「あなたから見て、荒川さんはどんな人だったんですか？」

「面倒見がよかったですよ」結子の声が明るくなる。「私とは、小学生の頃からずっと一緒でした。幼馴染みみたいなものですから、いろいろと……練習でも、上手くいかなくて私が泣いてると、後から慰めてくれるような人だったんです。選手としては引退しても、コーチになったら、いい選手を育てられるんじゃないかなって思ったんですけど」

「今は、スポーツジムでインストラクターをしてますよ。シンクロではないですけど」

そう言えば美智留は、教え方が上手かったと思う。厳しくする時には厳しくする。上手くいった時には少々大袈裟に思えるほど褒める。そういう変化を上手く使えるのは、いいコーチの条件だろう。

「そうですか。やっぱり、スポーツ関係の仕事をしてるんですね……よかった」

結子がそっと息を吐いた。彼女にしても、親しい先輩がどうしているか、ずっと気になっていたのかもしれない。故障、引退、そして結婚詐欺の噂……本人に確かめるわけにもいかず、もやもやしていたのだろう。

結子は、美智留との想い出を語り続けた。練習後、スクールの近くにあるコンビニで安いアイスを食べるのだけが楽しみだったこと——それは真冬でも同じだった——合宿でとにかく食事を詰めこまなくてはいけなくて、お互いに励まし合って泣きながら食べたこと、休日の練習で、美智留が持ってきてくれたサンドウィッチが美味しかったこと。

全て食べ物に関する想い出なのが、どこか微笑ましい。しばらく結子の話を聞いたのち、大友は次の一歩を踏み出した。

他に、美智留や宮脇と親しかった人は？　結子は記憶を辿って、数人の名前を挙げてくれた。できたら連絡先もと頼むと、彼女自身が知っている電話番号やメールアドレスは教えてくれた。

これで一歩前進だ。

大友は軽い充実感を抱いてスクールを出た。出た瞬間、お盆を過ぎても一向に穏やかにならない気温に打ちのめされることになった。

事件はなかなか熱くならなかったが。

6

「荒川美智留？　もちろん知ってますよ」

　都内に引き返した大友は、新橋のオフィス街にいた。目の前には、結子が紹介してくれた美智留の同級生、沼田《ぬまた》葉子《ようこ》。百七十センチ近い長身で、すらりとした体形だった。面長の顔に切れ長の目。長い髪は、後ろで一本に縛っている。左手薬指にはシンプルな結婚指輪があった。

「シンクロのチームで、ずっと一緒でしたね」大友は念押しした。

「大学まで……私は美智留ほどいい選手じゃなかったですけど」

「つまり――」

「オリンピック候補じゃなかったということです」

「荒川さんは、オリンピック候補だったんですか？」

「出場できなくても、候補まではいくだろうな、と思ってたんですけど……怪我はしょうがないですね。高校時代から、辛そうにしていましたし」

　美智留は、「大学ではついていけなかった」というようなことを言っていたが、あれは謙遜だったのだろうか。怪我がなければ、本当にオリンピックに出ていたとか……。

「あなたは、シンクロは大学までだったんですか？」

「ええ。卒業してすっぱりやめて、普通に就職しました」

旅行会社——昔から女性には人気の就職先である。体育大学の出身者は珍しそうだが……彼女のスマートフォンが鳴り出した。大友の顔を一瞬見て、「ちょっと失礼します」と言って電話に出ると、唐突に流ちょうな英語で喋り出した。ただし、通話はすぐに終了する。

「ごめんなさい、どうしても出ないといけない相手だったので」

「英語、お上手なんですね」

「大学に入ると海外遠征なんかもあったので、ちゃんと勉強してみようかなって……こういうのは、後で役にたつものなんですね」

彼女が旅行会社に就職した理由も理解できた。世界中を飛び回るようなセクションもあるはずで、英語を喋れる人間はそれだけで有利なのだろう。

「美智留のことでしたね……あまり話したくないな」

「どうしてですか？」

「結婚詐欺事件、知ってるでしょう？」葉子が声を潜める。

「あれは何でもなかった——立件されなかったんですよ」

「でも、疑われるっていうのは、それだけでまずいですよね」どうも葉子は、美智留に対して黒い感情を抱いているようだった。「昔の話ですけど、やっぱり、ちょっとね」

「怪我で引退を余儀なくされたことと、関係あるんですか」

答えから逃げようとしている、と判断した。

「まあ……どうでしょうね。引退してからはろくに話してないので」

葉子は大友と目を合わせようとしない。嘘をついている――少なくともきちんとした答えから逃げようとしている、と判断した。

「沼田さん」

大友が静かに語りかけると、葉子がゆっくりと顔を上げた。

「あなたが荒川さんと非常に親しかったことは分かっています。小学生時代からスクールでずっと一緒の、親友でライバル。あのスクールの同期で、体育大へ行ったのはあなたたち二人だけでしたね。いわば、選ばれたエリートだ。だけど大学の練習は厳しく、精神的にも肉体的にも追いこまれる。そういう中で、頼れる相手はお互いしかいなかった――違いますか？」

「古い話ですよ」葉子があっさり言った。本当に古い――それこそ忘れてしまいそうな過去の出来事だと強調するような口調だった。ハンドバッグから煙草を取り出し、ライターと一緒にテーブルに置く。

「ここ、禁煙ですよ」

「分かってます」大友の指摘に、葉子が苛立ったように煙草のパッケージを右手で覆った。そうすることで、肌からニコチンを吸収できるとでもいうように。

「どうして苛ついてるんですか？」大友は突っこんだ。

「苛ついてませんよ」顔を背けたまま、葉子が否定する。

「沼田さん……一度友だち関係が崩れると、後が厄介ですよね」

「何が言いたいんですか？」

「そういう時どうなるか――だいたい二つのパターンに分かれます」大友は右手でVサインを作って見せた。「相手を恨んでずっと非難し続けるか、記憶から抹殺しようとするか。復縁できる可能性なんか、ほとんどないですよね。あなたは、荒川さんの存在を頭から抹殺しようとしている」

「昔の話なんです。もう、思い出したくもないので……」葉子が唇を嚙んだ。

さて、どこまで攻めるか――大友は一度会話を切った。美智留と葉子が険悪な関係になって喧嘩別れしたことは、結子から聞いたばかりである。親友だったが故に激しい喧嘩だったそうだが、その原因は一年後輩の結子も知らなかった。そこに、美智留の転落の原因があったのでは、と大友は想像している。

「荒川さんと、大変な喧嘩をしたでしょう」大友は思い切って指摘した。「彼女がシンクロを辞める時……周りの人にも、それを知られてますよね」

「誰に聞いたんですか？」葉子の視線が鋭くなる。

「ネタ元は明かせません」大友は首を横に振った。「ほとんど取っ組み合いで、合宿所が大騒ぎになったとか」

「もう……」葉子が肩を上下させ、溜息をつく。「下らないことを、ずいぶん長く覚えている人がいるんですね」

「私には、下らない話とは思えません。もしかしたらその大喧嘩が、その後の荒川さんの人生を決めてしまったんじゃないんですか？」

「私のせいだって言うんですか？」

「あなたのせいで喧嘩になったんですか？」

「違います」葉子がまた溜息をついた。「ちょっと出ませんか？　煙草が吸いたいです」

「構いませんけど……」煙草が吸える店をこれから見つけるのは面倒だ。新橋には、未だに全面喫煙可能な古い喫茶店がいくらでもありそうだが、大友はこの辺りの店の事情には詳しくないし、検索すれば時間もかかる。

「その辺でいいですから」

葉子が立ち上がったので、大友は慌てて後に続いた。葉子は結局、すぐ近くにあるコンビニエンスストアの店先に向かった。煙草も売っている店なので、灰皿が置いてある。

「ここは、深刻な話をするような場所じゃないですよ」大友は忠告した。誰に聞かれるかも分からない。

「喧嘩は……別に深刻な話じゃありませんから」葉子はすぐに煙草に火を点けた。ゆっくりと吸いこみ、首を傾けて空に向かって煙を吐き出すと、ようやく体から力が抜ける。

「その割には、話をしようと決めるまで、大変だったみたいですけど」

「そんなに皮肉っぽく言わなくたっていいでしょう」

「こちらも仕事なので」大友はさっとうなずいた。「何があったんですか？」

「美智留、本当に怪我でやめたと思いますか?」

「違うんですか?」

「男ですよ」葉子があっさりと打ち明けた。

「まさか、宮脇俊作さんじゃないでしょうね」

「違います……宮脇って、もしかしたら高校で私たちの同級生だった宮脇ですか?」

「彼は殺されました」

「え?」葉子の動きが止まった。指先で、煙草が震え出す。「何ですか、それ」辛うじて押し出した言葉も震えている。

「知らなかったんですか? ニュースになってますよ」

「全然知らなかった……」

こんなものかもしれない、と大友は思った。今は、情報が溢れ過ぎているのだ。二十年前は新聞、テレビ、ラジオだけだったのが、今はネットが全てのニュースを網羅している。それ以外にも、友人たちから知らされることもあるだろう。

「高校——青王高校の関係者の間では、大騒ぎになっていたんですよ」

「私、高校時代の友だちとは切れてますから。大騒ぎになっていないです
けどね」葉子が言い訳がましく言った。「東京で働いていて、こっちで家族を持ったら、それだけで精一杯なんです。昔の友だちと交流している暇なんかありませんから」

もっと何か別の事情があったのでは、と大友は想像した。「交流」は大袈裟——スマ

ートフォンを持っていれば、指先だけで人と繋がれる時代なのに。美智留も地元とのつながりは切れているようだが……。

しかしそこは、突っこまないことにした。本当のことを喋ってくれれば、彼女の事情はどうでもいい。

「先ほどの話ですけど、大学時代の荒川さんの『男』というのは、宮脇さんではなかったんですね？」

「違います」

「二人は、高校時代につき合っていたと聞いていますけど」

「それは……そうですね。でも、そんなに本格的な交際ではなかったですよ」

「宮脇さんは、関西の大学に進学したんですよね？ 遠距離恋愛にはならなかった？」

「無理ですよ」葉子が苦笑する。気持ちは落ち着いたようで、煙草を吸う手は震えていなかった。「こっちは、一年中休みなしで練習漬けだったんですよ？ 合宿も遠征もあるし、男の人とつき合うなんて、物理的に不可能でした。あの頃は携帯電話もそんなに普及してなくて、大学生が持つなんて考えられませんでしたしね」

「ああ、そうでした」大友は思わずうなずいた。携帯電話は、二十年前にはまだまだ特別なものだった。

「だから彼とは自然消滅したって聞きました……でも、宮脇君、本当に殺されたんですか？ 美智留に？」

「犯人はまだ分かりません」微妙な言い方だったと大友は反省した。これでは葉子の頭に、美智留＝犯人という考えが根づいてもおかしくはない。やんわりと自分の発言を訂正する。「荒川さんがこの事件にかかわっているという証拠は一切ありません。高校の同級生だということが分かったばかりですから。それに、卒業してからすぐに別れたんでしょう？　その後会っているとも思えませんよね」

「まあ、そうでしょうね」

どこか不満気に葉子が言った。この人は基本的に、無責任な噂が大好きなタイプなのだろうと大友は察した。気をつけないと、噂の発生源になってしまう。

「それで？　荒川さんが男性問題でシンクロをやめたっていうのはどういうことですか？」

「だから、彼が――恋人ができたんですよ」

「何者か、知ってますか」

「まあ……」葉子が顔を背ける。「いろいろ話がありましたけど」

「複数ですか？」そんな暇があったのだろうか、と大友は目を見開いた。

「いえ。一人です」

「誰なんですか？」

「古川さんっていう人なんですけど……同じ大学の人で」

大友の頭の中で、記憶が一気につながった。

「まさか、古川亮さんですか？」

「そうですけど」葉子が短くなった煙草を灰皿に投げ捨て、すぐに次の一本に火を点けた。「まさかって、どういう意味ですか？　警察が知っているような人なんですか」

「同一人物かどうか……名前は一致しています」

「私は名前しか知りませんよ」葉子が言い訳するように言った。

「その人と何かあったんですか？」

「うちの大学の競泳の選手だったんですけど……まあ、言ってみれば内輪でくっついたっていう感じですか？」

「同じプールで練習してたんですか？」

「シンクロ用のプールと競泳用のプールは違うんですよ」葉子が苦笑した。「だから私も名前と顔は知ってますけど、それ以上は……」

「身長百七十センチぐらいの、ほっそりした人ですか？」大友は自分の頭上で掌をひらひらさせた。

「どうかな……今となってはあまり覚えてないんですけど」

「そうですか……それで、どうなったんですか？」

「いつの間にか二人はくっついていたみたいで。その噂を聞いた直後に、美智留は腰が痛いって言い出して、練習を休みがちになったんです」

「でも、腰を痛めていたのは本当なんでしょう？」

「実際には、そんなに重症じゃなかったはずですよ。私は、治るって聞いてましたから」

「じゃあ、本当は男に走ってシンクロを捨てた、ということですか？」

大友は首を傾げた。オリンピック代表候補に名前が挙がる——そこまでの高みに達していた選手が、男のせいで競技を諦めるものだろうか。スポーツ選手の寿命は短い。最高のレベルで競技ができるのは、二十代半ばから後半までだろう。その後も人生は延々と続く……現役時代には様々なことを我慢していても、その後でいくらでも別の夢を叶えられるはずだ。

いや、それは一つの考えに過ぎないか。人と人との関係は脆《もろ》く、ちょっとしたきっかけで簡単に崩れてしまう。そういうタイミングを逃したくない、人生の全てを賭けていたと思っていたものさえ諦める——そんな風に考える人がいてもおかしくないのだと大友は思い直した。

そういうことがきっかけで事件も起きるのだから。

恋愛は人の目を曇らせる。事実が見えなくなり、全てを自分の都合のいいように解釈してしまう。

「もちろん、コーチや先輩にはずっと隠していました。でも私は同期だし、小学生からずっと一緒だったから、何となく分かっちゃって……要するに彼女は、恋愛体質だったんでしょうね。今はどうか知らないけど」

「なるほど」

「私は、忠告したんですよ？　腰さえ治れば、オリンピックにも行けるかもしれないんだから、男なんか放っておけって。美智留は……忠告した時はうなずいて聞いてるんですけど、こっちを見ないんですよ。何度かそういうことが続くと、ああ、この子の優先順位は恋愛の方が上なんだなって分かるわけです」

「でしょうね」

「それで私も、結局諦めました。案の定、美智留はシンクロをやめちゃいました。その後で、結婚詐欺事件でしょう？　もう……私はあれで、完全に美智留とは縁を切りました。何だか危ない感じがしたし」

「その頃、荒川さんは、古川さんとまだつき合っていたんですか」

「たぶん……少なくとも、卒業してからしばらくはつき合ってたはずです。噂ですけど、結婚詐欺事件があって別れたとか何とか……」

「それは確かに、交際を続けるのは難しいでしょうね」二股だったのだろうか。だとしたら、美智留はとんでもない食わせ者だ。

「ですよね」葉子が勢いよくうなずく。ゴシップ好きの本性が、態度に現れていた。

「古川さんとつき合うようになってから、美智留は急激に変わっていったんですよね。何だか派手な感じになって。皆は同情してましたけどね……シンクロを諦めたんだから、どこかにはけ口が必要なんだろうって。でも私の感触では逆で、古川さんに悪い影響を受けてシンクロをやめたんじゃないかなあ……」

「そうですか。いずれにせよ、その頃からもう、荒川さんとは会ってないんですね」

「最後に会ったのは、結婚詐欺の話が出る直前でした。高校までいたスクールの同窓会です。その時も、何も話しませんでしたけどね」

「喧嘩状態ですか」

「巻きこまれたくなかったっていうか」葉子が疲れたように首を横に振る。

「分かりますよ」

「古川さんと美智留って、今でも関係しているんですか？」

「それは分かりません。それと、これだけは言っておきますけど、荒川さんは事件の容疑者というわけではないですからね」大友は釘を刺した。無駄になるかもしれないと心配だったが……。「私が来たことは、他言無用でお願いします。捜査に差し障るかもしれません」

「私、口は堅いんですよ」

悪口も含めて、様々な情報を大友に投げつけてきた人間の言葉を信じるのは難しかった。

人と人とのつながりが少しずつ分かってきた。もちろんこれが、現在の事件にストレートにつながるかはまだ分からないが……分岐点を超えたかもしれない、と大友は予想していた。捜査は、ある時点を過ぎると急激にスピードが上がって、坂道を転がるように解決へ向かう。今日の午前中の成果を茂山に報告し、美智留の周辺を調べる刑事を増員すべき、と提言するつもりだった。

が、捜査二課に顔を出した瞬間、大友は予想もしていなかった騒ぎに巻きこまれた。

「何でですか！」唐突に耳に飛びこむ、女性の金切り声。思わず二課の大部屋を見回したが、声の主は見当たらない。たまたま春海が近くにいたので、事情を訊ねた。

「あの……被害者の人なんです」春海が申し訳なさそうに言った。

「被害者って、坂村の事件の？」

「そうなんです。乗りこんで来ちゃって」

「ここへ直接？」大友は足元の床を指さした。「しかし、何でまた……」

「捜査が進まないんで、むかついてるみたいです」春海の表情は暗い。こんなところで被害者に責められたらたまらない、とでも思っているのだろう。

「誰？」

「朝倉《あさくら》未菜子《みなこ》さん。知ってますか？」

「名前はインプットしてあるけど……外資系の金融機関に勤めている人だよね？」大友は耳の上を人差し指で突いた。「会ったことはない」

「そうですね」

「ちょっと僕が話そうか？」

「大友さんが？」春海が目を見開く。

「怒っている人を宥《なだ》めるのは得意だよ」

面倒臭いことに変わりはない……できれば、修羅場には顔を出したくはない。しかし、そういうことが得意なのは事実だ。他の刑事が困っているなら、助けよう。

「取調室？」大友は訊ねた。

「ええ」

「そういうところで、被害者に話を聴くのもどうかと思うけど」

「他に部屋が空いてなかったんです」春海が肩をすくめる。

大友は彼女に一礼して、二課の取調室に向かった。ドアが何枚も並んでいる中、一か所だけ開いている。声はそこから流れ出しているとすぐに分かった。

「――だから、どうしていつまでも放っておくんですか！　警察は、やる気がないんですか！」甲高い、耳に痛い声だった。

「いや、そういう訳じゃ……」

弱気の返事。相手をしているのは茂山だ。災難なことで……と同情しながら、大友はドアの横の壁を拳で叩いた。こちらに背中を向けていた茂山が、はっと振り向く。大友の顔を見ると、安堵したように表情を緩めた。

「失礼します……」大友は小さく言って部屋に足を踏み入れた。基本的には、三人入ると一杯になってしまうほどの狭さ。エアコンの冷気は感じられるものの、怒りの熱気がそれを上回っている。

「朝倉さんですね？」

「誰ですか、あなたは」未菜子が目を剝く。常軌を逸した感じがした。

「大友と言います。この事件の捜査を手伝っています」

大友は、部屋の奥にある立ち合い用のテーブルまで歩き、折り畳み式の椅子を持って来た。茂山の横に置いて腰かける。その一瞬で、朝倉未菜子の観察を終えた。座っていてもそれと分かるほどの小柄な女性。年齢は三十歳と思い出した。ほとんど化粧もしておらず、地味な風貌に見える。

坂村は、ターゲットを絞りこむことはしなかったようだ。これまで会った被害女性全てに、共通点がない。敢えて言えば、自活してそれなりに金銭的に余裕もある女性……というだけで、風貌はまったく違っている。

それはそうだろう。坂村の狙いは金であり、女性そのものではないのだから。

「警察のやり方に不満があるんですね」

「それはそうですよ」未菜子がテーブルの上に身を乗り出す。「私、警察には四か月も前から相談に来てたんですよ。でもその後、何の音沙汰もないし、坂村が逮捕された話も聞かないし……捜査って、そんなに時間がかかるんですか？」

「こういう捜査は、慎重を要するんです。相手は詐欺師ですから、犯行が発覚しないように入念に手を打っている。その壁を、一枚ずつ剝がしていかなくてはいけないんです」大友は噛んで含めるように説明した。

「だけど、こんなの……私はちゃんと被害届も出してるんです。それなのに、いつまでも……」

「捜査に時間がかかっていることは、申し訳ないと思います。すみません」大友は頭を下げた。横に座る茂山の困惑が波のように伝わってきたが、無視する。被害者に頭を下げるようなことは考えてもいなかったのだろう。何しろ失敗したわけでも、サボっているわけでもないのだから、彼にすれば謝罪する理由がない。

顔を上げると、未菜子は困ったような表情を浮かべていた。それで大友は、茂山が彼女に一切謝罪していなかったのだと悟った。

「警察が謝るなんて、思ってもいませんでした」呆気に取られたように未菜子が言った。

「私たちは、特にミスをしたわけではありません。通常の手続き通り――いえ、いつもより馬力をかけて捜査をしています。でも、あなたが不快な思いを抱いたのは事実ですから、その件については謝罪します」もう一度頭を下げる。

「そんなことされても……」不満そうに言ったが、未菜子の顔からはもう、怒りの表情は抜けていた。

「よかったら、私にも事情を話してくれませんか？　途中から捜査に入ったので、あまりよく分かっていないんですよ」

「積極的に話したいことじゃないんですけど」

「お気持ちは分かります。でも、あなたの怒りを直接知りたいんですよ」

未菜子はなおも躊躇っていたが、一度話し出すと止まらなくなった。これまで会った被害者二人が、落ちこみ、打ちのめされていたのに対し、未菜子ははっきりと——強過ぎる怒りを表明した。坂村に対する強い憎しみが、きりきりと伝わってくる。大友は一々相槌をうちながら、彼女が話すに任せた。

「ああ……もう、本当に殺してやりたいぐらいです」未菜子の怒りが沸騰した。「警察が早く逮捕してくれないなら、私が殺しますよ」

「そこは穏便にお願いします」実際には坂村は所在不明のままで、彼女が見つけられるとは思えないが……。

「別に私だって、逮捕されたくはないですけどね」未菜子が唇を尖らせる。「あんな男を殺して逮捕されたら、損です」

「そうですよ」大友は大きくうなずいた。「つまらないことを考えないで、我々に任せて下さい。全力で捜査していますので」

「でも本当に、殺してやりたい気持ちはあります。街でばったり会ったら、抑え切れないかも」

「そこは我慢して下さい。お願いします」

「あなたがそう言うなら……しょうがないですね」

「ご理解いただいて、感謝します」

大友が笑みを浮かべると、未菜子の耳がかすかに赤く染まった。

結局未菜子は、警察に対する怒りを引っこめなかった。それでも最初よりは落ち着いた様子で、取調室を出て行く。一階までは、春海が案内して行った。

「参ったね」茂山が頭を掻く。「悪かったな、余計なことをさせて」

「いや、それはいいけど……結局、謝るのが一番早いから」

「お前みたいなイケメンに謝られれば、女性はすぐに納得しちまうわけだ」茂山が唇を捻じ曲げる。

「誠意だよ、誠意」大友は肩をすくめた。「それより、面白い情報がある。報告したいんだけど」

「じゃあ、係長にも聞いてもらおう。上手く前進できそうな話か？」

「それは分からない」もしかしたら、殺人事件の捜査は前進するかもしれないが。その場合、美智留は「容疑者」になるのだろうか。

7

「役者が揃った感じは……するな」一瞬だけ盛り上がった神原の口調は、話している途中で沈静化した。「まだ、誰がどうつながっているかが分からないが」

「それはそうですが、一人一人潰していけば、関係は明らかになるはずです」大友は自説を押し通した。「例えば、古川亮。この男には、今すぐにでも接触できます」

「そうだな……坂村と何らかの関係があるのは間違いないし、引っ張ってみるか」

「会社を経営しているという話でしたよね」

「ああ。会社は目黒にある……自宅は東急目黒線の武蔵小山駅だ」神原が左腕の時計を見た。「この時間だと、まだ会社にいるだろう」

「じゃあ、まず会社を急襲しますか」

「それより大友、お前はこの一件の筋をどう読む？」

「まだ読めません」大友は肩をすくめて認めた。「ちょっと複雑過ぎますね。本当はもっと簡単な筋があるのかもしれませんが」

「よくあることだ」珍しく素直に神原が認める。「情報が整理されていない状況では、こっちが勝手に想像して筋を複雑にしてしまう。実際には、犯罪なんていうのは、そんなに難しいものじゃないんだ。だから俺は、自分たちの敵を『知能犯』なんて呼びたくない。連中は絶対に失敗するからな……よし、古川を引っ張ろう——容疑はないが」

「どういう理由にするんですか？」心配そうに茂山が訊ねる。

「坂村が行方不明だから、その行方を捜すために……参考人として。それでどうだ？」

「分かりました」茂山がぴしりと平手で腿を叩く。「場所は、ここを使わない方がいいでしょうね」

「所轄を借りろ。大袈裟にしたくない。できるだけひっそりとやれ」神原が指示する。

「テツ、流れついでで手伝ってくれるか？」茂山が頼みこんできた。

「ああ」大友は立ち上がった。これでまた事態は動き出す……だが、行く先はまったく読めなかった。


古川がやっている会社は、実質的に「倉庫」なのだとすぐに分かった。広いワンルームのほとんどのスペースが、物で埋まっている。一応、部屋一杯に棚を置いてグッズを詰めこんでいるのだが、それだけでは間に合わず、床にも段ボール箱が積み重ねられていた。事務用のスペースとしては、テーブルが一つだけ。そこにパソコン、ファクス、電話が載っている。ずっとここにいて、古川は圧死する恐怖を覚えないのだろうか、と大友は訝った。

「警察ですか？」古川は露骨に迷惑そうな表情を浮かべた。

「ええ」大友は静かにうなずいた。

「警察に呼ばれるようなことはないですよ」

「坂村健太郎さんのことです。お知り合いですよね？」

「坂村？　ええ」古川が怪訝そうな表情を浮かべた。「坂村って……あいつがどうかしましたか？」

「行方不明なんですけど、どこにいるか、知りませんか？」

「あいつが？　いや、全然」

「そうですか……ちょっと話を聞かせて下さい。警察まで来ていただけますか？」

「いやいや、待って下さい」古川が一歩引いた。その拍子に段ボール箱にぶつかり、倒れそうになる。「何で警察に行かなくちゃいけないんですか？　俺は容疑者じゃないでしょう」

「ここで話ができますか？」大友は、物で埋まった事務所内を見回した。絶対に禁煙だな、と思う。火が点いたら逃げることもできず、あっという間に中で黒焦げになってしまうだろう。「座るスペースもないじゃないですか」

「それは……しょうがないでしょう。そういう仕事なんだから」

「とにかく、ご同行願います」

茂山が一歩前に出る。彼も段ボール箱に躓《つまず》いて転びそうになった。大友は、一時流行った巨大迷路を思い出していた。ここに迷いこんだら、二度と脱出できないのではないか。

しばらく押し引きが続いたが、結局古川が折れた。自分の会社が話し合い——商談だろうが警察の事情聴取だろうが同じだ——には向かないと、ようやく認めた。

目黒通り沿いのオフィスビルにある古川の会社から目黒中央署までは、歩いて十分ほど。その間を利用して、大友は彼に仕事のことを聞いた。茂山たちは、古川をもうほとんど丸裸にしていたのだが、自分でも確認してみたかった。

「扱っているグッズはどんなものなんですか？」

「全部スポーツ関係ですね」

体育大出身という経歴がここで生きているのだろうか、と大友は考えた。そう言えば事務所内の棚には、キャップやバッグが詰めこまれていた。

「スポーツ関係のグッズって、そんなにたくさんあるんですか？」

「それは、もう」歩きながら古川が肩をすくめる。「日本のものだけじゃないですから。アメリカ、ヨーロッパ……プロスポーツチームがあるところ、どこにでもグッズはあります。買いつけツアーばかりで、経費がかさみますよ」

えらく軽い調子で話している。商売人というのは元々こういう感じなのか……取り敢えず愛想良くする、というのが決まった反応なのかもしれない。

署につくと、茂山は古川を取調室に案内した。「しばらくお待ち下さい」と言って、ドアを細く開けたまま、一人で放置する。取調室のドアを監視できる位置まで引っこみ、大友と小声で相談を始めた。

「お前が攻めるか？」

「やらせてくれ。仕事の方は、まともにやってるみたいか？」

「個人商店なんで、情報はほとんど開示されていないけど……今日見た限りでは、ダミーのビジネスではないみたいだな。あれがダミーだったら、金がかかり過ぎる」

「確かに」大友は同意した。

「まあ、結婚詐欺に関しては、どう絡んでいるかまったく分からないから」茂山がうなずく。「だいたい、坂村との関係がまだはっきりしない。我々が調べた限りでは、接点がまるでないんだ。もしかしたら、奴のビジネスの関係かもしれないが」

「坂村が古川の仕事に出資しているとか？」六本木のイタリアンレストランでの、二人の短い接触を思い出す。あの時、坂村は遅れて来た古川を叱責するような態度を取った。それに対して、古川はどこか白けた調子で聞き流していた……長年腐れ縁にある人間同士のやり取りのようだ、と考えたのを思い出す。これが単なるビジネス上のつき合いだったら、古川ももっと真剣に話を聞き、内容によっては謝罪していたのではないだろうか。

「それも分からん」

「捜査二課なら、金の流れなんかあっさり摑むかと思ったけど」

「そういうのは、きちんと帳簿が押収できてからだ」茂山がむっとした表情で言った。「会社の財務状態は、人に話を聴いただけじゃ分からないんだぜ。いくらでも嘘がつける」

「分かった」大友は素早くうなずいた。申し訳ないと思う……責めたつもりはなかったが、茂山のプライドを傷つけてしまったかもしれない。

ほんの数分放置されただけなのに、古川は目に見えて苛々していた。大友が取調室に入った時には、眉間に皺を寄せてスマートフォンを弄っていた。

「お待たせしました」

　言って正面の椅子に座る。茂山は、冷たいお茶の入ったコップを古川の前に置いた。その際、斜め上の位置からほんの少し長く古川を凝視する。古川は、茂山のきつい視線にまったく気づかない様子で、まだスマートフォンに視線を集中させていた。

「では、始めます」

「あ……ああ」ようやく古川がスマートフォンから視線を外し、画面を伏せてテーブルに置いた。それから、取調室の中をぐるりと見回す。

「こういう場所、初めてですか？」大友は訊ねた。

「ああ、もちろん」

「普通の人は、縁はないですよね」

「そりゃそうでしょう……あまり気持ちのいいものじゃないですね」

「ここへ入れられただけで、泣き出して自供する容疑者もいるぐらいですから」

　取調室というのは、初めて入る人なら間違いなく圧迫感を覚える場所である。それほど広くないスペースに、容疑者と刑事が対峙するテーブルがあり、他に記録係として同席する刑事が使うデスクが一つ。逃亡防止のために窓は必ず高い位置にあり、開かないようになっている。そして何故か、独特の黴臭《かびくさ》い臭いが漂っているのだ。この署でもそれは同様。しかもエアコンの効きが悪いせいか、じっとりと暑い。

「お茶、どうぞ」

「ええ」

言ったものの、古川はコップに手をつけようとしない。毒が入っているのではと心配でもしている様子だった。大友はそれ以上無理に勧めようとせず、自分の分のコップに口をつけた。氷なし、味も薄い。それでも少しだけ気分が落ち着いた。

その間、大友は古川を正面から素早く観察した。それほど背は高くないし、全体にはスリムな印象……白いポロシャツの腹の辺りは生地が余っている。しかし胸から肩はパンパンに張っていて、かつての競泳選手の名残りが感じられた。あるいは今でも、トレーニングを続けているのか。顔や腕はよく日焼けしている——これは外で仕事をする人の体だ。目の横には皺が刻まれているが、加齢によるものではなく、笑い皺のようだ。たぶん、笑うと少年の面影が蘇るだろう。この手の顔を好きな女性も多いはずだ。

「古川さん、何でスポーツグッズを扱う仕事を始めたんですか」大友は変化球から投げこんだ。

「え？」何でそんな質問をされるのか分からないとでも言うように、古川が目を見開く。

「いや、こういう商売って、どういうきっかけで始めるのかと思いましてね。刑事の知識や常識ではぴんとこないので」

「ああ、大学の先輩に誘われて……ただ、その先輩はとっくに辞めちゃいましたけどね。今は一人です」

「とっとと逃げ出したわけですか」大友は少し荒い言葉で古川を刺激した。

「まあ、そんな感じですね」特に揺さぶられた様子もなく、古川が耳を弄る。

「大学では、そういうビジネス関係の勉強をされてたんですか？」

「まさか。体育大ですよ」

「そうなんですか？」当然頭には入っている情報──茂山たちもとうに割り出してはいた──だが、大友はわざとらしく目を見開いて驚いてみせた。「意外な感じですね」

「筋肉馬鹿ばかりだと思ってますか？」

「いやいや……」大友は苦笑しながら首を横に振った。「考えてみれば、スポーツ関係の仕事には向いてますよね。古川さんは何を専攻していたんですか？」

「専攻は社会体育学ですけど、実際は競泳です。泳いでばかりいました」

「なるほど。名残りがありますね」大友は自分の肩を触ってみせた。「水泳の人って、だいたい体が綺麗に逆三角形になってますよね」

「ずいぶん崩れましたよ」古川が肩をすくめる。バッグから煙草を取り出し、「いいですか？」と訊ねる。

「すみません、建物の中は全面禁煙です」

「こういう場所では、刑事さんが煙草を勧めて自供させるのかと思ってましたよ」

「それは、二十年ぐらい前の話ですね」大友は苦笑した。「今は、そういうのはないですよ」

「そうですか……」残念そうに言って、古川が煙草をバッグにしまう。スマートフォンはテーブルに置いたままだった。

「それで本題ですが……坂村さんのことなんです」

「坂村が行方不明って話ですよね？　初耳なんですけど」

「数日前から連絡が取れないんですよ」

「奴、何かやったんですか？」古川が急に声を潜める。

「いや、そういうわけじゃないです。参考までに話を聴きたいんですが、摑まらないんですよ」

「と言われても、ねえ」

「親しいんじゃないですか？」

「顔見知り、ですかね」古川がまた耳を弄った。見ると、小さな穴が開いている。ピアスをしていたのか……久しぶりに外したせいで、痒《かゆ》くなってきたのだろうか。

「そうですか？　結構古いつき合いだと聞いてますけど」大友はかまをかけた。

「何でそんなこと知ってるんですか？」古川の眼光が鋭くなる。

「警察官は、一度調べ始めると、とことん調べないと気が済まないんです」

「坂村の奴、本当に何かやったんじゃないんですか？」

「何かやりそうな人なんですか？」大友は質問に質問で返事をした。

「いや、そういうわけじゃ……」

「デイトレーダーなんですよね？」

「そう聞いてますよ。どういう商売なんだか、イマイチ分からないけど」

「座ったまま、手先の動きだけで億単位の金を稼ぐんじゃないですか？　ずいぶん羽振りがいいようですけど」

「ああ、儲けてはいるみたいだけど、詳しいことは知りません」

「そもそもどういうご関係なんですか？」大友は一歩突っこんだ。「顔見知りにもいろいろありますけど」

「まあ、何というか……何年か前にパーティで知り合ったんですけどね」

「パーティ？」

「何のパーティだったかなあ」古川がまた耳を弄る。いつの間にか、少しだけ赤くなっていた。「忘れましたけど、五、六年前でした」

「それからずっと友だちづき合いですか？」

「いや、ただの顔見知りですよ。そんなに何度も会ったわけじゃないし」

「でも、何度かは会ってる」

「何が言いたいんですか？」急に古川が凄んだ。「俺が何かやったとでも？」

「いえ」大友は短く否定した。「そんなことは言ってませんけど、何かやったんですか？」

「まさか」

「荒川美智留さんをご存じですか」

「はい？」古川の顔に朱が差した。

「荒川美智留さん。あなたの昔の恋人ですよ。体育大では同級生だったんですか？」

「何の話ですか」

古川が椅子に背中を押しつける。まるで大友の攻撃から少しでも遠ざかろうとしているようだった。顔は引き攣《つ》り、耳はさらに赤くなっている。

「つき合っていたんですよね？　さらに言えば、彼女がシンクロを引退する理由を作ったのがあなただった。正確には、荒川さんはシンクロに打ちこむよりも、あなたとの恋愛を選んだ。違いますか？」

「そんな古いこと……」

「それほど古くはないでしょう。その後、荒川さんとはどうなったんですか」

「そんな古い話をされても困る」古川が唇を尖らせる。

「古い話だったら、喋っても差し支えないんじゃないですか」

古川が唇を引き結ぶ。また耳を触った……痒いわけではなく、単なる癖ではないかと大友は疑い始めた。焦ると、耳を触りたくなるとか。険しい表情を浮かべたままで、古川が大友を睨んだ。

「それとこれと、どういう関係があるんですか」

「荒川さんと坂村さんも知り合いのようなので」

「知りませんね」即座に否定したものの、今度は視線を外し、大友と目を合わせようとしない。

「あなたは、今でも荒川さんと関係がありますか？」

「ないですよ。とっくに別れました」

「いつ頃？」

「それは……大学を出てからすぐ」

「理由は何だったんですか？」

「そんなこと、どうして警察に言わなくちゃいけないんですか」古川が反発した。「プライベートな話は関係ないでしょう」

「警察官は、疑問に思ったことはすぐに口に出すように教育されているんです。それが取り調べというものですから」

「これは取り調べなんですか？」今度は古川の顔から血の気が引いた。「そんなこと言われても、俺は何もやってないんで……困りますよ」

「ええ、そうですね」大友は両手を組み合わせて笑みを浮かべた。「あなたに特定の容疑がかかっているわけではありません。我々はただ、坂村さんの行方を知りたいだけです」

「美智留のことは関係ないでしょう」

「ないですね」今のところは。「ところで彼女が、昔結婚詐欺事件の容疑者として警察にマークされていたのは知ってますか？」

「まさか」古川が目を見開く。

「あなた、荒川さんとはいつまでつき合っていたんですか？」

「卒業する前に別れましたよ」

「どうして」

「どうしてって」古川の顔に本物の困惑が浮かんだ。「そういうの、上手く説明できないんですけど……でも、卒業する時って、いろいろあるでしょう。人生が一番大きく変わる時期だし」

「結婚しようとは思わなかったんですか」

「まさか」古川が即座に否定する。「まだ二十二やそこらで……自分の生活も安定してないのに、結婚なんか考えてもいませんでしたよ」

「あなたの生活は安定してなかったんですか？　就職はどうしたんですか？」大友はさらに突っこんだ。次第に言い訳めいてきた古川の説明に、いつか綻《ほころ》びが生じそうな気がして……いや、実際にはもう、小さな矛盾が出てきている。取り敢えずその材料は、手元に置いておくことにした。分かったことを何でもその場でぶつけるべきではない。ここぞという時に、決定的な一打として使うのも大事だ。

「仕事はいろいろやりましたよ。あの頃、就職がよくなかったですからね」

「確かに、暗黒時代とか言われてましたね」大友は同意してうなずいた。

「そうそう。だからあちこちでいろいろな仕事をして……三十過ぎて今の仕事を始めて、ようやく落ち着いた感じです」

「儲かってますか？」

「それは……まあ」古川が苦笑する。それほど儲かってはいないようだ——少なくともあの仕事では。

「荒川さんとは、最近連絡は取ってないんですか？」

「全然」

「結婚詐欺についてもご存じなかった？」

「知りませんよ」

「つき合っていた頃……荒川さんは腰を痛めていたんですよね。シンクロを辞める理由の一つがそれだったとか」

「そうだったかな……覚えてないな」

嘘がもう一つ。葉子は、古川の存在が原因で美智留がシンクロをやめたと推測していた。それはあくまで推測に過ぎないが、彼女が腰を痛めていたのは事実である。交際していて、それを知らなかったとは考えられない。

「荒川さんと坂村さんが知り合いだったことも知らないんですね？」

「ええ」

「分かりました」大友は話を打ち切った。愛想のいい笑みを浮かべて、話を切り替える。

「もしも坂村さんから連絡があったら、すぐに教えてもらえませんか？　彼には、緊急に話を聴きたいんです」

「はあ……連絡はないと思いますけどね。だいたい向こうは、俺の携帯の番号も知らないんじゃないかな。パーティで会った後、携帯を変えてますから」

「そうですか。では、これで終わります」

古川が、無言で大友を見詰めた。これで終わりなのか、と疑うように。もちろんこのまま、ねちねちと続けていくこともできる。しつこい取り調べは、大友が得意とするところなのだから。

しかし、余韻を残す——向こうが「この程度で終わりか？」と意外に思うほどに——取り調べにも、それなりの効果があるのだ。相手は警察がどこまで事態を把握しているか分からなくなって、疑心暗鬼になる。そういう状態では、人は容易に失敗を犯すものだ。

「下までお送りしましょうか？」立ち上がった古川に、大友は声をかけた。

「いや、結構です。分かりますから」もう歩き始めている。一刻も早く立ち去りたくてたまらない様子だった。

「そうですか。お忙しいところ、お時間をいただいてまことに申し訳ありません」大友も立ち上がって頭を下げる。

結局茂山が、署の一階まで古川を送って行った。大友は、刑事課長に取調室を借りた礼を言い、談笑しながら茂山を待った。ほどなく戻って来た茂山は、眉間に皺を寄せている。

「嘘があったな」

「ああ」

「ちょっと話そうぜ」

茂山は大股で階段を降りた。一階の駐車場の片隅に喫煙場所がある。ペンキ缶の上を切って水を入れたものが置いてあるだけだが。煙草に火を点けた茂山が、深々と一服してからがくんと頭を垂れた。

「お前から聞いていた話と矛盾する部分がある」

「そうだな」大友は認めた。

「荒川美智留との関係……時間軸にずれがないか？」

「あった」

「奴が嘘をついたんだと思う。記憶違いということはないだろう」

「おそらく……奴は放したのか？」

「尾行をつけた。しばらく監視下に置く」

さすが、二課のやることにはそつがない。大友はうなずき、一安心した。これで古川は、完全に二課のターゲットになった。

「ここは一つ、博打を打ってみるか？」茂山が大友の顔をじっと見た。

「……荒川美智留か？」

「ああ。このタイミングで、もう一度会ってみないか？」

「ダイレクトに話は聞けないよ」

「そこは、お前のテクニックに任せるからさ」茂山がうなずく。「そろそろ、際どい話もできるぐらいの関係になっているんじゃないか？　昔の恋愛話、聞き出してみろよ」

「そうだな」大友は顎を撫でた。それは確かに、際どい話になる。ただ、美智留の証言がないと、誰が本当のことを言って誰が嘘をついているのか分からないままだろう。

捜査には直接関係ないかもしれない。しかし引っかかる。この複雑な人間関係が、今に至るまで影を落としているのでは、と大友は想像した。

8

美智留にメールを送ってみたもののすぐには返事がなく、電話しても出ない……大友は嫌な予感を募らせた。美智留は古川とつながっていて、大友が警察官だということを既に知ったのではないか？　それで接触を避けているとか……結局美智留から電話があったのは、連絡を入れてから二日後、水曜日の午前中だった。

「ごめんなさい」第一声で美智留が謝った。

「いや……何かありました？」

「夏風邪で、昨日まで寝こんでいたんです。昨日の夜中にメールと電話の着信にやっと気づいたんですけど、遅かったから……」

「それは申し訳ない。風邪を引いている時に、枕元で電話が鳴ってたら、治るものも治らないですよね」

「でも、もう大丈夫です」確かに美智留の声は、昨日まで臥せっていたとは思えないほどに元気だった。

大友は周囲の目を気にして——今は刑事総務課の自席にいた——廊下に出た。いつまでも風邪の話を続けていても仕方ないので、用件を切り出す。

「食事のお誘いです。この前、途中で帰ってしまったので、そのお詫びの意味も含めて。でも、病み上がりだったら後にしますか？」

「大丈夫です。全然、大丈夫ですよ」美智留が慌てて言った。垂らされた紐に手を伸ばすような焦り方だった。

「そうですか？　無理しないでも、私は何とでもなりますけど」

「お暇なんですか？」

「この業界、二月と八月は暇なんで……特に八月は、メーカーの夏休みがありますから。こっちも何となく気合いが入らないんですよ」

電話の向こうで美智留がくすくすと笑った。どうやら風邪は全快のようだ——本当に風邪だったら、だが。

「私は今夜でも大丈夫ですけど」

「それなら、いい店を紹介します」

「大友さんの方でお店を見つけてくれるなんて、初めてじゃないですか？」

「接待用の店で……美味い四川料理ですけど、辛いのは大丈夫ですか？」

「辛いのは大好きです」

「それはよかった。恵比寿なんですけど、いいですか？」

「大丈夫です」

大友は店の名前と電話番号を教えて電話を切った。すぐに捜査二課に足を運ぶ。

「上手くいった」

「そうか」茂山の顔がぱっと明るくなった。二日間、美智留と連絡が取れなかったことを、彼も心配していたのだ。「ところで、この二日間はどうして連絡が取れなかったんだ？」

「真偽のほどは分からないけど、本人は風邪だったと言っている。とにかく今夜、会う。予定通り、例の店を使うから」

「分かった。じゃあ、うちも保安要員として、若い奴を二人ばかり出すよ」

「そうだな……いろいろ準備が必要だけど」

「こっちは慣れてるから、すぐに済むよ。何しろホームグラウンドだ」茂山の声にも顔にも余裕があった。

そこまで期待されても困る……と大友は苦笑した。今夜会って、何が分かるわけでもないのに。

茂山も追いこまれているのかもしれない、と思った。きちんと被害届が出ていて、しかも被害者は何人もいる。被害総額は一億円を超えるのではないか――そんな大きな事件で、まだ犯人を逮捕できていない。それどころか、主犯と見られる男は行方不明のまま。少しでも手がかりが欲しいのだろう、と大友は同期の心中を察した。

美智留を誘った「海山楼《かいさんろう》」という中華料理店は、捜査二課御用達である。二課がよく内密の会合に使う店で、秘密が漏れることは絶対にない。そういう意味で茂山は「ホームグラウンド」と呼んだのだった。

店主は二課のＯＢである。

大友は約束の時間の三十分前に店を訪れ、店主の若菜《わかな》という男と面会した。厨房で鍋をふるっているのかと思っていたら、ダークスーツ姿で現れた。すっかり白くなった髪を後ろに撫でつけ、柔和な表情を浮かべている。店自体、若菜のダークスーツ姿に見合う格を持っていた。コースで料理を頼むと一人一万円はかかる。

「一課には、えらく男前な刑事さんがいるんだね」小さな個室――ここで美智留と会食する予定だ――の円卓で向かい合った瞬間、若菜が切り出した。「俺がいた頃、一課の刑事というと、ゴリラみたいな奴ばかりだったけど」

「今も基本的には同じですよ」大友は声を上げて笑った。「ちなみに私は、今は捜査一課ではなく、刑事総務課の所属です。たまたま二課の仕事をお手伝いしています」

「まあ、立場はともかく、あんたがいい男であることに変わりはない」

「若菜さんは……ずいぶん立派な店を持ってるんですね」副業で稼いだ金で始めたのだろうか、と大友は懸念した。二課の刑事は金にまつわる事件を扱う。不正な金に接近して……ということも考えられないではない。

「ああ、ここは元々オヤジの店でね。オヤジが倒れたんで、私が早期退職して店を引き継いだだけだ。怪しい金で買ったわけじゃないよ」若菜が大友に笑いかけたが、目は笑っていなかった。まるで、お前の考えなんかお見通しだ、とでも言うように。

「それで二課の連中の溜まり場になってるわけですね？」

「まったく、たまったもんじゃないよ」苦笑しながら、若菜が髪を撫でつけた。「連中から高い金は取れないから、奴らが宴会で使う度に赤字が出るんだ」

それはそうだろう……公務員が、一万円の中華料理のコースで会食はできない。先輩らしく奢ってやれば気分はいいかもしれないが、商売上はマイナスだ。

「でも、仕事にも使ってるんですよね？　今回のように」

「奴らは、客商売を何だと思ってるのかねえ……あれ、見えるか？」

若菜が天井を指さした。でっぱり……スプリンクラーのようにしか見えない。そう指摘すると、若菜がにやりと笑う。

「あそこにビデオをしこんであるんだよ。もちろん、録音もできる。奴ら、この部屋を取調室代わりに使ってるからな」

「本当は、それが嬉しいんじゃないですか」

大友の指摘に、若菜がにやりと笑う。それ以上何も言おうとしなかったが、彼が二課の仕事を時折手伝っていることを誇りに思っているのは明らかだった。家庭の事情で早期退職して、刑事の仕事を完遂できなかったという忸怩《じくじ》たる想い——それを解消するための舞台が、この店なのかもしれない。

「念のために、こいつを」若菜が、隣の椅子にかけてあったブレザーを取り上げた。

「何ですか？」

「ボタンの一つがマイクになってる。別室でモニターできるんだ」

「二課はそんなことまでするんですか」大友は目を見開いた。

「部屋のビデオで実際にどれぐらい音を拾えるか、後輩たちが心配してるんだ。少し冷房を強くしておくから、ブレザーを着ていても暑くないよ。もっともうちは、本格的な四川料理だから、食ってるだけで大汗をかくかもしれないけど」

「何とか耐えます」

「じゃあ、あんたのお手並み拝見といこうか」

うなずき、若菜が部屋を出て行った。それと入れ替わりに、二課の若い刑事が二人、入って来る。ブレザーのマイクの調整をしたいようだ。言われるままに大友はブレザーを着こみ、何回か話してOKを貰った。かなり感度はいいようだが、逆に食べている音まで拾わないだろうかと心配になる。そういうノイズが、会話のモニタリングを邪魔してしまうのではないだろうか。

まあ、主役はあくまで、部屋に備えつけのマイクやビデオカメラだ。何とかなるだろう。

約束の時間の五分前に、美智留がやって来た。グレイのポロシャツにジーンズというつもの軽装で、腰を下ろすなり顔をしかめる。

「こんなにちゃんとした店だったんですね」

「接待用ですから」

「私、場違いじゃないですか？」美智留がポロシャツの襟を撫でつけた。

「全然」大友は肩をすくめた。「中華料理なんか、気楽なものですよ」

「でも大友さんは、ブレザーを着てるじゃないですか」美智留が指摘した。「今日も暑かったのに」

「それは……せめて私だけはちゃんとしようかと思って」

「何か、ずるいですね」美智留が頬を膨らませた。

「失礼……取り敢えず、ビールにしましょう」

大友は、店員を呼ぶブザーを鳴らした。部屋にいると音は聞こえないものの、これが戦闘開始の合図である。

ブレザーが邪魔だ……大友は先ほどから、しきりにおしぼりで額を拭っていた。ワイシャツの背中は汗でびっしょりになっている。背抜きの夏用のブレザーならともかく、しっかりしたウールの冬用のブレザーだったから、たまらない。部屋のマイクに任せてブレザーを脱いでしまおうかと、何度思ったか分からなかった。

「大丈夫ですか？」美智留が心配そうに言った。「ブレザー脱いで下さいよ」

「大丈夫です」そう言うしかなかった。

大丈夫ではない。実際、四川料理とはいえ、ここまで辛いとは思わなかった。これでは、中国で一番辛いと言われる湖南料理並みではないか。

前菜の棒棒鶏《バンバンジー》のソースにもたっぷり唐辛子が効かせてあり、その段階で大友は既に汗をかいていた。エビチリも舌が痺れるほどの辛さで、鶏の唐揚げをさらに野菜と一緒に炒めた辣子鶏《ラーズージー》という料理を見た時には、ギブアップしたくなってきた。野菜……唐辛子が大量に入っているし、山椒の粒も見える。しかしコースで頼んでいたので、途中で変えようもない。これならコースではなく、辛くなさそうな料理を選んで注文すればよかった。

「これ、いけますか？」大友は思わず弱気になって美智留に訊ねた。

「美味しそうですね」美智留は、この辛さにも平然としている。グレイのポロシャツは汗をかくと黒くなるのだが、まったく変色していない。そんなに辛さに強いタイプだったのか……。

大友は、後から貰った水を一気に飲み干した。本当に辛い物を食べる時には、ビールではなく水の方が舌には優しい。それでも耐えられず、思わず舌を出すと、美智留が声を上げて笑った。

「大友さんにも弱点があるんですね」

「弱点だらけですよ……特に女性には弱いですね」

「そうですか？　そんな感じ、しませんけど」

「女性に慣れていたら、もうとっくに……もうちょっと強く誘ってるでしょう」何を言っているんだ、と自分でも分からなくなってきた。あまりにも料理が辛過ぎて、考え方までずれてしまったのか。

　それでも何とか、最後の麻婆豆腐まで食べ終えた。これまた殺人的と言っていい辛さ……しかし、思い切って白いご飯にかけて食べてみると、辛さの中に旨味を感じるようになった。結局、慣れということか。デザートで出てきたゴマ団子がやけに甘く感じられたのは、やはり舌の調子がおかしくなっていたからかもしれないが。

「今日は特に辛かったですよ」ゴマ団子で何とか落ち着いて、大友は熱いウーロン茶を飲んだ。

「私、これぐらいでちょうどいいですけど」美智留は涼しい顔をしている。

「本当に辛い物好きなんですね。荒川さんこそ、弱点がないみたいだ」

「私も、男性関係は弱いですけど」

「そうですか？」向こうからこういう話題を持ち出してきたか……いいチャンスだと思

い、大友は話に乗った。「いかにもモテそうですけどね」

「そんなこと、ないですよ」

「スポーツウーマンだし、爽やかな感じだし」

「この年になると、そういうの、あまり関係ないです」自嘲気味に美智留が言った。

「昔は？　結構武勇伝があるんじゃないですか」

「武勇伝って……」美智留が苦笑する。「そんなに男性関係は激しくなかったですよ」

「でも、恋人はいたでしょう？」

「まあ、それは、人並みに」

「そうですか？」何だか嫌らしい言い方だなと思いながら、大友は話を先へ進めた。

「小学校から大学までずっとシンクロ一筋でも、恋人を作る暇はあったんですね」

「ああ――そうですね」苦笑しながら美智留が認める。

「でも大学では、寮に入っていたって言ってませんでしたっけ？　そういうところだと管理も厳しくて、自由にデートもできないでしょう」

「私、あまりいい寮生じゃなかったですから」美智留がさらりと打ち明けた。

「じゃあ、夜中にこっそり抜け出してデートしたりとか？」

「そういうこともありました」

「タフですねえ」大友は本気で感心していた。体育会系の人間の元気さは、純粋文化系の大友には理解できない。

「若かったんでしょうね。今なら絶対無理だなあ」美智留が頬杖をついた。

「当時は、どんな人とつき合ってたんですか？」

「私ばっかり話すの、ずるくないですか？」美智留が頰を膨らませた。

「ああ。すみません。でも私には、話すことなんて何もないですから。砂漠みたいな人生なんですよ」

「別れた奥さんの話とか？」

「それは、あまり話したくないなあ……一つだけ言えるのは、あなたとは名前も同じだし、雰囲気もちょっと似てた、ということです」

「そうなんですか？」美智留が頰に手を当てた。

「背が高くてスリムで……スポーツも大好きでした。フルマラソンを走りたいって言って、毎日結構本気でジョギングしてましたよ」これは事実だった。「こっちは啞然として見てるだけでしたけど」

「まさか、離婚の原因はそれじゃないですよね？」

「そうだったかもしれません」大友はうなずいた。「性格の不一致ってよく言いますけど、体育会系と文化系の人間は、最終的には折り合えないのかも……荒川さんがつき合ってた人って、やっぱり体育会系の人だったんですか？　大学の同級生とか？」

「ああ……突っこみますね」美智留が苦笑する。

「すみません」大友はまた頭を下げた。「こういう話、根掘り葉掘り聞かないと納得できないんですよ」

「変ですね」美智留が口を手で覆って笑った。「でも……そうです。当時は、大学の同級生と密かにつき合ってました」

「体育大……何の競技をしてた人ですか？」

「競泳です。同じ水に入るのでも、シンクロとはずいぶん違いますね」

「でも、近いと言えば近いわけだ」大友は古川の顔を思い出していた。これで、「噂」はほぼ確証が取れたと言っていいだろう。しかしもう少し突っこんでみたい。「ちなみに名前は？」

「ええ？　今さらですか？　そんな、十五年以上前のことを言われても」

「実は私、少し占いができるんです」大友はメモ帳を取り出した。

「占いって……」

「姓名判断です。営業のトークで覚えたんですけど、特に相性に関してはよく当たるんですよ」

大友はノートに美智留の名前を書いた。苗字の「荒川」が十二画。名前の「美智留」が合わせて三十一画、と名前の横に書きこむ。そこまでやって、大友は顔を上げ、無言で美智留のかつての恋人の名前を求めた。

「しょうがないですね……古川亮、です」

「古いに川ですね？　とおるは……」

「なべぶたに口を書いて――」

「ああ、これですね」大友はすぐに「亮」の字を書き足した。苗字が八画、名前が九画。

「どうですか？」

「よくないですね」大友は口から出まかせで喋った。もしも美智留が姓名判断に詳しかったら即アウトの、インチキ占い。「最初は盛り上がるけど長続きしない……線香花火みたいな関係にしかなりません」

「ああ……当たってます」美智留が眉間に皺を寄せた。「今考えると馬鹿みたいですよ。ぱっと燃え上がって、何も見えなくなって……それでシンクロもやめちゃったぐらいですから」

「怪我じゃなかったんですか」

大友の指摘に、美智留が口を閉ざした。この件には触れるべきではなかったかもしれないが、言ってしまったものは仕方がない。

「前にそう言ってましたよね？　腰の怪我でやめたって」

「男を追ってやめたなんて、言えないでしょう」美智留が唇を尖らせた。「格好悪いし……」

「恋に生きる女は、格好いいんじゃないですか？　全てを捨ててまで男と生きる――なかなか、そんな風にはできませんよ。でも、すぐに別れちゃったんですか？」

「いい加減な人だったんです。競泳の選手としても中途半端だったし、大学を卒業してもちゃんと就職しないで、仕事を転々として。一時、私がお金を援助していたぐらいですから」

「まるでヒモですね」言ってから「しまった」と思ったが、美智留は「まったくですよ」と同意した。

「結局、その人――古川さんとはどうして別れたんですか？」

「大喧嘩して……ちゃんと働かない人だったんです。それなのに変にプライドが高いんで、扱いにくくなっちゃったんですね」

「損なくじを引きましたねえ」

「でも、私の責任でもあるから……それより、大友さんとの相性はどうなんですか」

大友は新しいページを開いて、美智留の名前の横に自分の名前を書いた。画数を書き……「最悪ですね」と深刻な口調で告げた。

「ええ？」美智留が目を見開く。

「これ以上ないほどひどい組み合わせだそうです」大友はメモ帳のページに大きくバツ印を描いた。「でもこの占い、自分のことは当たらないんですよねえ」

美智留は寂しげな笑みを浮かべていた。

美智留と別れて、大友は警視庁へ戻った。今夜は茂山、それに若い刑事たちと一緒に、録音された美智留との会話に耳を傾けなければならない。夜中に本部で仕事をするのは久しぶりだ……昔はこういうことも珍しくなかったのだが、と妙に懐かしく感じる。同時に、二課の超勤が多いのも実感した。

「古川は嘘をついていたな」茂山が断じた。「逆に言えば、荒川美智留が嘘をついているかもしれない」

「ああ。二人は今でもつながっている可能性がある」大友も認めた。

「もう一つ気になるのが、荒川美智留と坂村の関係だ。この三人はつながっていると考えていいと思うんだが……」

「肝心の坂村が行方不明のままだから」大友はうなずいた。「ところで、古川はどうしてる？　監視はつけてるんだろう？」

「ああ」

「変な動きはしてないか？」

「今のところ、ない」茂山が首を横に振った。「毎日、家と仕事場の往復だけだ。昼間は仕事で外に出ることもあるが、基本的に怪しい動きはしていない」

「こっちの動きに感づいているかもしれないな」大友は顎を撫でた。

「そうだな……どうする？」

「それは、二課の方で決めてもらわないと。僕はあくまでヘルプだから」

「いや、お前の考えを聞きたいんだ」

「そうだな……」何だか胃が痛い。先ほどの四川料理の辛さが今になって効いてきたのかもしれない。胃を擦《さす》りながら提案する。「やっぱり、荒川美智留の周辺捜査だ。彼女の人生で、空白になっている部分がまだ相当ある。坂村との関係をはっきりさせるためにも、過去を探る意味はあるよ」

「方法はあるのか？」

「話を聴けそうな人間を、何人か確保しているんだ……芋蔓式で」捜査の一つの王道が、「伝手《つて》」を辿ることだ。ある人間を丸裸にしようと思ったら、知り合いを次々に摑まえていくに限る。大友は美智留の旧友に話を聴く間に、これから当たれそうな数人の連絡先を押さえていた。

「分かった。そっちは任せていいか？」

「明日から事情聴取を再開するよ」

「頼む」茂山がうなずく。「じゃあ、今日は解散にしよう。遅くまで申し訳ない」

静かに一日が終わった。大友は千代田線に乗るために、霞ケ関駅に急いだ……途中で携帯に邪魔される。終電まで、あまり間がないのに。

「俺だ」柴だった。

「どうした？」

「いや、高畑の件、どうしたかなと思って」

「仕事にはもう復帰してるんだろう？　あまり心配するなよ」

「話したか？」

「いや、メールでちょっと連絡を取っただけで……風邪だったんだろう？」

「まあ、そうなんだけど」柴が自信なさげに言った。「相変わらず、心ここにあらずといった感じでさ。それで、お前のことをやけに気にしてるんだよ」

「僕を？」大友は立ち止まった。中央合同庁舎二号館の隅……警視庁から一番近い地下鉄霞ケ関駅の入り口はここだ。夜になってもまだ熱気が残っていて、さっさと地下鉄の構内に入りたいのだが……柴の話はすぐには終わりそうになかった。仕方なくそのまま、桜田通りを歩き続ける。この先、霞が関二丁目の交差点のところから地下に入ろう。

「お前、二課で仕事してるんだろう？」

「だから、それは言えないって」この件については、柴はやけにしつこかった。

「隠さなくていいよ。でも、お前が二課の仕事をしてることを、高畑がやけに気にしてるんだ」

「どうしてまた」

「聞いたけど、答えない。一度そうなったら、あいつが何も言わなくなるの、知ってるだろう？」

敦美は複雑な性格の持ち主だが、最大公約数的に表現すれば「意固地」だ。一度決めたら、まず動かない。いくら大友たちが機嫌を取っても、基本的には人の言うことさえ聞かないのだ。

「何で二課の仕事を気にしてるんだ？」

「さあ……だいたいお前、今何をやってるんだ？」

「だから、それは言えない」会話が堂々巡りになり始める。「また高畑と話してみるよ。彼女も、僕と話したいんじゃないかな」

「それは分からない。電話すればいいじゃないかって言ったんだけど、あいつ、何も言わなかったからな……扱いにくい女選手権をやったら、高畑は世界でベストスリーに入るよ」

「そうかもしれない」柴のジョークに小さく笑いながら、大友は電話を終えた。柴も神経質過ぎるのではないだろうか。敦美のことを気にするのは分かるが……ただしこれは恋愛感情ではなく、家族を思いやるようなものだ。同期で、ずっと長く一緒に仕事をしていると、家族も同然になる。

　ということは、僕も家族として彼女を心配しなければいけないわけか。

　終電を逃すのを覚悟のうえで、大友はその場に立ち止まり、敦美に電話をかけた。出ない。メールを送っておこうかと考えたが、思い直してその場で留守電にメッセージを残した。

「僕だ……何か話したいことがあるなら、いつでもいいから電話してくれ」

　彼女からは返信がこないような予感がしていた。

9

「古川？　あいつは、ろくでもない奴だ」

清水翔太《しみずしょうた》が、いきなり乱暴に吐き捨てた。その直後、慌てて周囲を見回し、喫茶店のテーブルの上に身を乗り出す。

「そうなんですか？」大友は敢えて、興味がない様子を装って訊ねた。こうすると、関心を引くために急に喋り出す人間もいる。

「嫌な奴の名前、出さないで下さいよ」清水がにわかに声を小さくして言った。

「そんなに嫌な人なんですか」

「そう思っているのは私だけじゃないですよ。実際あいつは、OB会を除名されてるぐらいだから」

「OB会というのは……」

「うちの大学の競泳部のOB会です。結束が固いんですよ。オリンピック選手も何人もいるし」

オリンピック選手がいることと結束が固いことは何の関係もないと思ったが、大友は話を進めるために深くうなずいた。

清水翔太は、大学で古川と同期だった男である。事情聴取の中で出てきた名前で、美智留の側だけでなく、古川側からも情報を探ろうとして、大友は面会を求めたのだった。今は、スポーツ用品メーカーで営業をしている。日焼けした精悍《せいかん》な顔つき、短く刈り上げた髪など、スポーツマンらしい面影はまだ残っていて、胸板がぶ厚いせいかスーツもよく似合っていた。

「あなたは、同期だったんですよね」

「迷惑な話ですよ」清水が吐き捨てる。「大学の時からちゃらんぽらんな男でね。人に金を借りて返さないとか、そんなことがしょっちゅうでした。成績も大したことなかったし。高校と大学の間で、大きな壁があったんでしょうね」清水が、合わせた右手と左手を左右に大きく開いた。

「荒川美智留さんという女性とつき合っていたのは、ご存じですか」

「ああ、シンクロの子でしょう？　あれも、奴にすれば遊びだったんじゃないかな」

「男女交際は禁止でしたか？」

「いや、それはないです」清水が苦笑した。「大学生ですから、一応そこは自己判断で。恋人がいる奴もたくさんいましたよ。でも古川は、やり方がよくなかった。女の子を引っかけては金を巻き上げて、ポイ捨てですから」

「詐欺みたいなものじゃないですか」そこから現在まで、一直線につながっているのかもしれない。

「今考えると、そういうことかもしれませんね」

「荒川さんも騙されたみたいですね」

「やっぱりね。奴にすれば、ちょろいもんだったんじゃないかな。子どもの頃からシンクロばかりやってきて、他に何も知らないような女の子を引っかけるのは簡単だったでしょうね。でも、奴も本当に悪いですよね……それで彼女、シンクロをやめたんだから」

「そう聞いてます。その後、いつ頃までつき合ったんでしょうか」

「卒業するまでかな……その後のことは知りませんけど、絶対に長続きしないと思ってましたよ」

「そうですか……」大友はコーヒーを一口飲んだ。外はまだ三十度を超える気温だが、今日はホットコーヒーにしている。昨夜の四川料理のショックがまだ残っていて、冷たい物を飲む気にはなれなかった。「ＯＢ会を除名というのは、穏やかな話じゃないですね」

「金を騙し取ってね……自分で商売を始める時に出資金を求めて、何人も被害に遭ってるんですよ。でも、やり方が巧妙というか。一人一人の出資金なんか、五万円かそこいらだったんです。五万円のために、わざわざ大事《おおごと》にしようという人間はいませんよね？でも、結構大物のＯＢまで騙していて、それで問題になって——」

「除名、ですか」大友は結論を引き取った。

「ＯＢ会を除名になったのは、長い歴史の中であいつ一人だけだそうですよ……それで、何なんですか？　あいつ、何かやらかしたんですか」

「まだ分かりませんけどね」大友は含みを持たせた。これで興味を引かれれば、また何か話すかもしれない。

「やっぱりねえ」納得した様子で、腕組みをした清水が深くうなずく。「あいつ、いつかやらかすと思ってましたよ」

「いや、何かやったと決まったわけじゃないんです」さすがに、あまり先走られても困る。大友は苦笑しながら繰り返した。「でも、そういう性癖――平気で人を騙す人間だったのは間違いないんですね」

「小さいことですけどねえ」清水が腕組みを解き、右手の親指と人差し指を一センチほど離した。「でも、二十歳を過ぎてそんなことをやってたら、その後どうなるかはだいたい想像できるでしょう」

「性癖は、なかなか治らないですよね」ワルは死ぬまでワル、と言っていたのはどの先輩だったか……大友はそこまで悲観的にはなれなかったが、再犯率の高さを考えると、ある意味真理ではないかと思えてくる。

　清水はその後も、古川の悪口を連ねた。大友は途中で呆れながらも、うなずいて話の先を促し続けた。ただし、途中から話が繰り返しになってしまったので、一気に話題を変える。まだよく分かっていない関係……それを何としても解き明かしたい。

「坂村健太郎という人をご存じないですか？」

「坂村健太郎？　明央《めいおう》大の？」

「ええ」大友も出身大学などは摑んでいた――そこでピンとくる。「あなたも顔見知りですね？」

「ええ、大会なんかで何度も顔を合わせましたから……」にわかに清水の顔が曇る。

「あいつも何かやったんですか？」

「いや、そういうわけではないですけど、よく名前が出てくるもので……古川さんとは親しかったんですか？」

「親しいかどうかは知らないけど、顔見知りなのは間違いないですよ。この世界も意外に狭いので」

「他に何か、共通点はないですか？　競泳選手だったこと以外に」

「それは分からないですね」清水が首を傾げる。

しかしこの線はまだ押せる。大友は清水を突き続け、さらに情報が取れそうな人間の連絡先を入手していた。


明央大競泳部の元主務、板谷真《いたやまこと》は、如才ない男だった。主務というのは、大学の運動部でマネージャー……練習や合宿、遠征などのスケジュール調整を一手に引き受ける仕事だろう。学生時代からそういうことをやっていれば、自然に要領よく、愛想もよくなるはずだ。現在の仕事は、レストランチェーンの副社長。

「とはいっても、要するに雑用係です」名刺を交換するなり、板谷が言い訳めいた口調で言った。

「はあ」副社長という肩書と「雑用係」という言葉が合致せず、大友は思わず間抜けな声を出してしまった。

「卒業後は、真面目にサラリーマンをやっていたんですよ。五年前に、先輩が始めた会社に誘われて転職したんです。役員の肩書をやるからって言われて飛びついたんですけど、要するに社内の何でも屋でした」面白そうに言って、板谷が目を見開く。小柄な体に眼鏡の奥の大きな目――いかにも機転がききそうな感じがした。大友にとってラッキーなことに、聞いていないことまでよく喋るタイプだった。

「しかし、大きな会社じゃないですか」大友は名刺をひっくり返した瞬間に驚いてしまった。板谷の肩書は「清美《せいび》フーズ　副社長」で、裏には展開するレストランの名前がずらずらと並んでいる。大友も知っているファミリーレストラン、居酒屋……若者向けの安い店を、首都圏各地で展開しているようだ。となると、これは大企業である。そんな会社の副社長が、よく刑事の呼び出しに簡単に応じたものだ。

「いやいや、会社を始めたって言っても、先輩が父親の会社の飲食部門を独立させて引き継いだだけですから……独立独歩の青年実業家っていうわけじゃないですよ」

「いや、それにしても……こういうところに会社を構えているんだから、大したものですよ」大友は思わず周囲を見回してしまった。東京メトロ虎ノ門駅に近いオフィスビルの一階。まだ真新しいこのビルは、虎ノ門地区再開発の象徴として知られている。

「別に自社ビルじゃないですし」板谷が苦笑する。「まだまだですよ」

二人は、ビルの一階にあるカフェに落ち着いていた。周囲は全面ガラス張りで、夏の陽光が容赦なく入りこんでくるのだが、強力な空調が温度を中和し、快適な気温になっている。四川料理のショックが抜けて胃の調子が戻ったと感じた大友は、板谷と同じアイスコーヒーを注文していた。

「すみませんね、煩い場所で」板谷が、自分のミスででもあるかのように頭を下げた。

「いや、大丈夫ですよ。会社に押しかけたり、警察署に来てもらうよりはいいでしょう」

「警察署ね」板谷の顔が引き攣った。「あまりいい響きじゃないですね」

「まあ、誰でも警察にはお世話になりたくないですよね」

「実際、こっちはお世話になったんですけど」

「何かあったんですか？」大友は思わず身を乗り出した。

「刑事さん、意地悪してます？」板谷が目を細める。「去年うちの阿佐ヶ谷店で自殺騒ぎがあって、かなり大きな騒動になったんですよ。アルバイトの店員が店で首を吊って、警察も調べに来て……週刊誌なんかにあることないこと書かれて、火消しに大変でした。結局店は閉店しましたけど」

「すみません、その件は記憶にないですね」ブラック企業っぽいトラブルだろうか、とぴんときたが、それは口には出さなかった。

「じゃあ、やめておきましょう」板谷がにやりと笑った。「ご存じないなら、わざわざ私が教えることはないですよね……それで、坂村のことでしたね」

「ええ」

「前にも、他の刑事さんが話を聴きに来ましたよ。私の方では、特に話すこともなかったですけどね」

「何度も申し訳ないです」大友は頭を下げた。「実は、いろいろ状況も変わりまして……その後に分かったことで、新たに情報をもらえるんじゃないかと思ったんです」

「まあ、私が知っていることなら話しますけど」遠慮がちにうなずき、板谷がアイスコーヒーを一口飲んだ。

「体育大の古川亮さん、ご存じですか？」

「古川、古川……ああ、分かりますよ」

「間違いないですか？」大友は思わず確かめた。他の大学の選手なのに……すぐに記憶が蘇るとしたら、むしろ怪しい。適当に話を合わせているだけではないかと思えてきた。

「間違いないです」板谷の顔から急に愛想よさが消える。「こう見えて私、個人データは絶対に忘れないんです。うちの社員は三百人ぐらいいますけど、全員の名前と生年月日、この場ですぐに言えますよ。顔を覚えるのも得意です」

「失礼しました」大友はさっと頭を下げた。「疑っているわけではないですけど、なにぶん古い話ですから」

「確かに、そうですね」板谷が眼鏡をかけ直す。「もう十五年以上前になりますからね。でも、覚えてますよ。一度、一緒に酒を呑んだことがあったな」

「そんなに親しかったんですか？」

「いや、私じゃなくて坂村が」

「ええ？」ここで糸がつながった、と大友は確信した。「坂村さんと古川さんは、知り合いだったんですね？　違う大学の選手同士で、そういうことがあるんですか？」

「競泳も狭い世界ですからね。大会の時なんかに、しょっちゅう顔を合わせるので、仲良くなる人間は多いですよ。あいつらは確か、高校時代からのつき合いじゃないかな。最初は、高校代表候補の合宿で一緒になったとか何とか――そういう話です」

口から出まかせで適当に喋っているわけではない、と大友は判断した。アドリブで、ここまでペラペラ喋れるものではない――大友は時と場合によって、そういうこともするのだが。いずれにせよ、古川の「パーティで知り合った」という説明は嘘だろう。

「じゃあ、結構古いつき合いなんですね」

「ええ。で、大会の終わりに坂村に呑みに誘われて、店に行ったら古川がいたんですよ」

「その時が初対面ですか？」

「顔は知ってましたけど、話したのは初めてでしたね……そんな気もしなかったけど」

「というと?」

「妙に馴れ馴れしかったんです」板谷が苦笑した。「いきなり『よう』とか言って。まあ、こっちも顔は知ってたから、遠慮もしませんでしたけど、それにしてもねえ。一緒に呑むと楽しい男だったけど」

「ちなみにその時、金を払ったのは誰ですか？」

「はい？」板谷が目を細める。

「割り勘でした？」

「いや、どうだったかな」板谷が天を仰ぐ。ほどなく大友に視線を戻して、首を傾げた。「私が払ったかもしれないけど、よく覚えてないですね。古い話だから」

「たかられた意識はないんですか？」

「いや、そんな」

「それならいいんですが……」たぶん古川は、ごく自然に板谷に金を出させたのだろう。坂村も尻馬に乗ったということか。「ちなみに、坂村さんと古川さんは、どういう感じに見えました？」

「まあ、友だちですよね。幼馴染みみたいな？　高校時代から知ってるんだから、そんなものじゃないですか」

「なるほど……」

「二人がどうかしたんですか？」

板谷の質問を無視し、大友は質問を変えて続けた。

「最近、坂村さんには会いましたか？」

「最近ですか？　会ってはいないですけど……」

「卒業すると、もうあまり会わないものですか」

「そんなこともないですよ」否定して、板谷が首を横に振った。「うちはOB会の活動が盛んなので、よく顔を合わせます。あいつは年に一回の総会には必ず顔を出しますし、毎年寄付もしてるはずですよ」

「寄付ですか……寄付するほど儲けてたんですか？」デイトレーダーの仕事はそれほど金になるものだろうか。

「そりゃあ、湾岸にタワーマンションを買ってフェラーリを乗り回すような人間だから、儲けてないわけはないでしょう。だいたいあいつは、元々金持ちなんですけどね」

「そうなんですか？」この情報は初耳だった。「親が金持ちだったと？」

「ベンチャー企業を起こして成功して、後にそれを売り払って多額の売却益を得たとか……そんな話を坂村本人から聞きましたけど、本人も詳しいことは知らなかったんじゃないかな。基本的に、金の話には疎《うと》い人間なんで。基本的には水泳馬鹿ですよ」板谷が声を上げて笑う。

「金の話に疎い？　デイトレーダーをやってると聞きましたけど」

「本人の申告によれば、ですよ。でも、直接確認したわけじゃないので……その話、私は疑ってますけどね」

「どうしてですか？」

「さっきも言ったように、金の計算ができる男じゃないんですよ。私は主務だったから、学生時代から金の出し入れはちゃんと勉強してたけど、坂村はねえ……よく金を借りまくってたぐらいだから。親が金持ちだと、金銭感覚が育たないんですかね」

「どうでしょう」大友は曖昧な笑みを浮かべた。まだ、坂村に対する板谷の気持ちが読めない。マイナスの感情があるなら、悪口に便乗してさらに本音を引き出すことができるのだが。

「まあ、悪い奴じゃないんでね……女癖だけは悪かったですけど」

「モテたでしょうね」大友は頭の中で、坂村の顔を思い浮かべた。分かりやすい、今風のイケメン。長身で体形も崩れていないし、湾岸のタワーマンションやフェラーリという付属物に、さらに魅力を感じる女性もいるだろう。もちろん大学時代には、そういうものはなかったはずだが。

「モテましたよ」板谷が皮肉っぽく言った。「手あたり次第……女にうつつを抜かしてなければ、もっと記録も伸びてたと思いますけどね」

「なるほど」

「まあ、迷惑も……」板谷の顔が急に暗くなった。「嫌なこと、思い出しますね」

「何かあったんですか？」

板谷がアイスコーヒーのグラスを押しのけ、テーブルの上に身を乗り出した。

「妊娠させられたって、女の子が騒いで乗りこんできたんですよ」

「競泳部に？」

「正確に言えば、私のところに」板谷が自分の胸を親指で突いた。「坂村にも言ったんだけど埒《らち》が明かなくて、私のところに言ってきたんですよ。主務の仕事は、そういうことじゃないんですけどねえ」

「それはそうですね。それで、どうしたんですか？」

「話を聞いて……でも、聞くぐらいしかできないですよね。そんなこと言われても、どうしようもないですし」

「基本は、本人同士の問題ですよね」

「まあ、結局何でもなかった……女の子の勘違いだったんですけど、その後の後始末が大変でしたよ」板谷が溜息をついた。「コーチにばれないように緘口令《かんこうれい》を敷いて、坂村には説教して……でもあいつ、そういうことを何とも思わないんですよね。面倒な問題は、私が処理するのが当然だと思っていた」

「でもあなたは、それを引き受けてしまう。マネージャー体質ですね」

「いやあ」困ったような笑みを浮かべ、板谷が頭を掻いた。「放っておけばよかったんでしょうけど、坂村は選手としてはそこそこ有望だったんです。見捨てておけないですよね」

「損な役回りですね」

「でも、社会に出てからはそういうことが役に立ってますよ。会社は、きちんと背骨を支える存在がいるからこそ成り立つわけで……総務がしっかりしている会社は強いんです」

「それでとうとう、副社長にまでなった」

「ですから、雑用係ですけど」板谷が苦笑する。

「最近は、坂村さんに会いましたか？」大友は先ほどの質問を繰り返した。

「ちょっと待って下さい」板谷が背広の内ポケットから手帳を取り出し、広げた。「この前会ったのは……そうそう、六月三十日でした。競泳部の同期の集まりがありましてね」

「そういう会合は、よくあるんですか？」

「だいたい、夏冬の二回ですね。四年間、ずっと一緒に過ごした濃い関係なので、この会合は欠かせません」

その頃は既に、茂山たちは内偵に入っていたはずだ。坂村がそれに気づいていたかどうかは分からないが……。

「その時、どんな様子でしたか？」

「相変わらずで……調子に乗ってるっていうか、景気のいい話ばかりしてました。まあ、昔からそういう感じなので、皆適当に聞き流していましたけどね」

「何か変わったことはありませんでしたか？」

「いや、特には……そう言えば、その宴会が終わった時に女の子が来てましたね」

「女の子？」

「女の子というには、ちょっと……我々と同世代の子かな？　背の高い、いい女で」板谷が、頭の上で掌をひらひらさせた。「まあ、私は引きましたね。同期の宴会の後に、女の子を待たせてるなんて……そういうへらへらしたところ、昔と全然変わってなくて」

「彼女を見せびらかしたかったんじゃないですか」言いながら、大友は自分の説の弱さに気づいた。坂村が実際に結婚詐欺をしていたとしたら……その時々につき合っていた女性を他人に紹介するのは危険である。もしかしたら、詐欺とは関係ない、本当の恋人だったかもしれないが。「あなたたちには紹介しなかったんですか」

「ええ、特には」

「どういう感じだったんですか？」

「店の外で待ってて、坂村は『よう』っていう感じで手を挙げて挨拶して。その後二次会に行く予定になってたんですけど、『悪いけど、俺はこれで』って言って、さっさと帰っていきましたよ」

「フェラーリで」

「フェラーリで」板谷がにやりと笑う。「ああいうの、どうなんでしょうね。オープンカーって、女性は嫌がるんじゃないですか？　髪が乱れるでしょう」

「確かに」

「ああ、でもその女性はショートカットだったけど」

「あなたは、二人の関係をどう見ましたか？　恋人同士？」

「ちょっと違うかな」板谷が首を傾げる。「ビジネスパートナー？　いや、そういう感じでもないか。よく分からないですね。もしかしたら、恋人だったかもしれない。昔から女の子に対しては、そんなにデレデレするタイプじゃなかったんで。学生時代に、あいつの彼女には何人も会ったことがあるけど、いつも少し白けたような感じでいるんですよね」

　そういう態度がまた、女性を惹きつけるのかもしれない、と大友は想像した。表では常に、「ツンデレ」の「ツン」なのではないか。そうされると、関心を引くために、相手の方で勝手に行動を起こす。

「会ったのはそれが最後ですか」

「最後って……」板谷が眉間に皺を寄せる。「死んだみたいな言い方じゃないですか」

「今、連絡が取れないんです」

「まさか」板谷が目を見開く。「どんな時でもすぐに返事がきますよ、あいつは」

「じゃあ、ちょっと電話してもらえますか？」

「いや、ＬＩＮＥで……」板谷がスマートフォンを取り出し、素早く操作した。すぐに返事がくるという自分の言葉を信じるように、スマートフォンを持ったまま待つ。その間にも眉間の皺がさらに深くなった。待ちきれないようで、今度は電話をかけた。耳に押し当てたまま十秒ほど……板谷の表情が次第に険しくなる。

「留守電になりますね。電源、入ってないのかな」

「そうかもしれません」

「あの……警察が連絡を取ろうとしているということは、やっぱり何かあったんですか？」

「警察には、言えないこともあるんです。捜査の都合上、とだけ考えて下さい」

「何かやらかしたんですか」

「それも言えません」今のところ、容疑も固まっていないわけだし……ただし大友は、板谷との会話の中で、坂村に対する疑いをさらに強めていた。天性のだらしない女好き……そういう性癖は、死ぬまで治らないだろう。それに、詐欺師的体質を持つ古川がくっついたらどうなるか——結婚詐欺師コンビの誕生だ。

ふと思いつき、大友は美智留の写真を取り出した。

「六月に坂村さんに会った時、あなたが見たのはこの女性じゃないですか」

「ああ、はいはい」写真を取り上げて板谷がうなずく。「髪型がちょっと違いますけど、そうです。この人です」

「間違いないですか？」

「私、人の顔を覚えるのは得意だって言ったでしょう」むっとした口調で板谷が反発した。

「失礼しました」大友は咳払いして、コーヒーを一口飲んだ。グラスを持つ手がかすかに震えてしまう。またもヒット……ただし先ほどの話では、美智留と坂村の関係が未だによく見えていない。

　大友が二人を見た時は、坂村が美智留を待ち伏せしたような形だった。板谷の目撃談はその反対で、美智留が待ち伏せ……大友の感触では、二人は恋人同士ではない。ビジネスパートナー――となるとやはり、茂山たちが読んでいたように、二人は組んで結婚詐欺をしていたのかもしれない。騙そうとする相手に取り入る時、一対一の関係ではなく、女性が絡んでいる方が信用を得やすいということもあるのではないか。

「この女性と坂村さんの関係ですけど、あなたはどう見ました？」

「彼女……じゃないだろうなあ」板谷はまだ写真を凝視していた。「それなら、雰囲気で分かるでしょう？　でもお互いに、笑顔もなかったから」

「仕事上の関係ですかね」

「それもちょっと違うかな？」

「よく分かりませんね。その後で、坂村さんに確認しなかったんですか？」

「奴と女――あまりにも当たり前過ぎる組み合わせで、何とも思わないですから。むしろかかわり合いになりたくない？」

「また後始末を押しつけられたら、たまったものじゃないですよね」

「私はもう、マネージャーじゃないので」苦笑しながら、板谷がコーヒーを一気に飲み干した。「何か、私に迷惑がかかるようなことでもあるんですか？」

「それはないでしょう」

板谷が嘘をついていなければ、だ。

そして人は簡単に嘘をつくものである。


「そうか、つながったか」茂山の声が弾む。

「いや、まだ決めつけないでくれ」大友は勢いこむ彼を制した。「相変わらず、三人のはっきりした関係は分からないんだから」

大友は頭の中で三人の関係をしっかり確認しようと思ったが、無理だった。頭を焼かれる……板谷と会っていたオフィスビルから警視庁までは、桜田通りを歩いて北上して十分ほど。地下鉄を使うとかえって遠回りになると思って歩き出したのだが、既に全身汗だくになっていた。陽射しも凶暴で、帽子が欲しくなる。

古川と美智留はかつての恋人同士。古川と坂村は高校時代からの知り合い。坂村と美智留は、会っている場面を何度も目撃されている。

それでもなお、「三人の関係」となるとはっきりしない。

「そもそもお前は、この一件で荒川美智留がどんな役回りをしていると思ってるんだ」

「指南役、かな」茂山が自信なげに言った。

「詐欺の？」

「ああ。何しろ彼女は経験者だから。それに女性なら、女性心理が分かるだろう。何かとアドバイスしていた――もしかしたら主犯格かもしれない」

「彼女が坂村を――もしかしたら古川もコントロールしていたと思ってるのか？」

「あり得ない話じゃない」茂山が言ったが、あまり自信はなさそうだった。

「知り合いに連絡を取ってもらったんだけど、坂村にはつながらなかった」

「ああ」

「奴のフェラーリ、調べたんだろう？」

「もちろん。サービスエリアから回収して、徹底的に調べた」

「何も出てこなかった？」

「詐欺につながるようなものはないな」茂山が淡々とした口調で言った。

「今はどうなってる？」

「家族に引き取ってもらった」

「ちなみに、坂村の親は金持ちだという話だけど」

「まさか」茂山が笑う。「普通の公務員――もう退職しているよ。それがどうしたんだ？」

　大友が坂村の嘘を説明すると、茂山が唸った。

「筋金入りの嘘つきか……ちょっと待ってくれ」

「どうした？」

「いや、ちょっと――おい、今の話！」

後半はほとんど怒鳴っていた。しかも電話が切れてしまう。何なんだ……大友は立ち止まり、啞然として自分のスマートフォンを見た。茂山は、こんな風に乱暴に電話を叩き切る男ではないのだが。

何かが起きたのだ。

彼のスマートフォンではなく、二課の固定電話にかけてみる。茂山の席の番号を呼び出したのだが、電話に出たのは別の刑事だった。先日、美智留と会った「海山楼」で待機していた若い刑事だと分かった。

「何かあったのか？　茂山にいきなり電話を切られたんだけど」

「死体です！」

「死体？」若い刑事の声は震えていた。知能犯を扱う捜査二課だから、死体に慣れていないのは分かるが……。

「坂村の死体です！」

第三部　刑事たち

1

覆面パトカーに五人乗ると、息苦しいほどだ。しかもFRのスカイラインにはセンタートンネルが太く通っていて、後席中央に乗る人間は窮屈な姿勢を強いられる。たまたまそこに収まってしまった大友は、走り出して早々、腰に張りを感じ始めていた。

死体が見つかったのは、神奈川県境に近い、八王子市南部の南浅川町。第一報で聞いた限りでは、圏央道高尾山インターチェンジに近い場所である。高尾山インターチェンジは国道二〇号線につながっているから、この辺りは交通の要所でもあるのだが、基本的には山の中だ。

情報は切れ切れにしか入ってこなかった。これは基本的に所轄、それに捜査一課マターである。いかに捜査二課が追っていた相手とはいえ、殺しの捜査を直接担当するのは捜査一課になる。一課にすれば、二課から搾り取れるだけ情報を搾り取って、後は余計な口出しはして欲しくない、というのが本音だろう。情報共有はできないと大友は踏んでいた。

ここは僕がパイプ役になるしかないだろうな……一課では、岩下《いわした》係長の班が出動したと聞いている。彼なら顔見知り――大友にとっては御しやすいタイプだ。階級は上だが、大友よりも年下という事情もある。

助手席に座る茂山の電話が鳴った。

「はい」乱暴な口調で茂山が電話に出る。「はい――ああ、分かった。免許証を持っていたんだな？　財布は？　それは分からない？　了解。遺体はまだ現場にあるのか？」

茂山がちらりと振り返って大友を見た。彼が死体の状態を懸念しているのは明らかだった。坂村が行方不明になってから、かなりの時間が経つ。行方不明になった直後に殺されて遺棄されていたら、このクソ暑い中、死体がどうなっているか……考えただけで不快になっているだろう。

電話を切った茂山は、大友に何か確認しようと口を開きかけたが、またすぐに電話が鳴った。舌打ちして電話に出て、怒鳴るように話し出す。

「はい、茂山……ちょっと待て」狭い助手席で何とか手帳を広げたようだった。「二〇号線を山梨方面に向かって走って左折……目印は？　看板？　そんなもので分かるのか？　ああ、そうか。かなりでかい看板なんだな？　その後は？　道なりで行って、看板の料亭を目指すわけか。つまり、その料亭を目印に行けばいいんだろう？　そうだよ、最初からそう言えよ……で、その後は？　特養か。そこをさらに山の方へ入って行くわけだな。分かった」

電話を切った茂山が、運転している若い刑事に道順を指示した。大友はスマートフォンを取り出して、現場付近の地図を確認した。確かにかなりの山の中……そんなところに料亭があるのが不思議だったが、すぐに、広い敷地に離れが何軒も建っている地元の名物料亭だと分かった。

高速に乗ってしまえば早かった。中央道の八王子ジャンクションで圏央道に乗り換え、最初のインターチェンジで降りる。国道二〇号線を少し走っただけで、問題の山道に入る——本当に山道だった。道路は、すぐに車のすれ違いもできないほど狭くなり、両側には山が迫っている。民家もなくなり、特養ホームを通り過ぎた頃には、道路が砂利道になった。微振動が常に下半身を刺激し、大友は次第に気分が悪くなってきた。

「ところで、そもそも何でこんなところで死体が見つかったんだ？」気分の悪さを紛らすために、大友は助手席の茂山に訊ねた。

「分からん」茂山が不愛想に答える。機嫌は最悪——それはそうだろう。結婚詐欺の主犯格を取り逃がし、しかも殺されてしまったわけだから。捜査二課としては最悪の失敗と言っていい。

道路は林道という感じになってきた。左側には鬱蒼とした木立。右側はコンクリートの斜面で、びっしりと苔がついていて、もはや自然と同化していた。

特養ホームを過ぎて五分ほども走ったところで、現場がすぐ近くだと分かった。パトカーが何台か、縦列駐車しているのだ。そのため道路が塞がれ、そこから先へは行けなくなっている。大友たちの乗った覆面パトカーも停まり、刑事たちがばらばらと下りて駆け出した。大友は焦らないことにした。一課に昔から伝わる格言——「死体は逃げない」を思い出す。現場に一刻も早く到着するのは大事だが、焦り過ぎて事故を起こしたら意味がない。死体は、誰かが動かさない限り現場にある、という一種の戒めである。

砂利道なので、革靴では歩きにくいことこの上ない。大友の黒い靴は、あっという間に埃で白く染まった。一つだけありがたかったのは、明らかに気温が低いことだ。八王子は、都心部より二、三度気温が低いと言われているし、ここは少し標高が高く、しかも鬱蒼とした林の中である。直射日光が遮られ、むせかえるような緑の香りを全身に浴びて、大友は圧倒されていた。普段、コンクリートとガラス、アスファルトの中に生きているから気づかないが、東京の西部は豊かな自然の宝庫だと意識する。

少し歩くと、駐車場に出た。一般車両で埋まっているので、パトカーは路上駐車を強いられていた。

それにしてもここはどういう場所なのだろう、と大友は首を傾げた。停まっている車のナンバーを確認するとばらばら……都内のナンバーが多いが、神奈川、山梨、埼玉辺りのナンバーも混じっている。

しばらく歩くと、大友は迷彩服姿の一団に気づき、ぎょっとして足を止めた。迷彩服だけならまだしも、手には銃――本格的なライフルを持っている。自衛隊の演習場所にでも迷いこんでしまったのだろうか。先を歩く茂山が振り返り、「サバゲーだな」とつぶやく。

なるほど。サバイバルゲームの会場か……それなら理解できる。この場所なら、誰にも迷惑をかけずに、思う存分遊べるだろう。もっとも大友は、サバイバルゲームがどんなものかはよく知らなかったが。

とにかく、状況をはっきりさせないと。大友は、岩下を捜した。制服、私服混じった警察官でごった返しており、すぐには見つからない。電話してみようかと思ってスマートフォンを取り出すと、圏外だった。どうしたものかと立ち尽くした瞬間、後ろから声をかけられる。

「大友さん！」

振り向くと、岩下が立っていた。眉間に思いきり皺が寄っている。とにかく気が短い――何よりもスピードを大事にする男で、部下がのろのろしていると途端に癇癪《かんしゃく》を起こす。今時珍しい、鉄砲玉タイプだ。

「何してるんですか、こんなところで。大友さんには出動命令は出てないでしょう」

苛々した口調で大友に訊ねる。

「ちょっと別件なんだ、岩下係長」

大友は振り返り、先へ進んでしまった茂山を呼び戻した。一面が雑草で足場が悪いにも関わらず、茂山はダッシュで戻って来る。茂山に釣られるように、一緒に来た二課の刑事たちが全員集まって、岩下を取り囲んだ。

「何だ、おい」岩下が一歩下がる。「どういうことなんですか、大友さん」

大友は茂山に視線を向け、発言の許可を求めた。茂山が素早くうなずいたので、手短に事情を説明する。

「被害者は、二課が追っていた詐欺事件の犯人らしいんだ」

「ああ、そういうことですか」岩下はすぐに事情を理解した様子だった。「……で、大友さんは？」

「ちょっとお手伝い中で」

「なるほど……それは分かりましたけど、今はこっちの捜査を優先させて下さいよ」

「状況だけでも教えてくれると助かる」大友は下手に出た。

「俺は抜けられないんで……」岩下が背伸びして、誰かを捜し始めた。すぐに見つかったようで、「一之瀬《いちのせ》！」と怒鳴りつける。

大友たちの元へ駆けこんで来た一之瀬とは、電話で話したことがあった。こういう男か……まだ若い――たぶん三十歳ぐらい。ほっそりした、どこか頼りない体形で、刑事らしい厳しさがまったく感じられない。大友はどことなく、自分と同じ「匂い」を嗅ぎつけた。

「うちの係の一之瀬です」岩下が若い刑事を紹介した。「お前、ちょっと二課の皆さんに事情を説明してさし上げろ。被害者は二課で追いかけてた犯人だそうだ」

「マジですか」一之瀬が大きく目を見開く。

「……分かってるな」岩下が一之瀬の肩を乱暴に叩いて、その場を去って行った。余計なことは言うなと釘を刺したつもりだろうが、若い刑事にどこまで伝わっただろう。

「大友です」さっと頭を下げた。

「ああ……どうもです」一之瀬の表情が綻んだ。「被害者の人定をお願いします」説明するはずが、一之瀬は手帳を開いてこちらに説明を求めた。

「ちょっと待てよ」茂山が文句を言った。「説明してもらいたいのはこっちだぜ」

「うちは殺人事件の捜査をしています。人定は、その第一歩だと思いますが」

「生意気だぞ、お前」茂山が詰め寄った。

「殺人事件の捜査が優先です」さも当然という表情で一之瀬が言った。

「まあまあ」大友は割って入った。こんなところで喧嘩している暇はない。茂山は黙らせておいて、自分で説明しよう。「被害者は坂村健太郎……間違いない？」

「免許証によれば、ですね」

「ちょっと免許証を確認させてくれないか？　顔を見たい」

一之瀬がスーツの尻ポケットからスマートフォンを抜き、画像を示した。最近のスマートフォンのカメラは高性能で、接写した免許証がくっきりと写っている。大友はスマートフォンを受け取ると、すぐに茂山に示した。画面を凝視した茂山が、「間違いないな」とぶっきらぼうに告げる。

「何者なんですか？　詐欺師？」スマートフォンを取り戻した一之瀬が質問した。

「ああ。被害者から告訴を受けて、二課で捜査を進めていた」大友は説明した。「ところが本人が行方不明で……東名の海老名サービスエリアに車を乗り捨てたまま、ずっと行方が分からなかったんだ」

「行方不明者届は？」

「家族が出した。失踪課に協力してもらって捜していたんだけど、こういう形で見つかるとはね……いや、こういう形って、そもそもどういう形だった？　発見された時の状況を教えてくれ」

今度はこっちが質問する番だ。一応、先に情報を渡してやったせいか、一之瀬がすらすらと答える。

「ここは、サバゲーの会場なんです」

言われて、改めて広い敷地を見渡す。駐車場の片隅にはプレハブ小屋が建てられており、その向こうにさらに広いスペース……あちこちに小山や掘っ立て小屋があるが、これもサバイバルゲームの「演出」上必要なものだろう。その一角に迷彩服姿の男たち──女性もいる──が集められている。

「今日の午前中、ここに集まった人たちが遺体を見つけたんです」

「場所は？」

「サバゲー会場の奥——森が始まってすぐのところです」

「じゃあ、しっかり隠されていたわけじゃないんだ」

「そうですね。森の奥まで運びこんだり、埋めたりするまでの余裕はなかったんじゃないかな」

「殺しだと断定された理由は？」

「ここに」一之瀬が首の後ろを平手で叩いた。「小さな傷があるのが確認されました。遺体はだいぶ腐敗が進んでいたんですけど、傷は分かって……細長い刃物で刺されたみたいですね」

「ちょっと待ってくれ」大友は思わず一之瀬に歩み寄った。「それは例えば、千枚通しとか、そういうものだろうか」

「たぶん……」一之瀬が後ずさった。「凶器はまだ見つかっていませんけどね」

「君の隣の班——柴克志たちがいる班にも連絡を取った方がいい。同じように殺された被害者を、彼の班が扱っている」


現場はさらに混乱した。一之瀬たちの班に続いて鑑識が乗りこみ、凶器を発見するために、現場の捜索が行われた。遺体は所轄へ運ばれ、柴たちの班が検分に参加することになっている。二課としては当面、やることがない……大友は、現場を見てみよう、と茂山を誘った。

「あまり気持ちのいいものじゃないな」茂山が両手で自分の上体を抱いた。

「大丈夫だよ。もう、死体はないんだから」

「そうは言っても、さ」

茂山はまだ尻込みしていたが、大友は彼の腕を引っ張って現場に向かった。直接見ておかないと分からないこともある。

サバイバルゲームの会場は、鬱蒼とした森に囲まれている。要するに森を切り開いて、こういう広いスペースを作ったのだろう。えらく手間がかかる……主催者はこれで儲かるのだろうかと、大友は余計なことが心配になったが、一之瀬の説明だと十分ペイしているようだった。

「サバゲーの会場にしては、交通の便がいいらしいですから」

「サバゲーって、そんなに愛好家が多いのかな」

「最近はそうらしいですよ。いいストレス解消になるそうです……自分は興味ないですけど」

「右に同じく、だ」

やはり、何となく自分と同じ匂いがする。柴に言わせれば、優男型……捜査一課には似つかわしくないタイプだ。

森に入ると、ほぼ完全に直射日光から遮断される。急に気温が下がった感じがして、大友はむき出しの両腕を擦った。ひんやりしているせいだけではない。死体があった場所には、独特の嫌な空気が漂っているものだ。一歩進む度に邪魔する小枝を払いのけながらゆっくり進むと、足元に落ちた枯れ枝や葉っぱが乾いた軽い音を立てた。

「そこです」一之瀬が指さす先には、既にブルーシートがかけられていた。木立を利用して、テントのように張り巡らされている。こんな山奥で現場を荒らす人間などいるわけもないのだから、ここまで気を遣わなくともいいのに、と大友は首を傾げた。サバゲーの参加者たちは、駐車場に待避させられている。

大友は、ブルーシートの隙間から中を覗きこんだ。鑑識の連中が忙しく作業中……黒字に白の番号札は、五つまでしかない。

「遺留品はあまり見つかっていないみたいだね」大友は振り返って一之瀬に訊ねた。

「ええ。遺体の側にライターが落ちてたぐらいですね」

「何か、特徴のあるライター？」

「いや、普通の百円ライターです」

「免許証は？」

「尻ポケットに入っていた財布の中にありました」

「携帯は？」

「見つかってないですね」

「犯人は、かなり慌ててたのかな」大友は首を捻った。

「そうかもしれませんね……こういう現場で慌てない犯人もいないでしょうけど」

　携帯は、犯人が奪っていったと考えるのが自然だ。身元を分からなくするために……今や携帯は個人情報の宝庫だから、まず処分しようと考えるのは不自然ではない。しかし財布——免許証の処理を忘れたわけだ。

　大友はブルーシートから離れ、また森の中を歩き出した。傍らにいる茂山の顔は蒼い。

「大丈夫か？」気を遣って大友は訊ねた。

「大丈夫じゃないよ。臭いが、な……まだ残ってる」茂山は顔の前で手を振った。「こういう臭いは久しぶりだよ」

　遺体は、かなり腐敗が進んでいたのだろう。腐肉の臭いは一度嗅ぐと忘れられないものだし、いつまで経っても慣れない。大友もかすかな吐き気を覚えていたが、それでも茂山よりは場数を踏んでいるので、何とか耐えた。

　森を抜けると、茂山がほっとしたように表情を崩した。両手を小さく広げ、ゆっくりと深呼吸を繰り返す。一之瀬はそれを、どこか馬鹿にしたように見ていた。しかし大友には、精一杯の突っ張りにしか見えない。

「二課の刑事はデリケートなんだ」大友は彼の耳元で囁いた。

「だけど、刑事としてはどうなんですか？」一之瀬が前を向いたまま、ぼそぼそと反論する。

「それぞれ専門があるんだ。君だって、帳簿を読めって言われたら困るだろう」

「それは、まあ……」一之瀬が口をつぐむ。

同じ刑事部内でも、課が違えば仕事は当然変わる。それを互いに理解しないと、仕事は上手くいかない。今は捜査一課で張り切っているはずの一之瀬も、もしかしたら将来は二課に行くかもしれないのだ。

捜査二課の五人は、所轄へ向かうことにした。現場でやれることは何もない。向こうで、捜査一課の幹部たちと情報のすり合わせをすべきだ。その際は、自分が潤滑油になろうと大友は決めた。それも刑事総務課に勤める人間の役目である。

車に戻ると、茂山の顔にようやく赤みが戻った。助手席でシートベルトを引っ張りながら「冗談じゃないぞ、まったく」とつぶやく。「これで、捜査は終わりだよ、クソ！」

「まだ分からない」大友は慰めた。「共犯が二人いるかもしれないじゃないか」

「だとしても、はっきり名前が分かっている人間は坂村だけだったんだから。何なんだよ、これは」

車はなかなか現場を離れられなかった。細い道路の前方は他の車で塞がれており、Uターンも、先へ進んで駐車場で方向転換もできない。結局ずっとバックして、少し道路が膨らんだところで無理矢理三点ターンするしかなかった。運転手役の若い刑事は、額に浮かんだ汗を手の甲でしきりに拭っていた。

がたがたと揺れる後部座席中央——結局またこの最悪のポジションに収まった——で、大友は考えた。殺害方法が、この前の事件と共通している。もちろんどちらの事件でも凶器は発見されていないし、坂村の解剖前だから断定はできないものの、同一の手口だと言っていい。どうにも釈然としないというか、事件が一気に広がっていく感じがして、嫌な予感を覚えた。これは要するに、連続殺人事件ではないか？

「前に殺された宮脇俊作も、関係者と言えば関係者だ」大友は、助手席に座る茂山に話しかけた。

「確かに、荒川美智留の高校時代の恋人だ。でも関西の大学へ進んで、別れたっていう話だったな」

「荒川美智留の関係者が二人、殺されたわけだ」

「おいおい」茂山が非難するように言った。「荒川美智留が、連続殺人事件の犯人だとでも言うのか？」

「断定はできないけど……関係者が二人も殺されるのは、偶然とは思えないんだ」

「どうする？　こうなるともう、うちの手から離れちまうぞ」不安気に茂山が言った。

「それをどうするかは、一課と相談だけど……とにかく、荒川美智留を引っ張るべきかもしれない」

「お前、あの女に関してはまだグレイだって言ってたじゃないか」

「詐欺事件に関しては、だ。でも、殺しについては、グレイというより黒に近いかもしれない」

2

美智留を直接調べてみたい――大友の希望は、茂山、そして柴によって却下された。

「それは、もっと上が決めることじゃないのか」

大友は思わず反論したが、二人とも取り合わない。茂山が極めて論理的に説明した。

「お前は、面が割れてるじゃないか。それに俺としては、ここではまだ大友カードは切りたくないんだ。最終兵器として残しておきたい」

「そうだよ」柴がすかさず同調する。「すぐに逮捕できないで泳がせた場合は、お前がまた仮の姿で接触する必要が出てくるかもしれないだろう」

言われてみればもっともだ……渋々納得して、大友は西八王子署での簡単な打ち合わせに出席した。捜査会議というわけではなく、議題は美智留をどうするか、ということだけだった。

「とにかく、すぐに引っ張りましょう」

後から事件にかかわることになった岩下は、前のめりだった。二課の神原係長が、すかさず牽制する。

「もう少し泳がせておいてくれないか。あの女は、詐欺事件にも関係している可能性が高いんだ」

「ことは殺しですよ？　詐欺については、殺しの捜査をきちんと仕上げてから立件すればいいでしょう。身柄を押さえてしまえば、詐欺については後でいくらでも調べられるんだから」岩下は引かなかった。

「だったら、調べには、一応うちも立ち会わせてくれないか」神原があくまで下手に出て頼む。

「これはあくまで殺しの捜査なんですけどねえ」岩下の顔が強張る。一課の意地……しかし結局、多少譲歩した。「まあ、見てる分には構いませんけど、外からにしてくれませんか。音声も聞かせますから」

モニター越しか……あれは何だかリアリティがないんだが、と大友は心配になった。しかしここは、岩下の言い分が正しい。殺しの捜査は緊急性を要するのだ。

「テツ、どう思う」柴がいきなり水を向けてきた。

「ここは……やはり、殺しの捜査優先でいいと思います」

神原が「裏切り者」と非難するように、厳しい視線を突き刺してきた。大友は真っ直ぐ見つめ返し、その目を見たまま続ける。

「荒川美智留に何度も接触していたのは私です。それで決定的な情報が取れなかったんですから、まだ逮捕できていないのは私の責任です。二課には責任がありません……とにかくここは、緊急性を要する殺しの捜査として、一課に任せていいと思います」

「……仕方ないな」神原が渋い表情を浮かべたままうなずいた。「場所は？」

「渋谷中央署を使いましょう」柴が進言した。「あそこに、広い取調室がありますから。モニター設備もあるので、外で見てる分にも便利ですよ」

「いつ引っ張る？」と神原。

「もちろん、今すぐです」岩下が表情を引き締めた。「こちらもすぐに渋谷へ移動しましょう」


美智留が実際に渋谷中央署に入ったのは、夕方だった。一課の刑事たちが二子玉川のジムに急行した時には、個人レッスン中で、すぐには出られなかったのである。無理矢理引っ張って、騒ぎを大きくするわけにはいかなかった。

大友は一人、渋谷中央署でじりじりと待ち続けた。美智留は抵抗するのではないか……しかし、途中で入って来た連絡では、特に声を荒らげることもなく、素直に出頭要請に従ったという。その場には敦美も同席していたのだが、彼女の存在が雰囲気を和らげたかどうか。大柄な敦美は、人に緊張感を強いる。

「高畑に任せておいて大丈夫かな」大友は柴に不安を打ち明けた。「相変わらず、調子がおかしいんだろう？」

「不機嫌だね」

「そうだよな……電話をかけたけど、出なかった。折り返しの電話もなかった」

「お前が何か、怒らすようなことをしたんじゃないか？」

「まさか」

「どうも、やりづらいんだよなあ」柴が頭の後ろで手を組んだ。「そうでなくても、あいつは苦手なんだからさ」

「また話してみるよ」

「大友！」

神原に呼ばれ、大友は立ち上がった。ふいに、強い疲労を意識する。殺人事件の現場を経験すると、いつもこんな感じになってしまう。その場の悪い空気に、心と体を侵されてしまうような……両手で一度頬を張り、少し離れた席に座っていた神原の前に立った。

「奴——古川も引っ張る」神原が小声で言ったのは、近くにいる一課の刑事たちに聞かれたくなかったからだろう。

「容疑はどうするんですか」大友は目を見開いた。

「いや、あくまで参考人——坂村の知人として話を聴くだけだ。坂村が行方不明なのは、知ってるんだろう？」

「この前会った時に話しました」

「よし、流れでお前が話を聴いてくれ」

「荒川美智留の証言を聞いておきたいんですが……」

「古川はこれから引っ張るから」神原が腕時計を見た。「少し時間差がある。荒川美智留の話をある程度聞いてから、古川の方へ回ってくれ」

「古川は、少し放置しておくのも手かと思います。疑心暗鬼にさせた方がいいんじゃないですか」

「いい考えだ」神原が親指を立てて見せる。「奴は、待つのが苦手なタイプか？」

「それは分かりませんが、相当ちゃらんぽらんな人間なのは間違いありません。概して、そういう人間は我慢ができませんよね」

「分かった。じゃあ、監視つきにしよう。一言も喋らないで、取り敢えずは取調室で苛々させてやる」

「いいと思います。焦らすのも作戦です」大友はうなずき、立ち上がった。古川のことも気にはなる。しかし今大事なのは、美智留の方だと思えてならなかった。


美智留は戸惑っていた。だが、特に恐怖は感じていない――大友の目にはそう映った。自身、結婚詐欺の疑いで何度も取り調べを受けたから、警察のやり方には慣れているだろう。ただし今回は、どういう容疑で呼ばれたのか分かっていないはずだ。本当はまずいのだが、引っ張って来る時に理由を言わない、というテクニックもある。警察へ来るまでに疑心暗鬼になり、取調室に入るなり自供してしまう犯人もいるのだ。

美智留はそういう風にはならなかった。取り調べを担当するのは、柴と敦美のコンビ。柴は「俺は取り調べは好きじゃないんだが」とぶつぶつ文句を言ったが、むしろ「敦美と組んで取調室に入るのが嫌い」が本音だろう。

柴は型どおりの人定質問から入った。美智留がすらすらと答える。眉間に皺が寄り、顔にはまだ戸惑いが浮かんでいたものの、声は明瞭だった。

「堂々としてるじゃないか」神原が小声で言った。大友たちは取調室から少し離れた場所で、モニターを確認しており、美智留たちに声を聞かれる恐れはないのだが。

「確かに、声はしっかりしてますね」大友は応じた。

「いつもこんな感じだったのか？」

「いや……私はもう少しカジュアルな感じで話していたので」

「要するに、デートだよな」

「事情聴取ですよ」即座に反論したものの、神原の言い分は否定できなかった。美智留と一緒の時間、刑事としての感覚を失いそうになったことが何度かある……好意を抱いたわけではないものの、彼女には人を惹きつける何かがあるのだ。

今日の美智留はTシャツ姿で、薄手のサマーセーターを首のところで結んでいた。例によって、下はジーンズ——そう言えば一度も、スカート姿を見たことがない。いつものように、化粧っ気はなし。普段はそれが清潔な印象を与えるのだが、今日は顔色が悪い感じしかない。やはり緊張しているのは間違いなかった。

「坂村健太郎さんが殺されました」柴がいきなり切り出した。「あなた、顔見知りですよね」

美智留は譲らなかった。大友ははらはらしながらモニターを見ていたものの、取り敢えず彼女の様子に変化はない。ぴしりと背筋を伸ばし、表情は硬いまま……柴の攻撃をかわすのではなく、全て正面から受け止め、弾き飛ばしている。

岩下の姿がモニターに映った。柴にメモを渡してすぐに退出する。柴はメモをちらりと見て折り畳み、テーブルの端に置いた。

「あの野郎……」神原がまた立ち上がる。「無視するつもりか？」

「しょうがないですよ。こっちでできることには限りがある」

「冗談じゃない。一課は、こっちの事件を潰す気か」

実際には、今の捜査を潰すことにはならないだろう。美智留が捜査対象だったのは、もう十年ほども前のことなのだから。柴が突っこんだからといって、過去が変わるわけではない。

実際、柴はすぐに攻め手をなくしてしまった。元々、取り調べが得意なタイプでもないのだ……ただし今回、彼は最後に材料を残していた。

「坂村さんがいつ殺されたかは分かっていません。いずれ、絞りこめるとは思いますが、あなたはその時間のアリバイを証明できますか」

「いつだか分からないなら、何も言えません」美智留の反論はもっともだった。

「そうですか……部屋を調べさせてもらえますか？」

「お断りします」美智留の表情が強張る。「警察に調べられるようなものは、何もありません」

「問題ないなら、見せてもらってもいいと思いますがね」柴が粘っこく続ける。だが、さらに突っこむかと思った瞬間、唐突にまた質問を変えた。

「宮脇俊作さんはご存じですね」

「ええ」美智留が短く認める。

「彼も昔の恋人だとか」

「昔というか、大昔です」美智留がやんわりと訂正する。「高校時代ですから……それに恋人と言えるかどうか」

「そんなに深くつき合ったわけじゃないんですか?」

「そうです」

「宮脇さんが殺されたのはご存じですか」

「……ええ」美智留の声が低くなる。

柴はそこで間を置いた。事実が彼女の頭に染みこむのを待つように。沈黙……スピーカーからは薄いノイズが流れてくるだけだった。

取調室から戻って来た岩下が、大友を一睨みしてパイプ椅子に腰を下ろす。岩下が再度加わったことで、狭い会議室内の温度が上がったようだった。七人が詰めて、小さなモニターの周りに集まり、無言でスピーカーに意識を集中している。

「宮脇さんも坂村さんも、同じように殺されているんです。手口がよく似ている」

「そんなこと、言われても」美智留の顔に戸惑いの表情が浮かぶ。

「あまり見ない手口なんですよ」柴が平手で首の後ろを叩いた。「人を殺した人間は……殺人犯に限りませんが、犯罪者は、一度上手くいった方法を何度も使いたくなるものなんです。同一犯の可能性がありますね」

「そういうことは、私にはよく分かりません」美智留がゆっくりと首を横に振った。

「あなたの知り合いが二人も殺された――偶然とは思えませんねえ」柴が粘っこく迫る。

「坂村さん……ですか？　その人は知りません」

「坂村さんが行方不明になる直前、あなたと会っているのが分かっています。信頼できる人間が目撃しているんです」

それは僕だ……大友は拳をきつく握った。見たことには自信があったが、美智留の強固な否定に気持ちが揺らいでくる。

しかし柴は、美智留に負けない強い態度で迫った。

「絶対に信用できる証言です。これ以上ないほど信用できる人間の話なので……」

それは言い過ぎ――というより、大友は自分の名前が出るのではないかとはらはらした。美智留にとって、まだ「営業マンの大友」でいるべきだというのは、柴自身が言ったことではないか。

「場所は、二子玉川、あなたが勤めているジムのすぐ近くです」

「記憶にないです」美智留がさらりと流した。

「しかし、証言が——」柴が食い下がる。

「でも、証言だけですよね？　写真とか映像とか、そういうものはないんでしょう？」

「それはないですが——」

「私は記憶にありません」

美智留が断言した。上手い言い方——逃げ方だ。「事実がない」ではなく「記憶にない」。これなら、嘘をついたことにはならない。

柴はなおも突き続けたが、美智留は何とかかわしていた。彼女自身が結婚詐欺の容疑をかけられた時にも、担当した刑事は相当難儀したのでは、と大友は想像した。

事情聴取は一時間ほど続いたが、美智留は結局逃げ切った。重要な証言は一切出ず、坂村については「知らない」、宮脇については「ずっと会っていない」と言い続けた。柴の方でも、そこから先へ突っこむだけの材料はなく、事情聴取は中途半端に終わってしまった。これでは、古川に対する事情聴取も期待できない。情報は、それぞれが補完し合うものだ。Aから得た新しい情報をBにぶつけ、それを元にBが証言すれば、今度はAに確認する——そうやって徐々に真相に迫っていけるものだが、今回は渋滞してしまっている。

神原のスマートフォンが振動した。むっとした表情で取り上げ、耳に押しつける。しばらく相手の声に無言で耳を傾けていたが、最後に「分かった、予定通りで」と言って通話を終える。大友に向かって顎をしゃくると立ち上がり、廊下に出た。

「ついさっき、古川を引っ張った。今、警備課の取調室で待機させている」

「しばらくじりじりさせますか……予定通りに」

「その間に夕飯にするか？」神原が腕時計を見た。

「さすがにそれは……」大友は苦笑した。「でも、コーヒーは飲みたいですね」

現場で垂れ流した汗の分は、水やスポーツドリンクで補完していた。今は、眠気覚ましと集中力を保つために、カフェインの力が必要である。

「外で美味いコーヒーを飲みたいところだが、そこまで待たせるとやり過ぎか」

「買ってきますよ」多少の気分転換も必要だ。そろそろ気温も下がってきているから、近くへコーヒーを買いに行くぐらいなら、汗だくになることもないだろう。

「いいのか」

「ちょっと一人になって考えたいので、ついでに」

神原が大友の顔を凝視する。孤独の大事さは分かっているはずだ。ざわざわした環境から離れ、一人になって考える――結局神原はうなずき、千円札を一枚、大友に渡した。

「この辺には何の店がある？」

「一番近いのはカフェ・ド・クリエですね」

「そうか。じゃあ、俺はアイスカフェモカのトールサイズで頼む」確か、ホイップクリームが乗っているこってりしたコーヒーだ。ハードな印象が強い神原が好むものとは思えない。

「じゃあ、お預かりします」

「悪いな」

「たまには、昔みたいな使いっ走りも悪くないですよ……ご馳走になります」

階段で一階近くまで下りたところで、先に柴と美智留がいるのが分かった。慌てて踊り場に身を隠し、二人の様子を見守る。柴は背中を伸ばしたまま、彼女に一言二言声をかけていたようだが、美智留はぼんやりした顔で彼を見るだけだった。やがて素早く一礼すると、署を出て行く。大友はゆっくり階段を下り切り、柴に声をかけた。

「どう思った」

「やってるに決まってるだろうが」柴が怒ったように言った。

「詰め切れなかったじゃないか」

「材料がないんだからしょうがない……あの女は、落ち着き過ぎてるんだよ」

「そうか？」

「俺は直接見たから、間違いない。呼ばれることを予想して、予め答えを全部用意していたみたいだった……尾行するのか？」

「いや、ちょっとコーヒーの買い出しだ」

「つき合うよ」

二人並んでぶらぶらと歩き出した。カフェ・ド・クリエは明治通り沿いにあり、署からは歩いて一分ほど。陽が翳ってきたので少しは楽だろうと思ったが、まだまだ……夏は終わりそうにない。柴が恨めしそうに空を見上げたが、明治通りの両側にはビルが建ち並んでいるので、空の面積は狭い。大友は歩道を睨んだまま歩き続けた。上を見れば、嫌でも太陽と向き合うことになる。

柴は自分の分のアイスコーヒーを自腹で買った。

「神原さんから金を預かってるけど」

「二課の世話にはならないよ」柴が不愛想に言った。「しかし、えらいことだぞ」

「ああ……これからどうするんだろう」

「一課としては、両方の係が合同でやることになるだろうな」柴が声を潜めて言った。

「連続殺人なのは、絶対に間違いない」

「断言するのはまだ早いんじゃないか」慎重に……あくまで坂村の解剖結果を待つべきだろう。似たような傷でも、まったく別の凶器による場合もある。

「勘だよ、勘」柴が耳の上を人差し指で突いた。「俺の勘も馬鹿にしたもんじゃないぞ」

「それは分かってるけど」

飲み物を買って、ゆっくりと署に戻る。柴が、今さらながらの疑問を口にした。

「何でこんなに余裕があるんだ？　古川とかいう奴を呼んでるんだろう？」

「今、待たせて焦らせてる」

「ああ、なるほど……焦ったら喋りそうな奴なのか？」

「何とも言えない。焦らせたことがないから」

「ゆっくり待たせてやればいいさ」柴がまた天を仰いだ。気合いは入っている様子だが、疲れも見える。ここへ来て事態が急展開したのだから、気持ちが前のめりになるのは当然だとしても、特捜本部での疲れに蝕《むしば》まれているのだろう。何しろ今年の夏は、一際暑かった。

「取り敢えず、お手並み拝見だ」柴が歩きながらアイスコーヒーを啜る。「要するに、奴らは詐欺師集団なのか？」

「二課はそう見てる」大友は低い声で認めた。「結婚詐欺をグループでやるのは珍しいかもしれないけど」

「さっきの女——荒川美智留の役回りは？」

「よく分からないけど、二課は主犯格じゃないかって見てる」

「まさか」柴が吐き捨てる。「そういう感じじゃないぞ、あれは」

「どうして分かる？　勘か？」

「まあな……詐欺はやってるかもしれないが、主犯じゃないだろうな。その話になると、困ったような顔になっていた」

「それだけが根拠か？」

「そうだよ」言ったものの、柴の口調は自信なげだった。「お前はどう見てたんだ？」

「何とも……説明しにくい女性なんだ」

「お前は、女に強いのか弱いのか、よく分からないな」

柴にからかわれ、大友は口をつぐんだ。自分でも分からないのだからどうしようもない。一つだけはっきりしているのは、美智留よりも古川の方がまだ扱いやすいだろう、ということだ。

どんな状況でも同じである。女性より男性の方が、ずっと扱いが簡単だ。

古川は目に見えて苛々していた。大友が取調室に入って行くと、両眼を細めて睨みつけ、唇をきつく引き結ぶ。自分から言葉を発するつもりはないようで、大友が正面に座るまで、ずっと黙っていた。茂山が席につき、目で合図を送ってきたのをきっかけにして切り出す。

「坂村健太郎さんが殺されました」

「殺された……」古川がさらに目を細める。ほとんど目を瞑っているようになった。

「ご存じないですね」

「知らない」

まだニュースでも流れていないはずだ。大友は言葉を切り、古川の様子をじっくり観察した。表情は暗い。だがそれが何を意味するのかは分からなかった。

「あまり驚いていませんね」

「いや、急にそんなこと言われても……」

「あまり関係がない人だから、何とも思わないんですか」

「そんなことはない」

「坂村さんは殺されて、八王子の山中に放置されていました。遺体は、だいぶ腐敗が進んでいました。このところ、暑かったですからね」

古川の喉仏が上下する。目は血走っていて、体全体がぴりぴりと緊張していた。

「ひどい状況でしたよ。私は死体は見慣れていますけど、あんなにひどいのは珍しい。八王子の山中には、野生動物が結構いますからね。見つかるまでに食い荒らされて――」

「やめてくれ!」古川が言葉を叩きつけた。顔面は蒼白になり、テーブルに置いた両手が震えている。

「何か都合が悪いことでも?」

「いや……そんな話を聞かされて、平然としていられるわけないでしょう」

「なるほど。で、あなたと坂村さんのご関係は?」

「だから、ちょっとした知り合いだって」

「高校生の頃からの知り合いを、『ちょっとした』とは言わないんじゃないですか? 大学時代も、ずっとつき合いがあったそうじゃないですか」

「大学は別なんだけど」

「別々の大学なのにつき合いがある……それなら、結構深い関係ですよね。友人と言っていいでしょう」

「だったら何なんだ！」

「あなた、坂村さんと組んで何かやっていたんじゃないんですか」

「何かって、何を」

「それは、あなたの口から教えてもらえると思っていたんですけど」

「話すことはないですね」

「坂村さんは殺された……あまりいい知らせじゃないでしょう。あなたが坂村さんと一緒に仕事をしていたとしたら、あなたも危ないんじゃないですか」

「俺は関係ない！」

古川が両の拳でテーブルを叩き、その勢いで立ち上がった。茂山がゆっくりと近づいて後ろから肩に手をかけ、座らせる。古川は特に抵抗せず、力なく椅子に腰を下ろした。

「あなたはスポーツグッズの販売をやっている。坂村さんはデイトレーダーだ。お二人とも、定時で働く仕事ではないでしょう。むしろ、普通のサラリーマンに比べれば、時間には余裕があるんじゃないですか」

「うちの仕事のことなんか、何も知らないでしょう」

「時間はあるんですか、ないんですか？」

「ない」

大友は古川の否定を無視した。

「余った時間で何をやってたんですか」

「俺はサイドビジネスなんかしていない」

「もう一人の登場人物がいるんですが」大友は人差し指を立てた。「宮脇俊作さんという人で、荒川美智留さんの……そうですね、初恋の人と言うべきでしょうか」

「そんな奴、知らないな」

「彼も殺されたんですよ」

「ああ、そう」古川が素っ気なく言った。しかし大友と目を合わせようとはせず、組み合わせた両手が震えている。

「考えてみれば、荒川美智留さんという女性がハブになって、何人かの人間が集まっているわけです。何なんでしょうね」

「宮脇なんていう男は知らない」

「そうですか」

大友があっさり質問を切り上げたので、古川は怪訝に感じたようだ。目を細め、改めて睨みつけてくる。

「何か?」大友は惚《とぼ》けて訊ねた。

「何かって……その、宮脇とかいう男の話」

「何か話してくれるんですか?」

「俺は知らない」

「そうですか。じゃあ、もういいでしょう。それともあなたの方で、何か知りたいんですか？　例えば宮脇さんと坂村さんが、同じように殺されていたこととか？　珍しい殺され方だったんですよ。後頭部というか、首と頭のつなぎ目を、千枚通しのような細長い刃物で一突き――たぶん、やられた方は苦しむ時間もなかったでしょうね。ある意味、良心的な殺し方かもしれない」

「そんな」古川がちろりと舌を出して唇を舐める。

「何がそんな、なんですか」大友はぐっと身を乗り出した。「最近、身辺で何か危ないことはないですか？　そういうことがあるなら、警察の方で警備しても構いませんけど」

「いや、そんなことは……」

「古川さん」大友はゆっくりと椅子に背中を預けた。「私たちは、あなたたちがグループを組んで詐欺事件をやっていたと考えています」

「まさか」今度は古川が身を乗り出す。「そんなこと、俺はやっていない」

「これまで宮脇さんという人は、捜査線上には上がっていませんでした。しかし、詐欺事件の主犯格とみられる坂村さんと同じように殺されていたこと、荒川さんと知り合いだったこと――複数の要因を考慮すれば、彼も詐欺事件の仲間だったと考える必要があります」

「俺は何も知らない！」古川の叫びは、ほとんど悲鳴のようになっていた。

「そうですか。知らないなら仕方ないですね。まあ、身辺には十分気をつけて下さい」

大友は首の後ろを手で二度、三度と叩いた。「本当に困ったら、警察に駆けこんでもらっていいですからね。警察はいつでも、あなたを助けますよ」

「やり過ぎじゃないか」古川を帰した直後、茂山が心配そうに言った。「奴、相当ビビってたぞ。ああいうのは、お前のやり方じゃないと思ってたよ」

「相手によってやり方は変える。あの手のちゃらんぽらんな奴に対しては、少し強く出た方がいいんだ」

「そんなことしたら、逃げ出すんじゃないか？」

「警察から？」

「あるいは、荒川美智留から。お前、あの女が二人を殺したと思うか？　仲間割れとか？」

「その線はあり得ると思う」大友はうなずいた。「必ず、全員の関係性を解き明かしてみせるよ」

「全員といっても、残ったのは二人だけだぜ」

茂山の一言が大友の胸に刺さった。まったくその通りなのだが……最後には全員がいなくなってしまうのではないか、と大友は恐れた。

それならそれで、社会のゴミが少なくなるとも言えるのだが。

いくら突拍子がない考えであっても「可能性」というだけなら、排除する必要はない。万が一であっても、消えるまでは調べ続けるべきだ。

とはいえ、大友の頭に浮かんだ「可能性」は、自分でも薄い感じがした。考えただけにとどめ、口に出さないようにすべきではないか……しかしどうしても気になり、茂山たちに進言したのは、坂村の遺体の解剖が終わった日だった。

3

腐敗が進んでいたので、死亡日時の完全な特定はできない。しかし、大まかに八月二十日前後——坂村が姿を消した直後に殺されたのではと推測された。

十九日の、少なくとも夕方までは除外していいだろう。この日大友は、坂村と美智留が会った場面を目撃している。

一方、美智留のアリバイは、ほぼ成立した。二十日以降の三日間は、本社での研修。土日を含んでいたが、元々スポーツジムは休みがないような商売だから、これは当然かもしれない。美智留は三日間とも午前九時から午後五時まで本社できっちり研修を受け、夜は毎日、研修で一緒だった人たちと食事をしていた。

十九日についても、大友と会った後で坂村を殺したとは考えにくい。

死亡日時が完全には特定できないとはいえ、美智留の疑いはこれで多少薄くなったと言っていいだろう。

そこで大友が考えたのが、共犯の存在である。

一番容疑が濃いのは古川だ。古川、美智留、坂村、宮脇——この四人が組んで何かやっていて、仲間割れの結果、坂村と宮脇が殺された、という可能性。

この件は、二課が積極的に調べられることではない。あくまで殺しの捜査——大友は柴たちに進言して、一課でも古川を叩くよう勧めた。当然張り切った柴が、古川を四時間にわたって取り調べたのだが、結局古川にもアリバイが成立した。ずっと東京にはいたのだが、仕事が入っていて、人を拉致したり殺したりしているような時間はなかった。

そしてなおも、坂村や美智留とは今はつき合いがないという最初の主張を押し通した。

その結果、大友が辿り着いたのは、この四人には敵がいるのではないか、という仮説である。例えば、詐欺に遭った被害者の怒りが収まらず、坂村たちを殺してしまったのではないか……この考えを話しても、茂山は乗ってこなかった。

「被害者は警察に届け出てる。こっちに事件の解決を委ねたんだぞ。自分からまた首を突っこむなんて、考えてもいないだろう。できるだけ遠ざかって、結果だけ知りたいと思うんじゃないか」

「詐欺事件の被害者って、そういうものか？」

「幸いというべきか……」茂山が顎を撫でる。「この事件では、そこまでひどく追いこまれた被害者はいない。それこそ全財産巻き上げられて自殺とか、そんな話は俺は聞いていない。だから、殺すまではないだろう」

「被害者は、全部見つかっているわけじゃない」

「ああ」茂山が顔をしかめる。

「騙された時の気持ちは、人それぞれだと思う。少ない額でも絶望的になる人がいるかもしれないし、一億騙し取られても平然としている人もいるんじゃないか？　あるいは、騙されたことを認めない人も」

「ああ……そういう人はいるな」茂山が両手で顔を擦った。「自分はそんなに馬鹿じゃない――騙されるはずがないと思ってる人は少なくないからね。金をむしり取られて、連絡がつかなくなっても、まだ愛情の存在を信じているとか」

「その逆のパターンもあり得る。殺してやりたいほど憎む人がいてもおかしくないよ」

「何が言いたい？」茂山の目つきが鋭くなった。

「二課がまだ摑んでいない被害者が、個人的に復讐を企んでいたとしたら？」

「いや、まさか」茂山は即座に否定したが、目は泳いでいる。「女に、あんな殺し方ができるか？」

「覚悟があれば」大友はうなずいた。「女性が、思いもかけない手段で人を殺すのは、珍しくはない。それに今回は、それほど力がいる殺し方じゃないと思うよ」

「後ろからぶすり、か」茂山が右の拳を振り下ろした。

「油断した相手なら、逃げられないだろうね」

「なるほど……」茂山が顎を撫でた。「一考に値するな」

「……と僕も思ったんだけど、問題が一つある」

「というと？」

「表に出てきていない被害者を掘り起こすのは大変じゃないかな。今や、事件自体が潰れかけているんだし」

「嫌なこと、言うなよ」茂山が顔をしかめる。「実際、そうなんだけどな……主犯格が殺されてるんだから」

「告訴されているのは坂村だけだった」大友はうなずいた。「表面上――詐欺の実行犯は坂村だったわけだから。でも、主犯は別にいるかもしれない――最初からそう考えていたから、荒川美智留を追いかけたんだろう？」

「ああ。実際、この事件は数が多過ぎるんだ。坂村はものすごく効率よくやってたと思うけど、それは事前の調査がしっかりしていたからだ。ただ、坂村一人でそこまでやっていたとは思えない。荒川美智留が知恵をつけて、調査も担当していたんじゃないかと想像してたんだけどな」

「そうか」

「思い切って、マスコミにリークしてみるか？　殺された男は結婚詐欺の犯人だった――衝撃的な事件だから、それで名乗り出てくる被害者もいるだろう」

「どうかな……」可能性は低そうだ。被害を回復しようと思っても、相手が死んでいたらどうしようもない。わざわざ警察に足を運ぶのも面倒だし、このまま泣き寝入りしてしまおう、と考えるのが普通の感覚ではないだろうか。

ふいに、一人の女性の名前を思いついた。

「三山春香、覚えてるか？」

「三茶の女か？」

乱暴な言い方だが、大友は納得してうなずいた。美智留と春香が三軒茶屋で会っていたのは間違いないのだから。

「彼女と荒川美智留の関係は、潰し切れていなかったはずだ」

「ああ」茂山がうなずく。

「もしかしたら、次のターゲットにしようとしていたのかもしれない」

「だとしたら、荒川美智留も大胆というか、間抜けというか……あの二人が、かなり親しい関係なのは間違いないだろう？　荒川美智留が、三山春香の家にお泊りしているぐらいなんだから。そんな人間を騙そうとするかな？　リスクが大き過ぎるぞ」

「そうか……」

「とはいえ、やってみるか」茂山が腿を叩いた。「被疑者死亡で、このまま捜査を終わりにするのは悔しいからな。それこそ、今までかけた時間が無駄になる。やれることはやっておこう」

「僕が出るよ」大友はうなずいた。「一度顔を見てるし、やってみる」

「頼んだ」茂山がうなずき返した。やるべきことができたせいか、少しだけほっとしている。

「ところで、一つ気になっていることがあるんだ」

「何が？」茂山の顔に不安の色が差した。

「坂村が死んだことはニュースになってる。告訴してきた人は、当然それに気づいてるはずだよな。問い合わせなんかはないのか？」

「あるよ」渋い表情で茂山が認めた。

「どう対応してる？」

「簡単に事情を話して、後は平謝りで……謝るしかないだろう。犯人を捕まえ損なったんだから」

茂山の声は、苦渋に満ちたものだった。世の中で一番難しいのは、自分の失敗を素直に認めて謝ることかもしれない。


大友は、三山春香の勤務先、「ディスク」社を訪ねた。想像していたよりもずっと大きな会社——飯田橋にある七階建ての細長い本社ビルの壁面に、様々なスポーツブランドのロゴが張りつけられている。大友が知っているブランドもあり、自社ブランドの他にもかなり手広く代理店業を営んでいるのが分かった。

事前に話を通しておいたので、大友が受付で名乗ると、三山春香はすぐにロビーに出て来た。身長百六十センチぐらいの均整がとれた体形で、足取りは軽い。彼女流のクールビズなのか、自社ブランドのロゴが入ったポロシャツにパンツ姿だった。胸元では、社員証を入れたカードホルダーが揺れている。

「どうも、お忙しいところすみません」大友はベンチから立ち上がってすぐに頭を下げた。

「いえ」

春香の眉間には、もう皺が寄っている。おそらくこれまで、警察にはまったく縁のない生活を送ってきたのだろう。

「大きい会社なんですね」軽い質問——大友はまず、彼女の気持ちを解すことから始めた。

「え？　はい……それはそうですね」春香がベンチに慎重に腰かける。来客も行き来するロビーで、落ち着かない様子だった。

「ディスクというブランドは知ってましたけど……中学生の時に、体育で靴を使ってました。最近、また人気なんですよね」実際、優斗も一足持っているぐらいだ。

「ああ、レトロブームとかで。売れてるのは復刻モデルです」

「他にもこんなにたくさんブランドを扱っているとは思いませんでした」

「普通の人は、あるブランドの日本代理店がどこかなんて、気にしないですよね」

「お仕事はどんな感じなんですか」

「広報です」

「ああ、なるほど……」この話は膨らみそうにないので、大友は一気に本題に入った。「荒川美智留さんをご存じですね」

「はい」春香が急に背筋を伸ばし、また眉間に皺を寄せた。「美智留がどうかしたんですか？」

「どういうご関係ですか」大友は彼女の質問に答えず、逆に質問した。

「ご関係って……友だちですけど」

「どういう友だちですか」大友はさらに突っこんだ。

「あの、何なんですか？　美智留がどうかしたんですか」眉間に皺を刻んだまま、春香が追及してきた。体を斜めに倒し、大友との距離を少し詰める。

「彼女のことを調べている……としか言いようがありません」

「事件なんですか？」

「すみません、その辺については詳しくは言えないんです」大友はさっと頭を下げた。

「どういう友だちなのか、教えて下さい」

「それは……彼女は私の先生です」

「ジムの？」

「ええ。三年ぐらい前から彼女のジムに通い始めて……最初の頃はインストラクターをやってもらっていたんです」

「健康のためですか」

「いえ、ダイエットで」春香の表情がわずかに緩んだ。

「ダイエット？　そんなこと、必要ないみたいに見えますが」女性は誰でも体重を気にするものだろうが。

「三年で十キロ落としたんですよ」

「それはすごい」大友は無意識のうちに目を見開いてしまった。彼女の身長で十キロ落とすのは、三年かけたとしてもかなりハードなダイエットだったのではないだろうか。

「それがきっかけで知り合ったんですね」

「ええ。彼女のプログラムが終わった後もジムには通い続けて、そのうちジムの外でも会うようになって」

「今では家に泊まるような仲ですか」

「何でそんなことを知ってるんですか」春香の額にまた皺が刻まれた。

「警察は、調べようと思ったらどこまでも調べるんです」これで納得してもらうしかないと思いながら大友は言った。「とにかく、親しい間柄ですよね」

「ええ」

「彼女はジムのインストラクターですが……その他に何か、やってませんでしたか？」

「副業ということですか？　私は知りませんけど……あ、ごめんなさい」

春香が、ずっと握っていたスマートフォンをちらりと見た。メールかメッセージの着信か……ちらりと見ただけで、大友に視線を戻す。

「返事が必要なら、待ちますよ」

「大丈夫です……あの、本当に、美智留、どうしたんですか？　何か変なことに巻きこまれているんじゃないでしょうね？　警察の人が来たっていうことは、いい話じゃないですよね」春香が質問を次々に叩きつける。

「彼女が昔、結婚詐欺の疑いで警察の取り調べを受けていたこと、ご存じですか？」

「……はい」一瞬間を置いた後で、春香が認めた。

「どれぐらい詳しく聞いてますか」

「それは――あれは、警察の思い違いだ、とんだ迷惑だったたって言ってました。彼女、あれで本当に苦労したんですよ？　変な疑いをかけられて……ご両親も相次いで亡くして、どん底の時期だったんです。結局、今の職場に落ち着くまで、何年もかかってるんですよ」

「苦労してるんですね」

「警察って、ひどいんですね」春香が厳しい視線を投げつけてくる。「変な疑いで、一人の人間の人生を滅茶苦茶にして」

「滅茶苦茶？　荒川さんは立ち直ったでしょう」

「でも何年かは、無駄になったんですよ」

この言い合いは平行線を辿る……しかし大友の気持ちは、春香の言い分に傾きかけていた。警察は、捜査のためならどんな妨害ものともせずに突っこんでいく。ただしそれが、常に正しいとは限らない。美智留も、危うく冤罪というところだったわけだ。しかしそういうことになっても――ミスだと分かっても――警察は謝罪しない。義務として捜査しただけで、悪意はないのだから謝る必要はないと考える人間は多いのだ。

「では、当時の刑事たちに代わって、私が謝ります」大友は頭を下げた。

「そんな……あなたに謝られても困ります」春香が慌てて言った。

「この件は、これで終わりにします。現在の話をしてもいいですか？」

「それは……はい」

「何人か、警察の方で名前を摑んでいる人がいます。知っているかどうか、教えて下さい。坂村健太郎、宮脇俊作、古川亮」

春香が無言で首を横に振った。視線は床に向いている。大友はさらに突っこんだ。

「坂村さんと宮脇さんは殺されました」

「え？」春香が素早く顔を上げる。髪が乱れ、目にかかった。

「ご存じないですか？　ニュースでも流れていましたよ」

「ニュースはあまり見ないので」

「宮脇俊作、古川亮……この二人は以前、荒川さんとつき合っていました。昔の恋人の話が出るようなことはなかったですか？」

「いえ」短く、素っ気ない否定。

「そうですか……ちなみにあのジムは、ずいぶんフレンドリーですよね」

「と言いますと？」

「実は、私も通っていたんです。インストラクターは荒川さんで。もうコースは終わりましたけど、その後何回か一緒に食事をしました」

「ああ、ばれると煩いみたいですけど」春香の顔に微笑が浮かぶ。「彼女は、結構あけっぴろげなので」

「魅力的な人ですよね」

「一緒にいると楽しいですよ。こっちは気を遣わなくて済むし、逆に向こうは面倒見がいいし」

「面倒見がいい……そうですか」

「相談に乗ってくれたりとか」

「相談するような悩み事があるんですか」

「それはもちろん、ありますよ」馬鹿なことをと言わんばかりに、春香が吐き捨てた。

「誰だって悩みぐらいあるでしょう……あ」

　春香がまたスマートフォンに視線を落とした。立て続けに……仕事を途中で抜け出しているはずで、あまり長い間は話せないだろう。春香はしばらくスマートフォンを見ていたが、眉間の皺は依然として深いまま――仕事の問題だとしたら、大変なトラブルに違いない。

顔を上げた春香に、大友は低い声で呼びかけた。

「三山さん、仕事がお忙しいなら、今日はこの辺で——」

「いえ、あの、仕事じゃないです」

「まだ話せますか？」

「大丈夫ですけど……ちょっと失礼します」

春香が立ち上がり、大友に背中を向けた。肘から先が小刻みに動く——メッセージに返信しているのだろう。すぐに送り終えたようで、こちらを向いた時にはほっとした表情になっていた。

だがこれがきっかけで、春香の集中力は切れたようだった。その後は、大友が何を話しかけても、曖昧な答えしか返って来ない。やはり、先ほどのメッセージの内容が気になっているのだろうか。

この事情聴取は中止——失敗だ。

大友は最後の質問を持ち出した。

「一番最近、荒川さんに会ったのはいつですか？」

「最近ですか？　このところ会ってないですね。六月ぐらいかな」スマートフォンを見て、すぐに一人うなずいた。「そうですね。六月の終わりに食事したのが最後です。LINEのやり取りなんかしてると、しょっちゅう会ってる気になりますけど」

嘘。

もう一人、気になっている人がいた。朝倉未菜子。坂村に対する怒りを露骨に吐き出し、警察を非難した女性だ。彼女ならもしかしたら……と思わせる。

連絡を取ると、未菜子はすぐに話に乗ってきた。坂村の悪口を言うチャンスは絶対に逃がしたくないとでもいうように——坂村が死んだことを知らないのだろうか、と大友は首を捻った。

面会場所には、渋谷中央署を選んだ。未菜子は「本部へでもどこへでも行きますよ」と前のめりだったが、さすがに本部ではやりにくい。

彼女を待つ間、大友は何とか事件を頭の中で整理しようと努めた。分かったのは、状況が非常に混乱していることだけ。二つの殺人事件は、一応連続殺人事件と見られているが断定はできず、特捜本部は渋谷西署と八王子西署に置かれ、二つの係を統括する管理官が行き来して捜査の指揮を執っている。結婚詐欺事件に関しては、事実上捜査はストップしたまま。茂山の顔は会う度に暗くなっていったが、これは大友にはどうしようもない。

「朝倉未菜子が殺したんだと思うか？」一緒に渋谷中央署で待機している茂山が訊ねた。

「それは分からない」

「何とか、上手く転がしたいな」

「ちょっと考えてみたんだけど」

「何だ？」

「お前がここにいる理由はないよな」

「どうして」茂山が顔をしかめる。

「何というか……これはもう、詐欺事件の捜査じゃないだろう。どちらかというと、殺しの捜査だ」

「二課の出番じゃないってか？　そりゃそうだ。でも、何もやってないと、頭がおかしくなりそうなんだよ」

「他の事件もあるだろう。内偵してる事件はないのか？」

「ない。このところ、この詐欺事件の捜査にかかりきりだったから」

「そうか……」二課も大変だと思った次の瞬間、大友は自分も大変なのだと思い直した。途中からではあるが、結婚詐欺の捜査にはかかわっている。いってみれば、この失敗の責任は自分にもあるのだ。慣れない詐欺事件の捜査とはいえ、言い訳は許されない……。

受付から電話が入ったので、茂山が一階まで迎えに行った。大友は取調室の中を見回し、準備が整っているのを確認した。録音準備はＯＫ。水も用意してある。容疑者ではなく、あくまで参考人なので、水ぐらいはサービスするつもりだった。

すぐに茂山が、未菜子を連れて戻って来た。急に呼び出されたのに、未菜子は機嫌がいい。何も言われないうちに奥の椅子に座ると、笑みを浮かべた。これは参った……想定外の反応だ。大友は一つ深呼吸して、彼女の向かいに腰を下ろした。

「坂村が死んだんですって？」

「ええ」

「やった」あろうことか、突然両手を叩き合わせる。笑みは、今や満面に広がっていた。

「誰が殺したんですか？　お礼を言わないと」

「あなたじゃないんですか」あまりにも非礼——常識外れな未菜子の態度に、大友もつい無礼な言葉をぶつけてしまった。

「逮捕しますか？」未菜子が両手を揃えて突き出した。「これで逮捕されるなら嬉しい限りですよ。法廷で、あいつが何をしたか、堂々と喋ってやるから」

「冗談はこれぐらいにして下さい」大友は未菜子を諫《いさ》めた。

「私がやってもよかった……先を越されましたね」

「本気で殺そうと思ってたんですか」

「思うだけなら罪にならないでしょう」

「それはそうですが、聞いていて気持ちのいい話じゃありませんよ」

「こんなに人を憎んだこと、ないですから」未菜子の顔から笑みがさっと引いた。「分かります？　坂村は、人の弱みにつけこむ男なんですよ。私も弱いところに……」

ふいに未菜子の目から涙が零《こぼ》れた。大友は慌てて、ズボンのポケットからポケットティッシュを取り出して差し出した。未菜子が奪い取るようにティッシュを抜き、目に押し当てる。しばらくそうやって涙を抑えつけていたが、すぐに鼻をかんだ。ああ、と短く声を漏らしてティッシュを丸める。鼻が赤く、目はまだ潤んでいた。

「母親を亡くしたんですよ。二十九歳の時に……それまで元気だったのに、突然、病気で……母親とは仲が良かったんです。いい加減親離れ子離れしろって、父親からはずっと言われていたんですけど」

「ええ」

「早く結婚しなさいっていうのが、母親の口癖だったんです。自分が二十三歳で結婚したから、私が全然結婚する気配がないのを心配していて。でも、そんなにうまくはいかないし、母親が亡くなった後は、とてもそんな気になれなくて。そういう時に、坂村が近づいてきたんです」

　未菜子は坂村との出会い、そして彼女を落としたテクニックについて詳細に語った。語ることで、恨みを晴らそうとでもしているようだった。

「最初は、さらっと近づいて来たんですよね。場所は西麻布の『ウィンター・ガーデン』っていう店でした。小さいバーです。私、時々そこへ一人で行って……ストレス解消ですね」何度も話したことなのだろう、説明にはまったく淀みがなかった。「そこには別に知り合いもいなくて、一人で一時間ぐらいお酒を呑んで、さっと帰って……でも二年前の九月九日、あの人が来たんです」

「ずいぶんはっきり覚えているんですね」

「メモ魔なので」未菜子が肩をすくめる。「初めてデートした日、初めて寝た日、初めてお金を貸した日、全部覚えてます」

「貸した、ですか？」

「十万円」未菜子が皮肉っぽく言った。「事業資金という話でした。あの頃の彼の説明だと、小さな会社――飲食店なんかのインテリアコーディネートをする会社を立ち上げたばかりで、資金がショートしかけているっていうことでした。とにかく今、十万円足りないからって……私、慌ててコンビニのＡＴＭに走りました。そのお金は、次に会った時に返してくれました」

「それで信用させたんでしょうね」

「実際、信用しちゃったんですよね」未菜子が溜息をつく。「その後も何度かそういうことがあって。ちょくちょくお金を貸したんですけど、全部少額で、しかも次に会った時に必ず返してくれたんです。そのうち、会社に出資しないかって言ってきて……資本金を増額したいから、株を買って欲しいっていう話になったんです。お金の話はしょっちゅうしてましたけど、その時まではずっとクリアだったから、特に心配もしなくて。実際、すごく紳士的で優しくて、しかもお洒落だったんですよ。私なんかには縁のないお店も良く知っていて、美味しいものもたくさん食べさせてくれました。旅行へ行けば、いつも一流ホテルや旅館で……完全に信じちゃったんです」

「それで五百万円、渡したんですね」

「思い出したくもないですよ」未菜子が吐き捨てた。「貯金を全部叩きました。それだけじゃないですよ？　母親が残してくれた遺産の一部もです。自分の貯金なんかどうでもいいですけど、母親が残してくれたお金に手をつけたのが、自分でも納得できなくて……連絡が取れなくなったのは、そのすぐ後です」

「電話番号を変えて」

「家も知ってたんですよ。何度も行ったことがありますから……でも、そこも引き払っていました」

　大友は無言でうなずいた。これまで聴いた被害者の話と共通している。坂村は入念に事前調査し、舞台も整えた。詐欺師は自分のプライバシーを隠すものだが、彼は複数の顔を使い分けていたのだ。いくつか家を借り、相手によって逢瀬の場所を変える——果たして彼は、本当に儲けていたのだろうか。「経費」だけでとんでもない額になっていたのではないだろうか。

「結局、その後は連絡が取れなかったんですね」

「いろいろ手は回したんですけど……私一人の力じゃ、どうにもなりませんでした。それで結局、弁護士さんに相談して告訴……無駄になりましたけどね」

「立件はまだ諦めていませんよ」我慢しかねたのか、茂山が立ち上がって割りこんできた。

「でも、あの人は死んじゃってるじゃないですか」未菜子が冷静に指摘する。

「被疑者死亡のまま送検、ということになります。かならずそうします」

ただし、捜査としてはそこで行き止まりだ。警察としては、事件を仕上げて送検すれば、「きちんと捜査しました」というアピールになる。しかし検察は、死者は起訴できない。単に「被害者を納得させるためのポーズだ」と指摘されても仕方がない。

「まあ、それは警察の自由ですけど……意味ないですよね」未菜子がばっさりと切り捨てる。「それこそ税金の無駄使いじゃないですか」

むっとした表情を浮かべ、茂山が自席に腰を下ろす。大友は改めて未菜子の顔を観察した。目には涙が溜まっている。本当に、「自分が殺せなかったこと」を後悔しているからだろうか……実のところ、安堵の涙ではないかと大友は読んだ。いくら悪質な詐欺事件でも、容疑者が死刑になることはない。誰が殺したかは分からないが、彼女にすれば、これが最も溜飲の下がる結末だったのではないだろうか。

彼女は殺していない、と確信した。本当に人を殺した人間は、こんな風に話せないものだ。黙りこむか、「やっていない」と弁明するか……そもそも、警察に呼ばれて、嬉々としてやって来るはずがない。

しかし——殺しは、全ての常識が破綻した先に起きる犯罪だ。

4

この段階で美智留と会うのは危険だ。

しかしどうしても、「刑事でない立場」で話を聴いておきたい。騙しているという意識は強いが、それでも二件の殺人事件を解決するためだ、と大友は自分を納得させた。

茂山も懐疑的ながら、結局は大友の案に同意した。神原も。

「二課としてやれることは、もう限られてるからな。せいぜい、一課に情報を流して恩を売っておこう」神原が皮肉っぽく言った。

「一課が、こういうことを恩に着るとは思えませんけどね」

「あいつらは傲慢だからな」

神原が鼻を鳴らす。しかしそれを言えば、二課も同じだ。刑事は基本的に自分の仕事に強烈なプライドを持っており、それが他人の目には傲慢と映る。せめて自分はそうならないようにしよう、と大友は常に意識していた。

その結果、刑事らしからぬ腰の低い人間になってしまったのだが。

あくまで慎重にいかなくては……大友はメールで美智留を誘った。同時に、美智留を監視している一課にも話を通す。岩下は最初激怒したが、大友の説明を聞くうちに落ち着いた。

「確かに、上手く話を聞き出せる立場かもしれませんね。この事件が起きる前から顔見知りなんだから」

「何とか頑張ってみる」

「何か分かったら、二課に言う前にこっちに教えて下さい。何しろ殺しの捜査なんだから」

「それは、どういう情報が出てくるかによるよ」

美智留とは、何度か会ったジムの近くのカフェで落ち合った。時刻は夕方五時半。彼女の早番勤務が明ける時間である。

美智留はいつものように背筋を伸ばし、笑みを浮かべてやって来た。だが、表情は少しだけ硬い。それはそうだ。警察に事情聴取を受けた後……その後で監視されていることにも気づいているかもしれない。

「どうも。少し間隔が空きましたね」

大友は愛想良く言い、自分の前のビールグラスを指さした。美智留が笑みを浮かべたまま首を横に振る。腰かけると、いつもの癖でバッグからスマートフォンを取り出し、テーブルに置いた。

「今日もビール日和ですね」

「お酒はちょっと……アイスティーをもらいます」

大友は手を挙げて店員を呼び、彼女のアイスティーを頼んだ。飲み物が来るまで、美智留は一言も口をきかなかった。だいぶダメージを受けているな、と判断する。

「何だか、お疲れじゃないですか」

「遅れてきた夏バテかもしれません」

「暑かったですからねえ」大友は愛想良く言った。「ところで今日は、一つ相談がありまして」

「何でしょう」美智留が背筋をピンと伸ばす。真顔だった。

「実はもう一回、ジムへ通おうかと思ってるんです。ちょっと緩んでしまった感じがして」

「また個人レッスンですか？」

「いや、あれは金がかかるので……」大友は苦笑を浮かべてみせた。「今度は、自分のペースでやろうと思っています。でも、最初にトレーニング計画はきちんと立てた方がいいですよね」

「それは、もちろんです」美智留がうなずく。依然として真顔だった。

「じゃあ、相談に乗ってもらえますか」

「そういうことなら、ジムの方へ来ていただければ。いつでも大丈夫ですから」

極めて事務的な口調だった。彼女の中で何かが変わった――自分に対して、以前と違って素っ気なさ過ぎる。もしかしたら、刑事だと気づかれたのかもしれない。だとしても、この場では演技を続けなければ……彼女の方から「警察なんですか」と聞かれない限り、自分はあくまでIT系企業の営業マンだ。大友は腹の探り合いを覚悟した。

「じゃあ、改めてジムの方に申しこみます……でも、荒川さんに相談に乗って欲しいんですよ」

「それは、申し込みの時に言ってもらえば大丈夫ですから」

「荒川さん、何か嫌なことでもあったんですか？」

「え？　いえ」短い否定。

「いつもとノリが違いますけど、体調でも悪いんですか？」

「いろいろ疲れることがあったんです」

「仕事で？」

「仕事とか、いろいろ」

予想よりもダメージを受けているようだ。大友はビールを一口呑んで、彼女の反応を待った。しかし無言が続く。仕方なく、低い声で切り出した。

「何かあるなら、相談に乗りますよ。これでもあなたより、少しだけ人生経験は豊富だから」

「離婚した時、どんな感じでした？」唐突な質問だった。

「それが聞きたいということは、あなたが抱えているのは恋愛問題ですか？」

すかさず突っこむと、美智留が力なく首を横に振った。

「外れましたか」

「ええ」

「恋愛関係じゃない悩みだと……ちょっと私にはきついかな」大友は微笑んだ。「恋愛マスターとしては、その他の問題には弱いんで」

「大友さんは、どんな問題にも答えを持ってるように見えますけどね」

「そんなこと、ないですよ」

「私……十年ぐらい前に、ひどい目に遭ったことがあります。それで一時、不眠症になったし、今でも思い出すと落ち着きません」

美智留がアイスティーを一口飲んだ。小さく喉を上下させて飲みこむと、目を瞑る。冷たいアイスティーの感覚をじっくり楽しんでいる様子にも見えるが、喉の痛みをこらえているようでもあった。

「そんなひどいことがあったんですか？」自分から詐欺について告白するつもりか。

「ええ、誰も信じられなくなって、半年くらい、ほとんど引きこもりでした」

「頼りないかもしれませんけど、相談には乗りますよ」

「大友さん、がつがつこないですね」

「え？」

「何て言うか……」美智留が両手をこねくり回した。「私たち、何回会ってます？」

「何回かなあ。四回？　五回？」大友は指を折った。「一々メモしてるわけじゃないんで」

「普通、これだけ短期間に何度も会ってたら、もっとはっきり……突っこんでくるものじゃないですか？」

「離婚経験者は、臆病になるんですよ。恋愛偏差値が十ぐらい落ちたような感じがして」

「でも、待ってるだけじゃどうしようもないでしょう」

「一理ありますね」

美智留が椅子を引いた。床を引っ掻く音が小さく響く。

「ごめんなさい、ちょっとトイレに……」

大友はうなずき、彼女の背中を見送った。姿が見えなくなると、テーブルに放置されたスマートフォンが気になる。これを見られれば——しかしロック解除はまず無理だ。

だが大友にはツキがあった。美智留のスマートフォンが鳴動する。メールの着信。身を乗り出して画面を見ると、差出人が「未菜子」、タイトルが「警察に注意」だった。

朝倉未菜子……彼女が美智留に警告を発しているのだ。未菜子に事情聴取してからは、少し間が空いている。警告しようと決めるまで、時間が必要だったのかもしれない。

だが、問題はそういうことではない。

未菜子と美智留に直接の関係はなかったはずだ——いや、こちらが気づいていなかっただけか。美智留に直接確認してみたいが、言えば疑われるだろう。では未菜子に再度突っこむか。

それもまずい。

大友の頭の中では、パーツが組み上がりつつあった。もちろん何の根拠もないが、それが一番合理的……不自然ではない。今日は早めに引き上げて、茂山たちと善後策を検討しよう。

美智留が戻って来た。相変わらず、少し疲れた表情。スマートフォンを取り上げてパスコードを打ちこみ、メールを確認した途端に眉を顰める。未菜子は自分の名前を出したのだろうか、と大友は懸念した。しかし美智留は何も言わなかった。

ただ、彼女とは、これまでのようには話せなくなるだろう。線は切れた。また別の手を考えて事件にアプローチしないと。何より、このまま彼女といるのは危険だ。

「調子がよくないようだったら、今日はお開きにしましょうか」

「いえ……」

「心配事の相談ならいつでも受けますけど、今日は言うつもりがないでしょう？　もしも言いたくなったら、いつでも声をかけて下さい。送りましょうか？」

「大丈夫です」美智留がスマートフォンをハンドバッグに落としこんだ。「ごめんなさい、上手く言えないんだけど……もしかしたら、もう会わない方がいいかもしれません」

「あなたがそう言うなら」

「こういう時でも、ぐいぐいこないんですね」美智留が寂しそうに笑う。

「そういうことをして、結果的に人を傷つけるのは好きじゃないんです。営業の仕事と同じですよ。一生懸命売りつけても、相手が乗ってくるかどうかは分からない。その見極めを失敗すると、ただの図々しい奴になってしまうでしょう」

「私は乗ってないですか？」

「残念ながら……私の力及ばず、でしょうね」

「大友さん、本当に恋愛マスターなんですか？　女性の気持ちを見抜く力はないのかもしれませんね」

美智留が立ち上がった。軽く一礼すると、店を出て行く。大友はその背中を凝視し続けたが、彼女は一度も振り返らなかった。


「朝倉未菜子もジムに通っていた？」大友は思わず目を見開いた。事実関係に驚いたというより、茂山がこれだけ早く割り出したことが意外だった。二子玉川から電話をかけて、警視庁へ戻るまでの間に分かったことである。

「何だよ」茂山が唇を尖らせる。「俺が早く仕事をしたら変か？」

「そういうわけじゃないけど……いつ頃だ？」

「五年前から。今も会員だけど、実際に通っているかどうかは分からない。ジムの場合、幽霊会員も結構いるみたいだからな」

大友はうなずいた。ただではない——どんなスポーツジムでも結構な会費を払うのに、それだけで満足してトレーニングしない人もいる。

「いずれにせよ、二人には接点があったわけだ」

「ああ。もちろん、実際にあったかどうかはまだ分からない。会員とインストラクターというだけで、顔見知りかどうかも分からないだろう」

「時間が合わなければ、顔も合わせないと思うよ」

「今、確認させてる」茂山がうなずく。「ちょっと時間がかかると思うが」

「ジムへ直接行ったのか？」

「ああ」

「そうか……」これで完全に美智留との線は切れるだろう。警察が事情聴取に来たことは、いくら口止めしてもジム側から美智留に伝わってしまうはずだ。しかも彼女は、未菜子からも警告を受けている。危機を察して、高飛びする可能性もある。

　どちらにせよこれからは、明るい声で彼女を誘えなくなる。個人的にどうこうしたいわけではないが、自分の動きが一人の女性を傷つけたなら、いい気はしない。

「どうした？」茂山が心配そうに声をかけてきた。

「いや、何でもない」大友は首を横に振った。「今日は長くなりそうだな」

「ああ。できれば今夜、朝倉未菜子にもう一度話を聴きたい」

　この前、呼び出しに嬉々として応じたのは、やはりポーズだったのか……疑われていると感じて、思い切って相手の懐に飛びこんでしまう――大胆かつ効果的な方法だ。

「ここは攻めどころだと思う」茂山の表情が、いつになく真剣になった。

「一課には？」

「状況を見て、お前の方から話してくれないか」

「係長同士で話をすればいいじゃないか」神原と岩下は、あまり気が合いそうにないのだが。

「そこは刑事総務課の出番じゃないのか？」

「うちは、そういう仕事はしてないよ」大友は苦笑した。「でも、二課の仕事を手伝ってる立場としては、やらせてもらう」

「頼む」茂山が頭を下げた。「これ以上、恥をかきたくないんだ」

プライド。

警察官は必ずしも、金のためだけに仕事をしているわけではない。どんなに頑張って犯人を逮捕しても、給料は上がらないからだ。格好つけて言えば「正義のため」だが、むしろプライドを満たすためと言うべきだろう。

茂山は必死に挽回しようとしている。プライドが傷ついたら、さらに大きな仕事で取り返すしかないのだ。

「古川をもう一度叩いておきたい」大友は提案した。「荒川美智留も怪しんでいる——不安に思っているみたいだけど、彼女は基本的に強い。簡単には落ちないと思う。古川は、もう少し強く叩けば落ちそうだ」

「分かった。じゃあ、これから直接訪ねてみよう。この時間だと、いつもはまだ仕事場にいるんだ」

「荒川美智留はどうする」

「ジムの方への事情聴取が終わったら、連絡がくる。その時に判断しよう」

「よし」大友は一度椅子に置いたバッグをもう一度肩にかけた。「少し悪人になろうか」

茂山の予想通り、古川は仕事場にいた――最初はいないと思った。大友たちがインタフォンを鳴らしても返事がなかったのだ。ただし大友は、居留守だとすぐに判断した。部屋の窓から明かりが漏れている……。

インタフォンのボタンを押し続ける。それこそ、指が反り返るぐらいの強さで、何度も何度も。結局、何分か経ってから、古川は細くドアを開けた。

「何ですか……」目は充血し、髪も乱れている。いかにも寝起きという感じだった。

「失礼。寝てましたか？」

「いや、まあ……」

茂山がドアに手をかけ、思い切り大きく開ける。大友は隙間から、すかさず玄関に踏みこんだ。古川が慌てて一歩引いたが、サンダルを脱ぎ損なって、廊下を汚してしまう。

「勝手に入らないでくれ！」古川がかすれた声で叫ぶ。

「ドアを開けてくれたんだから、ウェルカムということでしょう」大友は言って、すぐに靴を脱いだ。

「ちょっと、ちょっと……」古川が両手を前に突き出しながら、後ずさりした。外用のサンダルはまだ履いたままである。

「あなたを守りに来たんですよ」

「は？」古川の足が止まり、両手がぱたりと落ちる。

「坂村は結婚詐欺をやっていた」喋りながら大友は古川に迫った。「事情聴取はできませんでしたが、それは間違いないでしょう。その坂村が殺された――誰が殺したと思います？」

「知りませんよ」

「詐欺事件の被害者に殺されたとは思いませんか？」

「は？」古川が目を見開いた。「それは、どういう……」

「復讐です」大友は人差し指を立てた。「警察には任せておけないから、自分たちで復讐しようとした――犯人が誰かは分かりませんけど、そういうシナリオは不自然ではありません」

「俺は関係ない……」

「じゃあ、帰ります」大友は一歩引いた。「警察としては、あなたを守ろうと思っていたんですよ。身辺警護をして、きちんと話を聴いて犯人を割り出して。でも、坂村さんとは関係ない、詐欺事件にもかかわっていないとなったら、あなたを守る必要はないですね。警察も人手不足で、そこまで余裕もないんです。では、失礼しました」大友はさっと頭を下げ、踵《きびす》を返した。茂山の厳しい視線に迎えられる。

「ちょっと。ちょっと！」古川の声のトーンが上がった。手を伸ばして大友の腕を摑む。

「何なんですか？　あんたたち、脅しに来たんですか」

ですよ」と告げた。

大友は振り返り、肩越しに「違います。さっきも言った通り、あなたを守りに来たん

「人を犯人扱いして、それで終わりですか」

「犯人じゃなかったら、別に気にすることはないでしょう。坂村さんを殺した犯人がどう思うかは別問題ですけど……まあ、千枚通しを持ってあなたを殺しに来ても、『俺は関係ない』って恍けければいいでしょう。それで向こうが許してくれるかどうかは分かりませんけど」

「脅すのか？」

「脅してません。丁寧に話してるでしょう？」大友はやっと体の向きを変え、古川と正面から向き合った。「で、どうします？　私はこのまま帰っていいですよね？　自分の身は自分で守る――そういうことでいいでしょう？」

「ちょっと待ってくれ！」古川が叫ぶ。額には汗が滲み、目は血走っていた。「待ってくれ！　俺の話を聴いてくれ！」

「もちろん」大友は声のトーンを落としてうなずいた。

「じっくり話を聴きましょう。まず、署まで来ていただけますか？」

「ばれましたか」未菜子があっさり言った。

「何がですか？」馬鹿にされているように感じて、大友はつい低い声を出した。午後十

一時。普通、こんな時間から事情聴取は始めない。大友も、しっかり話ができるかどうか、自信がなかった。一日のエネルギーが切れかかっている。

「私が殺しました——私たち、が」

「坂村を?」

「宮脇も」未菜子が勢いをつけて、椅子に背中を押しつけた。「あーあ、言っちゃった」

「言っちゃったって、そんな軽い話じゃないでしょう」大友は指摘した。背筋に冷たいものを感じる。

「そうですけど、一人じゃないんで。責任の分散っていう感じですか?」

「共犯は?」

「共犯? 一緒にやった人? 何人もいますよ」

「ちょっと待ってくれ」

茂山が話をストップさせた。彼の混乱が大友にもはっきり伝わってくる。大友自身、訳が分からなくなっていた。私「たち」? 何人もかかって二人を殺したというのか。

「最初から話して下さい」大友は話を立て直した。「どうして坂村たちを殺そうとしたんですか?」

「復讐」未菜子があっさり言った。「あいつら、結婚詐欺師ですよ。しかも警察はすぐには動いてくれない。だったら、自分たちで始末した方が早いでしょう。すっきりしましたよ」

「人を殺した人間の言い草じゃないですね」大友は低い声で指摘した。「反省してもらわないと」

「そういうの、後でいいですか？　もう少し快感に浸っていたいので」

「ちょっと休憩します」大友は告げた。

「もう？　話したいこと、たくさんあるんですけど」未菜子がテーブルに身を乗り出す。

「とにかく休憩です」

大友は茂山に目配せして、取調室を飛び出した。人気《ひとけ》のなくなった渋谷中央署……しかしその中では、熱い戦いが始まろうとしている。古川もここに呼ばれて来て、若い刑事たちから事情聴取を受けている。同じフロアに未菜子——騙した人間と騙された人間、殺そうとしている女とそのターゲット。間違っても接触させるわけにはいかないが、敢えて会わせてみるのも手かもしれないと大友は考え始めていた。会うべきではない二人が会った時に生じる化学変化を見てみたい。

いや、それは後回しだ。まず自分は、一課と二課の懸け橋にならないと。

柴に電話をかけると、彼はまだ渋谷西署にいた。捜査会議が長引いたのか、夜まで仕事があったのか。

「自供した」

「は？　誰が？」

柴が甲高い声を上げる。いくら、報告は簡潔を良しとすべしといっても、これは略し過ぎた。大友は呼吸を整え、意識して声を低くした。

「結婚詐欺事件の被害者が、坂村殺しの犯人だ」

「まさか、復讐か？」

「本人はそう言ってる。共犯もいるようだ」

「おいおい……」柴が心配そうに言った。「まさかその被害者って、二課で把握してた人間じゃないだろうな」

「一部は把握していた。もちろん、まだ確認はしていないけど」

電話の向こうで、柴が盛大な溜息をついた。彼の懸念が大友にも乗り移る。

「これ、二課は大ダメージだぜ」

「分かってる。お前から見れば、呆れるみたいな話だろう？」

「いや、そんなことはどうでもいい……上手く事実関係を誤魔化した方がいいぞ」

「そんなことはできない」大友はスマートフォンをきつく握り締めた。「二課がヘマしたのは間違いないんだから」

「そもそも、結婚詐欺事件の捜査をしていることは、表沙汰になっていなかった。公表しなければ分からないだろう」

「いずればれるよ。容疑者の動機面を公表すれば、いやでもこの問題は明らかになる。その時に謝罪しても手遅れだ」

「厄介なことを……まあ、いいや。そこは俺たちが考えることじゃない。取り敢えず、どうする？　容疑者の身柄は押さえているのか」

「今、渋谷中央署だ」

「分かった。すぐに連絡を回してそっちへ向かう。逮捕はうちでやるけど、それでいいな？」柴が気負って言った。

「いいも何も、この件は一課マターだよ。二課は詐欺の共犯を押さえたから、それでいいんだ」

「お前、今夜は徹夜になるぞ」柴が忠告する。「お前がハブになっちまったからな。一課に説明するのもお前がやった方がいい」

「分かってる」大友は廊下の壁に背中を預けてうなずいた。「覚悟してるよ」

「茂山も可哀想になあ……一段落したら奢るから、そう言っておいてくれ」

「二課は嫌いなんじゃないのか」

「二課は嫌いだけど、あいつは一応、同期じゃないか」柴が軽く声を上げて笑った。「それに、同じ刑事部内の話なんだぜ？　変なところで突っ張り合っても意味はないだろう。警察内部の争いなんて、実際にはほとんどないんだから」

　通話を終え、大友は肩を上下させた。一件落着……ではない。捜査はこれからが本番だ。

まどろみから引きずり出される——ブラインドの隙間から射しこむ朝日が、顔に縞模様を作る様を、大友は想像した。ちょうど瞼の上に陽が当たって、懐中電灯の光を向けられたように明るくなる——顔を背けてから目を開けた。

5

実際には、室内はまだ暗かった。慎重にバランスを取りながら、何とか起き上がる——いや、椅子から降りる。昨夜は結局、渋谷中央署に泊まってしまったのだ。当直の連中は気を利かして仮眠室を使うように言ってくれたものの、一仕事終わったのが午前三時過ぎ……どうせろくに眠れないからと断り、刑事課で椅子を並べて横になった。しかし、キャスターつきの椅子は何個並べても安定せず、大友は走っている車の屋根にしがみついている夢を断続的に見た。

腕時計を見ると、まだ午前六時過ぎだった。多少は寝たのだと自分に言い聞かせ、靴を履く。全身が汗臭い。昨日も一日中動き回り、シャワーも浴びずに寝てしまったのだから、仕方がない。

今日は土曜日か……本来なら刑事総務課の仕事も休みで、家の掃除でもしている日だ。週明けには優斗も帰って来るから、家のことをちゃんとやっておかねばならない。しかし今日はどうするべきだろう。本来、大友は一課の仕事を手伝う立場にないとはいえ、どうしても気にかかる。事件の全体像を知りたい。未菜子は率直に——むしろ嬉しそうに自供しているから、今日も調べは進むだろう。自分が直接取り調べをして、全てを解き明かしたいと思った。

トイレで顔を洗ってから、一階に降りる。昨夜はろくに夕食を摂っていないから、胃は空っぽだった。

一階には交通課や総務課、失踪課の三方面分室などが入っている。分室には顔馴染みの高城賢吾《たかしろけんご》がいる。彼はしょっちゅうここへ泊りこんでいるそうだから、今日もいるかもしれない。叩き起こして一緒に朝食でも食べに行くか——しかしすぐに、彼は一方面分室の室長に栄転していたのだと思い出す。

仕方ない。朝食は一人で済ませよう。

外へ出ると、さすがにひんやりしていたのでほっとする。さて、どうするか……明治通り沿いは飲食店の宝庫とはいえ、この時間だとさすがに開いている店は少ない。明治通りを挟んで渋谷中央署の向かいには二十四時間営業の立ち食い蕎麦屋があったはずだが、朝から蕎麦という気分でもなかった。だいたい、変な寝方をしてしまったので体の節々が痛く、百メートル以上の距離を歩く気にはなれない。結局、署のすぐ近くにあるコンビニエンスストアで、サンドウィッチとヨーグルトドリンクを買いこんだ。

猛暑が続いた八月ももうすぐ終わりなのだ、とふと意識した。この時期、佐久では朝晩は結構冷えこみ、毛布がもう一枚欲しい時もある。優斗が寒い思いをしていないだろうかと心配になったが、すぐに両親がきちんと面倒を見ているだろうと思い直す。

それにしても変な夏だった。

優斗がほとんどいない一か月半。息子の面倒を見るのが面倒くさいと思ったことは一度もないものの、時折、自分だけの時間が欲しいと感じたことはあった。この夏は、思いがけずにそんな時間が手に入ったが、結局仕事に追われてしまった。

ただ、それが嫌だったわけではない。歩いているだけでへばるほど暑かったし、嫌な思いもしたが、結局これが自分に合っているのだと思う。侘しい人生ではあるものの、仕事が生活のベースになるのは普通なのだ。

無人の刑事課に戻って、朝食のサンドウィッチをがつがつと詰めこむ。そう言えば、他の連中はどうしたのだろう。茂山もここに泊まったはずだ。日付が変わる頃に、渋谷西署の特捜本部から駆けつけてきた柴と敦美はどうしたか……眠る場所を確保するのも刑事の仕事だが、昨日の混乱の中ではどうしようもなかったのではないか。

侘しい朝食を終えた時、ちょうど茂山が刑事課に入って来た。

「何だ、ここにいたのか」気の抜けたような声を出す。

「お前は？　どこで寝たんだ？」

「宿直室に潜りこんだ」

ゆっくり休めた感じではない。目は真っ赤で髪も乱れ、欠伸《あくび》を連発している。

「寝られたのか？」

「いや、久しぶりに雑魚寝で……だいたい、ああいうところだと強烈ないびきをかいてる奴がいるんだよ。昨夜は特にひどかった。マジで殺してやろうと思ったね」

苦笑しながら、大友はゴミをまとめた。何とかエネルギー充塡完了。後はコーヒーがあれば完璧だ。買ってくればよかった、と後悔したが、もう一度外へ出てもいい。時間がないわけではないだろう。

「朝飯は？」

「まだだ。起きたばかりだよ」茂山がまた欠伸する。

「仕入れてきてやろうか？　僕もコーヒーが飲みたい」

「いや、お前を使いっ走りにするわけには……」

「変な寝方をして体が痛いんだ。ストレッチ代わりに歩きたい」さすがに寝起き直後の痛みは消えていたが。

「じゃあ、いいかな……」遠慮がちに茂山が財布を抜いて千円札を出す。「コーヒーは俺が奢るよ」

「駄賃にはちょうどいいな」

「ああ……ちょっと待て」茂山が、ズボンの尻ポケットからスマートフォンを取り出す。着信を確認すると、期待に顔を輝かせて電話に出た。「はい、茂山」

茂山の顔が見る間に暗くなる。眉間に深い皺が寄り、唇が震え出した。

「どういうことだ……ああ、それは分かってる。いないっていうのはどういうことか、説明しろって言ってるんだよ!」

　最後は怒声になった。大友は彼に近づき、首を横に振った。通話の内容は想像できる。重大なミスが起きたのだ。若い刑事が二人、昨夜遅くから美智留の部屋の前で張り込んでいる。今朝一番で引っ張る予定だったのに……彼女は部屋にいなかったに違いない。

「クソ、ふざけるな! どこを見てたんだ!」

「茂山……」

　大友は静かに声をかけた。茂山が険しい表情を浮かべたまま、首を横に振る。さらに罵詈雑言を吐いた後、通話を終えた。固定電話だったら、受話器を叩きつけているところだろう。

「荒川美智留、いないのか?」

「ああ。ノックしたけど返事がない。不動産屋から預かった鍵で中へ入ったら、もぬけの殻だったそうだ」

「気づかれたかな」

「そうかもしれない……クソッ」

「それなら僕にも責任がある。昨日の夕方の段階で、朝倉未菜子から荒川美智留に警告の連絡が入っていたのは間違いないんだ。その時点で身柄を拘束できれば……」大友は唇を噛んだ。

「引っ張る容疑がなかったじゃないか」茂山が深呼吸した。胸が大きく膨らむ。「取り敢えず、荒川美智留は実行犯じゃない。だから後回しでいいんだよ」

「まず、朝倉未菜子をきっちり落とすことか……それは一課の仕事だな」

「うちとしては、古川に全部喋らせることだ。それで動機面の捜査が補強できる。一課も、それについては文句は言わないだろう」

「僕がやろうか？」

「いや、俺がやる」茂山がうなずく。「お前は、一課とのつなぎをやってくれないか？　朝倉未菜子の調べの内容を知りたい。それを古川にぶつけて、さらに証言を引き出すんだ」

「確かに、そのつなぎは必要だな。分かった、取り敢えず渋谷西署に行って来る」

「悪い」茂山が真剣な表情で言った。「というわけで、コーヒーは自分で何とかする」

「了解」

大友が千円札を返すと、茂山の表情が少しだけ崩れた。だがすぐに口元を引き締め、「荒川美智留の役回りは何だと思う？」と訊ねる。

「まだ分からない。もしもお前たちが睨んでいたように、詐欺グループの主犯、あるいは指南役だったとしたら、朝倉未菜子たちに狙われていると気づいて逃げた可能性もある」

「高飛びか……」茂山が髭の浮いた顎を撫でた。「しかし、それも変じゃないか？　朝倉未菜子は昨日、警察の動きを警戒するよう伝えるメールを送ったわけだから。加害者が被害者に警告する……意味が分からない」

「本人を摑まえるしかないな。それと、若い連中をそんなに怒るなよ」明らかにミスなのだが……昨夜、美智留が自宅にいたことは確認されている。ところが朝になったらもぬけの殻――事前の調査とその後のチェックが甘かったと叱責されても言い訳ができない。

「いや、俺が怒る。一課にばれて、若い連中が怒られる前にな。これが親心ってやつだよ」

渋谷西署でも、特捜本部がゆるゆると動き始めていた。本部が置かれた会議室に入ると、人は多いものの、喧騒はない。犯人を確保した後、時間帯によってはこういう風になるものだ。これが真っ昼間、刑事たちが普通に動いている時間帯だったら、勝利の雄たけびも上がるだろう。だが、朝倉未菜子が緊急逮捕されたのは、日付が変わってから――午前三時である。まだ逮捕の事実を知らない捜査員もいるだろうし、特捜本部に詰めている刑事たちはほぼ徹夜だったはずだ。とても、テンションを上げて仕事ができる状況ではない。

敦美が、一人静かにお茶を啜っていた。この時間にここにいるということは、昨夜はどこかに泊まったのだろう。大友はゆっくり近づき、彼女が自然に自分に気づくのを待った。ほどなく敦美が顔を上げ、大友に向かって手を振って見せる。どうやら機嫌は普通――悪くはないようだとほっとする。

「お茶、飲む？」

「わざわざ淹れてくれるなら、遠慮するよ。悪いから」

「まだ急須に残ってると思うけど」

アルマイト製の巨大な急須は、最近はあまり見かけないものだ。傍らには湯呑が積み上げられている。敦美は急須を持ち上げて重みを確認すると、湯呑にお茶を注いだ。受け取ると、すっかり濃く、ぬるくなっていた。それがむしろ、まだ半分眠った体にはありがたい。

「まああのスピード解決じゃないか？」

「テツが解決したみたいなものじゃない」

「偶然だよ」大友は肩をすくめた。「それより、朝倉未菜子の取り調べはいつ再開するんだ？」

「十時を過ぎると思うわ。昨夜は三時過ぎに寝かせたから、あまり早いと人権問題になるでしょう」

「調べの担当は？」

「柴がやるけど……」敦美の顔に影が射す。「あいつには荷が重いかもね。昨夜も嫌がってたし」

「どうして」

「気持ちが悪いって」

「ああ」大友はうなずいた。「それは分かるよ」

未菜子は、坂村を殺した動機、それにどうやって殺したかを、嬉々として語ったのだった。時に笑い声を上げながら……あり得ない話だった。まるで酒の席で手柄話を喋るような態度。大友も薄気味悪さを感じていたのは事実である。その自供に基づいて自宅を簡単に捜索したところ、凶器の千枚通しがすぐ発見され、これが決定的な決め手となって逮捕された。

「君がやったら？　女性容疑者なんだから、女性が担当した方がいいんじゃないかな」

敦美は体が大きいので、取り調べを受ける方は威圧感を抱く。それでつい喋ってしまうこともある……犯人から見れば、柴の方が手玉に取りやすいのではないだろうか。特に未菜子のように、狂気の域に足を踏み入れた容疑者は。

「遠慮するわ」敦美が首を横に振る。「柴で大丈夫よ。完全に落ちてる——喜んで喋ってるんだから、誰が相手しても同じでしょう」

「やりにくい相手か？」

「私には……そうね、私にはやりにくい相手」

大友はテーブルの角に尻を乗せた。お茶をもう一口飲み、敦美の顔を凝視する。徹夜明けだということを考慮しても、元気がない。何だか、自分がここにいてはいけないとでも思っているような……話をする時にはいつもこちらの目を正面から見るのだが、今日は目を合わせようとしない。

「同情すべき点はないでもないけどね」

「そうね。騙されて、貯金を根こそぎ持っていかれて……母親の想い出まで。それは怒るわよ」

「こっちとしては、まだ我慢して欲しかったけどね」大友は肩をすくめた。「もう少しで、犯人逮捕にこぎつけられたんだ」

「でも、あれでよかったんじゃない？　逮捕されてもいずれは出て来るわけだし、金を取り返すのも難しいでしょう？　だったら自分で恨みを晴らしてしまえば……」

「おいおい」大友は立ち上がった。「そういうのは君らしくないな」

「被害者の気持ち、私には分かるから」

「それは、同じ女性として――」

「そういう意味で言ってるんじゃないわ」

「だったら何なんだ？」嫌な予感が頭の中で渦巻く。敦美にはこれまで、何人か恋人がいた。大友たちが名前と顔を知っている人間もいれば、まったく知らない人間もいる。今の言い方は、まるで自分も男に騙され、殺したいと思うほどの憎しみを抱いたようにも聞こえる。「このところ、ずっと調子がおかしかったよね。明らかに悩んでいた。僕で相談に乗れることなら――」

「その必要はないわ」敦美が、静かに大友の言葉を遮った。「自分のことぐらい、自分で何とかするから」

「でも、君らしくないミスも結構あったって聞いてる。同期として、それは無視できないな」

「柴が余計なこと、言ったんでしょう」敦美が大友を睨みつけた。「あいつ、余計なお喋りばかりしてるから——気にしないで」

「おう、テツ、来てたのか」

呑気な声に振り向くと、柴が首から下げたタオルを両手で引っ張りながら、部屋に入って来るところだった。前髪が濡れているのは、乱暴に顔を洗ったからだろう。敦美の顔がみるみる強張る。柴は敏感にそれに気づいたようで、その場で立ち止まり、引き攣った笑みを浮かべた。敦美がふっと首を垂れ、湯呑をテーブルに置くと、柴と反対方向へ大股で立ち去って行く。柴がほっと息を吐き、大友に近づいて来た。

「高畑、何かあったか？」

「お前に激怒してた」

「げ、マジかよ」柴の顔から血の気が引く。タオルを両手で思い切り引き、表情を引き締めた。

「何でもかんでも僕に喋るから……情報が筒抜けだと思ってるんだよ」

「こっちは心配してるだけなんだけどなあ。俺一人じゃ手に負えないから、テツに相談しただけじゃないか」

「うん……」心配なのは大友も同じだ。彼女が、かなり辛い傷を抱えているのは間違いない。「それより、朝倉未菜子はどうだ？」

「あれはおかしいよ」柴が顔をしかめる。「笑いながら人を殺した話をする人間、初めて見た。たぶん、どこかで壊れたんだな」

「現実問題として、立件可能だと思うか？　刑事責任を問えるかどうか」

「事件そのものに関してはきちんと証言していて、矛盾もない。精神鑑定の問題は出てくるかもしれないけど、それは俺たちが気にすることじゃない」自分に言い聞かせるように柴がうなずく。「それより問題は、共犯だ」

「具体的に喋ってるのか？」

「いや、それはまだだ。昨夜は、彼女の容疑を固めるので手一杯だったからな。でも、一人でやったんじゃないとは言っている」

「それは信じていいと思う」大友はうなずいた。背後から千枚通しで首を一突き――女性でも可能な手口だが、その状況まで持っていくのが大変だ。複数の人間が協力していたと考えた方がいいだろう。女性だけではなく男もいたのではないだろうか。力仕事になったら、やはり男手が必要なはずだ。

「その辺、喋るかね」柴は懐疑的だった。「とにかく昨夜はハイテンションでさ。一方的にまくしたてるだけで、こっちが質問をさし挟む余地もなかった。共犯のことはまだ具体的に聴いてもいいない」

「一晩経ったんだから、少しは落ち着いたんじゃないか？　それと、こっちでは古川という男を調べている」逮捕したわけではないが、昨夜は署に留め置いた。「こいつも詐欺師グループの一人だったんじゃないかと思う」

「じゃあ、殺されなくてよかったじゃないか」柴が皮肉に頬を歪める。「だけどそっちは、立件は難しいんじゃないか？　主犯格が殺されているんだから」

「それともう一人……荒川美智留という女がいる」

「お前がナンパしたジムのインストラクター？」

「ナンパしてないよ」大友は苦笑した。「とにかく、彼女が行方不明なんだ。今、二課が必死になって捜してる」

「高飛びしたかな」柴が顎を撫でた。「せっかくだから、関係者全員の雁首を揃えて、事件はきっちり仕上げたいよな」

「ああ」だが、その「仕上げ」を見るのは怖くもあった。いったい何人が絡んでいるのか。予想もしていない人間が、予想もしていない役回りをこなしているのではないか。


大友はそのまま署に居座り、未菜子の取り調べを聞き続けた。例によってモニターとスピーカーを通してだったが、異様な空気ははっきりと伝わってきた。

一晩経ってもテンションの高さは変わらない。化粧っ気はないものの、未菜子の顔は艶々と輝いていた。まるで今こそ、人生の絶頂期だとでもいうように。

「坂村なんか、殺されて当然でしょう。悪い虫を一匹取り除いたんだから、感謝してもらわなくちゃ」

「坂村は、逮捕間近だったんだけどね」柴は早くもうんざりした様子だった。

「警察なんか当てにできないわ。それにどうせ、実刑判決を受けてもすぐに出所してくるでしょう？　そうしたら、また同じようなことを繰り返すに決まってるんだから」

「殺されたもう一人の男――宮脇俊作についてはどうだ？」

「あいつは、調査係」未菜子が両手を組み、テーブルに身を乗り出した。「私は気づかなかったんだけど、坂村が直接接触してくる前に、私のことをいろいろ調べていたのよ。『ウィンター・ガーデン』にも何度も顔を出して、私のことを嗅ぎ回って……後で店の人に確認したから間違いないわ」

「直接会ったことは？」

「私はないけど、会った人もいるわ。お店なんかで近づいて来て、あれこれ聞いて……でも、あいつに引っかかった人間は一人もいないけどね。イケメンじゃないから」

馬鹿にしたような笑い。何なんだ……大友は不快感を覚えながら、同時に「会った人もいる」という証言に注目した。つまり未菜子は、複数の被害者とつながっている。

「宮脇俊作っていうのは、イケメンじゃないのか」大友は、八王子西署の特捜本部から都心まで出て来た岩下――彼も順番待ちの列に加わったのだ――に訊ねた。

「俺は直接顔――死体は見てないので。坂村が、女を直接引っかける役目だったんですね」

「詐欺グループのメンバーにも、それぞれ役目があったんだろうな」

「古川の役回りは？」

「今、二課で叩いているはずだけど、まだ結果は聞いていない」

「どっちにしろ、ろくでもない連中だ」顎を撫でながら、岩下が吐き捨てる。

モニターの中では柴の追及が続いていた。基本的には自由に喋らせ、とにかく話を先へ進めようとしている。柴は細部を詰めながら取り調べるタイプではなく、まず真っ先に「箱」を作ろうとする。大まかな全体像を摑んでから初めて、細部の詰めに入るのだ。

「ところで詐欺グループには、古川という人間もいたと思う。古川亮」柴が話を一歩先へ進めた。

「あれも調査係みたいね。私は会ったことはないけど」

「殺すつもりだったのか？」

「当然……認めればね」

「坂村と宮脇は認めたのか？」

「認めたわよ。怖いお姉さんたちに囲まれて追及されて、泣いて『許してくれ』って言ってたわ。許すわけもないけど」

「それで殺したのか」

「本人たちが罪を認めたんだから、当然でしょう。悪いことをしたら、罰を受けないと」

「それは、法律で決められてるんだけどね」うんざりした口調で柴が言った。「法律なんか……警察なんかに任せておけないわ。あの連中は女の敵なんだから。根絶やしにしないと、また泣く人が出てくる」

「そういう理屈は通用しないよ」

「世間は私たちを支持するわ。見てなさいよ。ネットでは絶対、私たちは英雄になるから」

大友は岩下と目を合わせた。岩下が絶望的な表情を浮かべて首を横に振る。ネットの世界で「英雄」「神」になりたがる人はいる。リアルの世界では認められなくとも、ネットでは誰かに崇められる可能性がある——そんなことのために、犯罪に手を染める人もいるのだ。

「それをどう確認するつもりだ？　あんた、スマホも取り上げられてるんだぜ」

柴が指摘すると、未菜子は突然電源を切られたようになった。両手がだらりと脇に垂れ、目から光が消える。柴もそれに敏感に気づいたようで、ペースを切り替えた。声のトーンを落とし、諭すように言う。

「まあ……ゆっくりやりましょう。時間はあるんだから、急ぐことはない。まず、大事なことから聞かせて下さい。荒川美智留——あなたのジムのインストラクターだった人だけど、彼女はこの件にどうかかわっているんだろう」

柴がカメラをちらりと見てうなずいた。大友に対するサイン。俺がちゃんと聴いてやってるからな……大友としては苦笑するしかなかった。柴には見えないのが分かった上で、うなずき返してやる。

「美智留さん？　美智留さんは何もしてないわよ」未菜子の口調が急に変わった。態度も……そわそわと体を揺すり始める。

「もちろん、あんたは知り合いだな？」

「知ってるけど……」

「彼女、今行方不明だそうだ。あんたは昨日の夕方、警察に気をつけるように、彼女にメールを送ったそうだな」

「監視してたの？」未菜子が目を見開く。

「その辺の事情は明かせない……彼女はどこだ？」

「知らないわよ」

「彼女は、この一件でどういう役回りを演じてたんだ？」

「何もしてないわ」

「だったらどうして、警察に気をつけるように警告したんだ？　何もなければ──変なことをしていなければ、そんなことをする必要はないだろう」

「美智留さんは何もしていない」未菜子の口調が平板になった。感情を抜くことで、責められずに済むとでも思っているように。

「彼女はどこにいる？」柴が身を乗り出した。「一人だけ逃げるのは許されるのか？　あんた一人が罪を被るのか？」

「美智留さんは関係ない！」

　未菜子がいきなり立ち上がった。柴は腕組みをして彼女を見上げ、引こうとしない。未菜子は両手を拳に握り、柴を見下ろしていたが、やがてへなへなと腰を下ろしてしまった。

「で？　彼女はどこにいるんだ？」

　何事もなかったかのように柴が訊ねると、未菜子ががっくりとうなだれる。完全に落ちた、と大友は確信した。

6

　未菜子の自供を持って、大友は渋谷中央署に戻った。こちらでは茂山が、古川と対峙している。手に入ったばかりの情報は、古川を落とすのに役立つはずだが、問題は美智留だ……彼女が見つからなければ、事件の全容は明らかにならない。

　取調室に入る前に、神原と会って情報のすり合わせをした。未菜子の自供内容を話すと、神原の顔から血の気が引く。

「そういうのは、小説の中だけの出来事だと思ってたよ」

「実際に起きたんです」大友は淡々と告げた。自分の中でもまだ折り合いがついていないが、事実は事実。古川の供述で、未菜子の自供の内容も裏づけられるはずだ。「とにかく二課としては、古川を徹底して叩いて、詐欺事件を立件すべきです。考えてみれば、彼が無事だったのは幸いでした」

「犯人グループが全滅していた可能性もあるからな」神原が真顔で同意する。「とにかく、奴だけでも何とかしよう……しかし、荒川美智留は無関係なのか？　結局うちの見こみ違いだったのか？」

「それはまだ分かりません。本人の供述が必要ですね」

「高飛びならともかく、死なれでもしたら困る」

「その可能性も視野に入れておいた方がいいでしょうね……私のミスかもしれません」

「どうして」神原が目を見開く。

「あれだけ接近していたんですから、もう少し突っこんだ話ができてもよかったんです。そうすれば、彼女は自供していたかもしれない。詰めが甘かったんですよ」

「それは気にするな」神原が、大友の肩を軽く叩いた。「そもそも目指していたところが違っていたんだから。俺たちは、勘違いしたままボタンを押し続けていたんだろうな」

「もしも彼女に死なれでもしたら、寝覚めが悪いですね」大友は顔を擦った。「こんなことを言うのはいけないかもしれませんが、彼女たちを百パーセント悪くは言えない」

「それは、警察の仕事の否定だぞ」神原の表情が険しくなる。「悪を潰すのは、警察だけの仕事だ。一般人は、そういうことに首を突っこんじゃいけない」

「自警団禁止、ですか」

「違う」真顔で神原が言った。「悪を潰す時、俺たちは快感を覚えると同時に、少しだけ嫌な気がしないか？」

「ええ」大友は素直にうなずいた。神原の言葉がすとんと腹に落ちる。「犯罪者とはいっても、一人の人間の人生を終わらせるわけですから」

「普通の人は、そんな思いをしなくていいんだ。警察が全部引き受ける……もしかしたら朝倉未菜子は、それで壊れたのかもしれない」

「そうかもしれません」罪悪感のない異様なハイテンションから、一気に無気力へ——あの様子を見てしまうと、神原の推測はもっともに思える。

坂村は未菜子たちの人生を壊した。未菜子たちは坂村の人生を壊した。

結局、何人かの人生が滅茶苦茶になっただけではないか。


大友は、茂山と古川が対峙している取調室に入った。ドアは開いたまま——つまり、古川はまだ逮捕されていない。刑事課から椅子を借りてきて、ドア横の壁を拳で叩いてから、取調室に入った。ちらりと振り向いた茂山が渋い表情を向ける。大友は椅子を転がして中に入り、茂山の横に座った。

「話が進んでないみたいだね」

「詐欺にはかかわっていないそうだ」呆れたように茂山が言った。

「あなたは、朝倉未菜子たちのターゲットになっていた」

大友が指摘すると、古川の顔が一気に蒼褪めた。唇をきつく引き結び、大友を睨みつける。しかし目に光はなく、潤んでいた。

「朝倉未菜子は逮捕されましたが、まだ共犯がいますよ。全員が捕まったわけではない。つまり、あなたはここから出ると、またターゲットになる恐れがあります」

「そんなの、警察が……」

「警察が、どうしてあなたを守らないといけないんですか？」

「危険な目に遭いそうな人間がいたら、守るのが普通だろう！　それが警察の仕事じゃないのか！」

「もう一つ——もう少しだけ頑張れる理由をくれませんか」大友は耳を弄った。「私はあなたが嫌いです。守ってくれと言われても、頑張れる限界がある」

「ふざけるな！」

「あなたが詐欺事件の犯人なら、絶対に守りますよ。この件では、もう二人も殺されているんだ。あなたまで殺されたら、捜査は完全に終わってしまいますからね。きちんと事件を仕上げるためには、あなたの証言が必要だ。あなたを——証言を守るためなら、何でもしますよ。ただしそれは、あなたがちゃんと話してくれる前提があってこそだ」

古川の喉仏が上下する。茂山が、手元にあったペットボトルを彼の方へ押しやった。古川が大友の顔を凝視したままペットボトルを摑んだが、手に力が入らないのか、キャップが開けられない。

「今、あなたにとって一番安全な場所がどこか、分かりますか？　留置場です。生き残りたいなら、全部自供して留置場に入りなさい」

大友がさらにきつい調子で言うと、古川ががくりと頭を垂れた。額がテーブルにぶつかって、鈍い音を立てる。

「顔を上げて下さい」

大友の声に、古川がのろのろと頭を上げる。額は赤くなっていた。

「ここは考えどころですよ。きちんと自供して逮捕されても、死刑になることはない。ただ、あくまで白を切り続けて外へ出ると、命が危ない。人生の岐路です。私はあなたに生き延びて欲しい」

これが僕の本心なのか、と大友は己に問いかけた。警察官としては、誰にも死んで欲しくない。しかし常識で考えれば……悪人が一人減れば、この世は少しだけ住みやすくなる。

「俺は……」古川が声を絞り出す。「俺は、手伝いをしていただけだ。この計画を立てたのは、坂村だった」

死んだ人間に、全ての責任を押しつけるつもりか……今はそれでもかまわない。大事なのは真相を知ることだけだから。古川の証言があれば、被害者たちの証言とつき合わせて、事件の真相はある程度まで明らかになるだろう。失敗続きだった二課としては、それで満足しなくてはいけない。

大友は立ち上がり、取調室を出た。自供――これで逮捕できる。神原と話して、逮捕状を請求してもらわなくては。

これで一応、二課からの要請には応えられたことになるのだろうか。いや、中途半端だという想いは消えない。やはり自分は、一課向きなのだろうか。

詐欺容疑で古川を逮捕した後、二課の面々は本部で集まった。全員がげっそり疲れていたが、まだいける――本番はこれからだという気迫もそれぞれの顔に浮かんでいた。神原が全員にコーヒーを用意した。こういう気の利いたことをする人ではないと思っていた大友にすれば意外だったが、コーヒーそのものはありがたい。ちゃんとしたコーヒーを飲むのは、今日これが初めてだったのだ。

「まず、お疲れ」神原が第一声を上げた。「二課としては上手くいった仕事とは言えないが、一応これで一段落だ。これからは一課と協力しながら、古川の容疑を固めることに専念したい……その前に、現在の状況を全員で共有しておこう。大友、一課の動きを説明してくれ」

「了解です」大友は立ち上がった。「まず、坂村健太郎、宮脇俊作の殺害容疑で、朝倉未菜子は逮捕されました。自宅から凶器の千枚通しも見つかっています。同時に共犯として、詐欺事件の被害者を自称する女性三人が逮捕、または指名手配されています。このうち一人は、被害届を出していましたが、残る二人は二課では存在を摑んでいませんでした」

ほう、と溜息が漏れる。殺人犯が手中にあったのに逃してしまった——責任の重みが全員の肩にのしかかる。大友は少し間を置いて続けた。

「犯行は、極めて計画的に行われました。宮脇の自宅を割り出して、四人で押しかけて殺害。向こうも、女性が相手と見て甘くみていたのかもしれません。坂村は東名高速の海老名サービスエリアに呼び出して拉致し、八王子の山中で殺して死体を遺棄したと供述しています」

「犯人グループは女だけだったのか……」既に分かっていることだが、神原が溜息をつくように言った。「考えにくいな。女だけの殺人犯グループなんて、聞いたこともない」

「同じ男に騙されたということで、奇妙な結束があったようです。その辺は、これからの取り調べで明らかになると思いますが……残念なことに、荒川美智留に関しては、見込み違いでした。彼女は結婚詐欺グループに加わっていたわけではない。坂村たちに恨みを持つ被害者を束ねていたんです」

ここから先は話すのが辛い。また、美智留本人から聞いたわけではなく、未菜子の証言が中心だから、全面的に信じるわけにもいかなかったが、とにかく話してしまいたいかった。

「偶然が重なった末の犯行でした」言葉を切り、刑事たちの顔を見渡す。「朝倉未菜子は、荒川美智留がインストラクターをしていたジムの会員で、二人はプライベートでも親しい仲だったそうです。そういうつき合いの中で、朝倉未菜子が、結婚詐欺の被害に遭ったと打ち明けたのですが……坂村は荒川美智留にとって、因縁の相手だったんです。かつて美智留が容疑をかけられた結婚詐欺事件を裏から操っていたのが、坂村と古川でした。荒川美智留を使って男を騙し、金を奪い取る、一種の美人局《つつもたせ》だったんですね。ただしこの企みは失敗に終わりました。荒川美智留は捜査線上に上がり、坂村と古川は黙って消えた。荒川美智留は二人に対する恨みを抱いていたんですが、追及する気にもなれず、しばらくは無為無策で日々を過ごしていた……しかし朝倉未菜子から話を聞かされ、恨みが噴き出したわけです」

「それで、朝倉未菜子に復讐を勧めたわけだ」神原が嫌そうに言った。「自分は手を下さず、人を使って復讐しようとした。潔い話じゃないな」

「しかし、朝倉未菜子はこの話に乗りました。彼女はたまたま、他の被害者と知り合いだったんですが、復讐のネットワークが広がって、犯行グループができたんです。荒川美智留は、そこで司令塔になりました。司令塔兼実行犯と言うべきかもしれませんが……十年ぶりに坂村たちに接触したんです。どのように籠絡《ろうらく》したかは不明ですが、詐欺グループの実態を探り出した上で坂村たちを油断させ、朝倉未菜子たちの犯行をリードしました。坂村を東名の海老名サービスエリアに誘い出したのも彼女でした。どういう手を使ったかは分かりませんが、海老名サービスエリアまで誘い出された坂村は、朝倉未菜子たちに拉致され、殺されたんです」

「殺しの実行犯は朝倉未菜子か……」神原が顎を撫でる。

「あと三人名前が判明しています。その他にもいるかどうかはまだ分かっていません」

「とんでもない話だ……」神原の言葉が情けなく宙に消える。が、すぐに気を取り直したように、茂山に向かって質問をぶつける。「詐欺事件の方はどうだ？」

茂山がのろのろと立ち上がり、手帳を広げる。二日分の疲れに、全身を侵されているようだった。

「古川の供述では、三人グループだったそうです。坂村と古川、そして宮脇。坂村と古川は高校時代からの知り合い、そして古川と宮脇は……要するに荒川美智留の元カレですね」

「元カレ同士の接点は何なんだ？」

「古川が、荒川美智留から宮脇の話を聞いていたそうです。昔から間接的に知ってはいたそうですが、直接知り合ったきっかけは仕事でした。古川が今の仕事を始めた時に、小さな商社で働いていた宮脇と出会ったんです。十年前に荒川美智留を使った詐欺の話をして、古川が宮脇を新たな犯行に誘ったんです」

「そして今回の詐欺事件か」

「先ほど大友が言った通り、あの時は一種の美人局でした。当時の捜査記録を見ても、荒川美智留は古川と坂村の名前を出していませんが、古川は裏で糸を引いていたことを認めています」

「どうして荒川美智留は二人の名前を出さなかったのかね」神原が首を捻る。

「要するに、立件されなかったからです。逃げ切れると確信したんでしょう。もしも彼女自身が逮捕されていたら、二人の名前を迷いなく供述していたでしょうね。自分だけで責任を背負いこむわけにはいかなかったはずですから……ただし古川と坂村は、それきり荒川美智留とは連絡を絶ちました。しかし、その時の失敗を教訓にしながら、また結婚詐欺に手を出したんです。デイトレーディングで儲けた金も詐欺のために使っていたんです」

「デイトレーディングで儲けていたんだから、坂村は金に困ってたわけじゃないだろう？　どうして結婚詐欺なんかやる必要があった？」

「主導していたのは古川です。仕事の資金がショートしかけていて、苦しい状況でした。それで坂村に話を持ちかけたんです。坂村は簡単に話に乗ったんですが……古川に言わせると、スリルを求めて、だそうです」

「ふざけた話だ」神原が吐き捨てる。「しかし、それで何人もの女性が被害に遭ったんだから、坂村に詐欺師の才能があったのは間違いないだろうな」

「上手くいくと、またやりたくなる――そういう犯罪者の意識は分からないでもないですけどね」茂山が、渋い表情を擦り落とそうとするように顔を擦った。「失敗が少なかったのは、奴らが入念に準備を進めていたからです。古川と宮脇が事前にターゲットの調査をしました。この辺は、呑み屋などで広く網をかけていたようですが……男性問題や仕事、家族の問題を抱えた女性を見つけて、資産の状態なども調べ上げていました。要するに、金を持っていて精神的に弱った女性を狙って、詐欺をしかけたんです」

「クソ野郎だな」詐欺事件には慣れているであろう神原が、感情的に吐き捨てる。

「取り敢えず、古川を確保できただけでよしとしましょうよ」自分を納得させるように茂山が言った。

「そうだな……後は、一課と連絡を取りながら捜査を進めよう」

「そうですね」茂山が納得したようにうなずき、腰を下ろした。

「残った問題は、荒川美智留の行方か……しかしこれは、うちが手を貸すべきことじゃないからな」

「係長」大友はそっと右手を挙げた。「この件、私はもう少し調べてみます」

「何か心当たりはあるのか？」

「ないんですが、とにかく当たってみたいんです」

「無理するな」神原にしては珍しく、優しさが感じられる言葉だった。

「ええ。しかし、中途半端なままにしておきたくないんです」

「分かった。しかし、今夜ぐらいは休んでくれ。せっかくの土曜日だし」

「土曜も日曜もないでしょう」大友は苦笑した。「馬力をかけてやらなくちゃいけない時もあります」

「じゃあ、そこは大友に任せよう」神原が欠伸を噛み殺した。「他の者は、今日は解散。明日は日曜だが、九時に本部集合で頼む。古川の詐欺の裏取りを進めなければならない」

はい、と声が揃って解散になった。大友は壁の時計をちらりと見た。午後九時か……まだ動ける。誰かに会うのに遅過ぎる時刻ではない。だが、誰と会えばいいのか分からなかった。

取り敢えず腹を満たしてからにしよう。とはいえ、土曜日のこの時間帯、霞が関付近では食事ができる場所がない。虎ノ門か日比谷まで出ようか……しかし、場所を変えてゆったりと食事をしている時間もない。取り敢えず、一課の特捜本部がある渋谷西署に移動しがてら、食べることにした。あの近くなら、食事ができる場所はいくらでもあるはずだ。

柴に連絡してからにしよう。特捜本部で邪魔にならず、手伝いできることがあるかどうか、確認しておかないと。

「これから捜査会議なんだけど」柴は不機嫌だった。敦美が言った通り、朝倉未菜子の取り調べでダメージを受けているのかもしれない。

「そっちへ行こうと思う。何か手伝えることがあれば……」

「荒川美智留を見つけたい」

「まだ手がかりなしか」

「そう責めるなよ」柴が情けない声で言った。

「責めてないよ」ちょっとした一言でそう感じているなら、柴は相当参っている。

「失踪課にヘルプを頼もうかという話も出ている」

「失踪課の仕事は、犯罪者を捜すことじゃないよ」大友は指摘した。

「分かってるけど、以前にも一課で頼んだことがあるから」

　土曜の夜に迷惑な話だ、と大友は同情した。失踪課の連中も、一課から手助けを申しこまれたら、拒否できないだろう。

「失踪課に迷惑をかけないように、僕も手伝うよ」

「テツが来てくれれば百人力……というわけにはいかないだろうな、今回は。お前だって、人捜しのプロじゃないんだし」

「それはそうだけど」

　会話は尻すぼみになった。溜息をついて、スマートフォンをズボンの尻ポケットに入れようとした瞬間に鳴り出す。柴が何か言い忘れたのだろうかと思ったが、画面に浮かんでいるのは見慣れぬ携帯の番号だった。不審に思いながらも出ると、聞き覚えのある声が耳に飛びこんでくる。

「大友さんですか？」

「大友です──三山さんですね？」三山春香だ、とすぐに分かった。

「はい。あの、ちょっとご相談したいことがあるんですが……」

「何ですか？」大友は近くの椅子を引いて座った。嫌な予感が湧いてくる。今のところ、三山春香は坂村たちを殺したグループの人間とはみなされていないのだが……ここで自分に告白するつもりだろうか。

「美智留さんのことなんですけど」

「彼女が何か？」一連のニュースを、春香も追いかけているだろう。だが、美智留の名前はまだ出ていない。

「電話がかかってきたんです」

「何ですって？」大友は思わず声を張り上げた。帰り支度を始めていた二課の刑事たちが、一斉に大友の顔を見る。大友は茂山を見つけると、大きな動作で手招きした。茂山が怪訝そうな表情を浮かべて近づいて来る。

「どうした」大友がスマートフォンを耳に押し当てているのを見て、少し大きな声で茂山が訊ねた。

「荒川美智留に関する情報だ」短く告げて電話に戻る。「それで、どういう内容の電話だったんですか？」

「死ぬって……いきなり」

「死ぬ？」

復唱すると、茂山の顔が引き攣る。荒川美智留はもう二課のターゲットではないが、重要な関係者である。むざむざ死なれたらたまったものではない——茂山の心中は簡単に読めた。

大友も同じ気持ちだった。

「それだけですか？　他には？」

「まずいことになったって……もう表に出られないから死ぬしかないって……」春香の声は震えていた。

「あなたは、荒川さんが殺人事件に関与していたことをご存じですか」大友は意を決して訊ねた。

「殺人って……どういうことですか」

「人殺しです」

「まさか……美智留さんが人を殺したんですか？」

「いえ」直接手は下していない……はずだ。しかし本人から話が聴けていない以上、彼女の役回りが確定したわけではない。

「勘弁して下さい」いきなり春香が泣きついた。「私、そういう人とつき合っていたんですか？」

「まだはっきりしたことは分からないんですよ」大友は釘を刺した。「それより、荒川さんがどこにいるか、分かりませんか？　死ぬと言われても……彼女、自宅にはいないようなんです」

「ええ……」

「何か言っていませんでしたか？　居場所のヒントのようなことは」

「それは……でも、広い場所にいるみたいでした」

「広い場所？　外ですか？」

「屋内だと思います。天井が高くて広いところで話すと、声が変な風に反響するでしょう？　体育館とか」

「体育館……」

「あと、水の音がしたんです」

「プールだ！」大友は思わず叫んだ。

「プール？　プールって……」

「屋内プールですよ。水があって、天井が高くて広い場所」

大友は春香の返事を待たずに電話を切った。椅子を蹴飛ばす勢いで立ち上がり、茂山に迫る。

「居場所、分かったのか」

「相模原のプール……スイミングスクールだ。神奈川県警に連絡を取ろう」

7

かつて美智留が通っていたスイミングスクールは、今夜は既に閉館していた。しかし神奈川県警の所轄が念のために管理者に連絡を取って建物の鍵を開けさせたところ、シンクロ用のプールの脇にぽつりと佇む美智留を発見したという。手にはナイフ。彼女は接近を拒否し、県警の刑事たちと睨み合いになっている。

そこまで状況が分かったところで、大友たちが乗った覆面パトカーが、東名道を横浜町田インターチェンジで降りる。ここからスクールまでは十五分ほどか……大友は、ハンドルを握る春海に「急いでくれ」と声をかけた。それが引き金になったように、春海が思い切りアクセルを踏みこむ。急加速で、大友の背中はシートに押しつけられた。十五分を十分に短縮できれば、まだ間に合うのではないか……その傍らを、もう一台の覆面パトカーが追い抜いていった。どうやら一課のパトカーらしい。走行性能には、さほど差はないはずなのに。

「一課に負けるな」大友は春海にもう一度声をかけた。それでさらにスピードが乗り、道路の両脇の光景が霞んでいく。

「おい、無茶するな」茂山が弱気な声を出す。

「一刻を争うんだ」大友は低く抑えた声で言った。「もしも彼女が死んだら、全部終わりだぞ」

「分かってるけど、その前に俺たちが死ぬかもしれないぞ」

茂山の懸念が本当になりそうだった。前方にトラックのテールランプが迫ってくる。春海はまったくアクセルを緩めず突っこみ、ハンドルを思い切り回して右車線に飛びこんだ。後続車が、激しくクラクションを鳴らす。

「冗談じゃないぞ……」

茂山がつぶやいたが、スピードは落ちない。十分に短縮の予定が七分になるかもしれない、と大友は期待した。

スクール近くの道路は狭く、さすがにスピードは出せなくなった。駐車場には神奈川県警のパトカーが停まっていて、パトランプの凶暴な赤い光が闇を切り裂いている。大友は、車が停まらないうちに飛び出した。

シンクロ用のプールは建物の一階部分にある。全面がガラス張りなので、中の様子もそれなりに見えた。気持ちを落ち着けるために、大友はすぐには中に入らず、外からプールを観察することにした。

美智留はプールサイドに佇んでいた。体の力を抜き、両手を脇にだらりと垂らしている……右手にはナイフ。それほど刃渡りの長いものではないが、抜き身の刃が、パトランプの赤い光を浴びて鈍く煌《きら》めいている。赤い刃——まるで血に濡れたようだった。

美智留は無表情だった。手前――窓ガラス側に刑事たちが陣取って何か話しかけている様子だったが、まったく反応しない。聞こえているかどうかも分からなかった。不思議なものだが、人間は意識すれば外部の音をシャットアウトできる。聞かないつもりでいたら、相手の存在は無になるのだ。

「まずいですよ、あれ」横に立った春海が苦渋に満ちた表情でつぶやく。「間違いなく本気です」

「神奈川県警の連中は……当てにしたら駄目だろうな」

「お前が行くべきだ」茂山が低い声で言った。「顔見知りのお前なら、言うことをきくかもしれない」

「分かってる。そのつもりで来たんだ」

大友はうなずき、スクールに入った。一度来たことがあるから、内部の様子はだいたい分かっている。プールまで出ると、塩素の臭いがつんと鼻を突いた。まず、周囲の状況を見極めようと視線を巡らせた途端、知った顔に気づく。美智留の後輩で、ここで子どもたちを教えている――松村結子だ。大友は彼女に近づき、軽く腕に触れた。結子がびくりと身を震わせて振り向き、すぐに大友だと気づく。軽く会釈したものの、緊張したままでその場を動こうとはしなかった。

大友は彼女の腕を引き、プールを離れた。外へ出てから、低い声で事情を訊ねる。

「あなたがここを開けたんですか」

「ええ、家が近いので呼ばれて……びっくりしました」結子が両手を胸に当てた。「美智留さん、どうしたんですか？」

「話せば長い事情があるんです。あなた、美智留さんとは話しましたか？」

「いえ、警察の人に止められました」

神奈川県警にすれば当然の判断だ。顔見知りとはいえ、素人が余計なことを言って、美智留に死なれでもしたら、責任問題になる。

「あなたは帰った方がいいと思います。スクールの責任者の人が、ここへ来るでしょう？」

「ええ、間もなく」

「こういう状況で人に呼びかけるのは、大変なことなんです。あなたを、そういうストレスに晒したくない」

「でも……」

「私たちに――私に任せて下さい」大友はうなずいた。「私はプロですから」

しかし結子は、まだ帰らないと言い張った。少なくとも施設の責任者が来るまでは。そう言われると「帰れ」と強制はできず、大友は「声をかけないように」と念押しするしかなかった。

改めてプールに入る。大友は、いち早く現場に来ていた柴とすぐに目が合った。

「どうなってる？」

「特殊班には出動を要請した」柴が小声で言った。

「そんな時間はない」特殊班は人質事件などで出動する、緊急事態のスペシャリストだ。交渉を専門にする刑事は、自殺志願者を翻意させるには適任である。だが、それを待っていたら徒《いたずら》に時間が過ぎるだけだ。「ここは僕がやる」

「いいのか？」柴が目を細めた。「お前、彼女に顔を知られているだろうが。しかも刑事じゃないことになってる」

その事実を目の前に突きつけられ、大友の決意は揺らいだ。身分を偽って接近したことが美智留にばれてしまう。どれだけ恨まれることか……ショックを受けたら、大友の説得を受け入れる間もなく、自らに刃を突き立てるかもしれない。

それでも自分が行くべきだ、と改めて決心した。

「とにかくやってみる」

「分かった。上には俺が話しておく」

大友はプールの正面に進んだ。美智留は、広いプールのほぼ真ん中に、相変わらず無表情なまま立っている。ちょっと見ただけでは、ぼうっとしているだけのようだった。

「荒川さん」

大友が話しかけると、美智留が顔を上げる。最初に見えたのは戸惑い……時間が経つに連れ、戸惑いが加速する。

「大友です」

「……何してるんですか」声は低く、抑揚がない。

「あなたが危ないと聞いて、飛んで来たんです」

「どうして」

「黙って見過ごすわけにはいかないんですよ」

「関係ないでしょう」美智留の顔が強張った後、すぐに表情が消える。全てを悟ったようだった。「あなた、警察官なんですか」

「……そうです」

ここまできたら否定はできない。認めたことで、美智留は一気に崩れるだろうと大友は予期していた。しかし彼女は小さく溜息を洩らし、大友から目を逸らしただけだった。

大友は二歩前に出た。それでも彼女との距離は十メートルほどある。この距離を詰める間に、美智留は自分の首にナイフを当てて引ける。覚悟があれば、一瞬で自分に致命傷を与えられるだろう。

「私に嘘をついていたんですね」

「その件については謝罪します。我々は、勘違いしていたんです」

「勘違い？」美智留が顔を上げる。目に光はなく、大友からすれば暗い穴を覗くようなものだった。

「我々は、あなたが坂村たちと組んで結婚詐欺をやっていたと推理していました。実態は、まったく逆だったんですね……あなたは、結婚詐欺の被害に遭った女性たちを助けるために、坂村たちに接近した」

「そう……あいつらは犯罪者だから」

「まったくその通りです」これについては全面的に同意せざるを得ない。

「じゃあ、私が——私たちがやったことは許される？」

「それは無理です」大友は首を横に振った。「どんな理由があれ、人を殺すことは許されません」

「そうでしょうね」美智留が力なく肩を上下させた。「それは分かるけど、でも、騙されたままでは、立ち直れません」

「あなたもかつて、結婚詐欺の容疑で取り調べを受けていた——それは、坂村や古川にそそのかされてやったことだったんでしょう？」

「そう」美智留があっさり認めた。

「だから、騙される立場の辛さが分かるんですか？」きつい一言だと意識しながらも、確かめざるを得なかった。

「ちょっと違うけど……どうでもいいわ」

「どうでもよくない！」大友は声を張り上げた。「あなたは、自分がやったことの意味を十分理解している。だから今、死のうとしているんでしょう。死んで責任を取ろうとしている。違いますか？」

「あなたに何が分かるの？」美智留の声が大きくなった。

「分かりません」大友は認めた。「でも、いくらでも話し合って理解しようと思います。私があなたの話を聞きます」

「一度捻じれた人生は、もう元に戻らないんですよ」美智留が諦めたように言った。「何度でもやり直せるってよく言うけど、そんなの、嘘です。あの二人の口車に乗って、結婚詐欺をやって……あれから私の人生は完全におかしくなってしまった」

「どんな風に？」

「自分自身を餌にして、人を騙していたんですよ？　私は完全に汚れてしまったんです。前に言ったでしょう？　あの後、半年ぐらい引きこもっていたって……あれは本当です。心療内科にも通いましたけど、本当のことが言えなかったから、どうしようもなかった。何度も自殺を考えました」

「でもあなたは生きている」大友は指摘した。

「実際に、手首を切ろうとしたこともあるし、練炭自殺も考えて準備もしました。でも、死に切れなかった」

「だったら、立ち直ったんですよ」

「立ち直っていません。私はあの頃から、もう死んでいたんだと思う。あんなことは家族や友だちにも相談できないし……その後父親が亡くなって、後始末のためにどうしても外へ出なくてはいけなくなったんです。あれがなければ、今も閉じこもって、病院通いをしていたかもしれない」

「今はちゃんとしてるじゃないですか。きちんとした仕事を持って、友だちもいるし」

「でもずっと、あの事件のことは気にしていた！」美智留が叫ぶ。「傷ついた人がいて、でも私は責任を問われなくて……問われるのも怖かったけど。坂村や古川も逃げた。あの頃はそれでいいと思っていたんです。逮捕されるのは怖かったし、逃げ切ってしまえばそれで終わり、もう罪には問われないだろうと思って……でも、忘れられなかった。私の心は、あの頃からずっと死んでいたと思う」

「それで今回、被害者の復讐に手を貸そうとしたんですね」

美智留がまた無表情でうなずく。ナイフを握った手に力が入っているのに気づいた。まずい……自分の言葉が、彼女に何の影響も与えていないと大友には分かった。無力感──しかし話し続けることでしか、この状況を打開できない。何しろ、密かに彼女に近づいてナイフを取り上げることもできないのだ。身を隠す場所すらないオープンスペース。誰かが、背後にあるプールを泳ぎ切って近づく、という作戦を考えたが、それも不可能だ。水に入った時点で、ばれてしまうだろう。せめて、大友たちが入って来たのと別のドアがあれば……背後にも人を配せれば、状況は変わるかもしれない。

いや、こうしている間にも、少しずつ状況は変わっている。

大友が話している間に、プールの両サイドにいた刑事たちが、じりじりと間を詰めていたのだ。シンクロのプールは競泳用のプールよりも小さく──水深はずっと深いだろうが──両サイドから飛び出せば、美智留を押さえられるかもしれない。しかしギャンブルはできない……動きに気づけば、美智留は一気に自分の喉をナイフで切り裂くだろう。今の彼女が迷うとは思えなかった。

「とにかく、ナイフを放しませんか？　自分を傷つけても何にもならないでしょう」

「どうして邪魔するんですか」美智留が溜息をついた。

「むざむざ人を死なせるわけにはいかないんです」

「私には、この先何もないので……生きていてもしょうがないです。逮捕されればどうせ死刑でしょう？　だったら、あなたたちの手間を省いてあげます」

「自分で自分を裁くことはできないんですよ。私は、あなたを死なせません。あなたも死にたくはないはずです。そうでなければ、自殺を予告する電話なんかしませんよね。止めて欲しかったんじゃないですか」

「それは違う——」

「ありがとう！」

突然、場違いな台詞《せりふ》が響く。大友は驚いて口をつぐんだ。聞き覚えのある声は——敦美。振り向くと、背後に控えた刑事たちの中から、敦美がゆっくりと歩み出て来たところだった。

「高畑！　よせ！」

柴が低い声で忠告する。刑事たちの間に、ざわめきが広がった。これはまずい……刑事たちが動揺したら何にもならない。大友は振り向くと、唇の前で人差し指を立てた。

幸い、それで刑事たちが一斉に口をつぐむ。

「高畑……」小声で呼びかけたが、敦美は聞いている様子もない。大友より一歩だけ前に出ると、もう一度「ありがとう」と言った。

「何……なの？」美智留の顔に動揺が走る。

「お礼を言わせてもらいます」

「どうして？　あなた、誰？」

「高畑敦美」

「警察の人でしょう？　何で警察の人にお礼を言われなくちゃいけないの？」

敦美の肩がぐっと盛り上がる。ジャケットの縫い目が弾け飛ぶのでは、と大友は想像した。

「私も坂村に騙されたから」

ちょっと待ってくれ。大友は敦美を止めようとしたものの、何も言えなくなってしまった。敦美が坂村に騙された？　結婚詐欺の被害に遭った？　彼女は何を言ってるんだ……助けを求めようと振り向き、柴の顔を捜す。彼は、大友が一度も見たことのない表情を浮かべていた。唖然。驚愕——人がこれほど大きく口を開けているのを見たことはない。

「それ……どういう意味？」大友が何か言う前に、美智留が訊ねる。声はかすれ、目は泳いでいた。

「私も坂村に騙されたの」敦美が繰り返した。「一年半ぐらい前……知り合って、百万円ぐらい渡した――渡してしまった」

「まさか」美智留がつぶやく。「警察官なのに？」

「警察官だからとか、そういうことは関係ないの……でも私は、そのことをずっと負い目に感じていた。それこそ、警察官なのにって。正直、あなたがやったことを私がやるべきだと思ったこともある」

「高畑」

大友は小声で忠告した。喋り過ぎだ……そもそもこれは、本当のことなのか？　美智留を動揺させるために、適当な作り話をでっち上げているだけではないのか？　しかし大友は、すぐにその可能性を否定した。このところ、敦美はずっと様子がおかしかった。おそらく、大友が二課の手伝いをしていると知った時に、坂村の名前も聞いたのだろう。いずれは自分が騙されたことを同僚に知られるかもしれない……そう考え、精神的なバランスを崩してしまってもおかしくはない。

敦美も女性なのだ。

刑事である前に人間なのだ。

「坂村たちに騙されて、でも名乗り出られない人間はまだまだいるかもしれない。私も、ずっと自分の中で解決したつもりだった。でも……こういう恨みは、簡単には消えないわね」

敦美が一歩前に出る。美智留はその動きに気づく様子もなく、ただまじまじと彼女を見るだけだった。大友も敦美の後に続く……美智留との距離は八メートルほど。いつの間にか、両サイドに控えた刑事たちも、じりじりと美智留との間を詰めている。

不気味な光景だった。

屋内の照明は落とされたままで、美智留を照らし出すのは、外から射しこむパトランプの赤い光とヘッドライトのみ。彼女の顔は赤く染まり、さながら血まみれになっているようだった。その表情は今や、歪んでいる。目の前に、自分と同じような被害者――気持ちを揺らされているのは間違いない。

「嘘つかないで！」美智留が叫ぶ。「そんな嘘で私の関心を引こうとしても無駄だから！」

「嘘じゃないわ」敦美が低い声で言った。「あなた、坂村の部屋に行った？　行ったわよね。結婚詐欺師は、自分のプライベートな空間には相手を立ち入らせない。些細なことから嘘がばれるかもしれないから。でも坂村は、自分の家以外に部屋を用意して、偽の生活を作っていた……私は池袋の家に行ったことがあるわ。あなたは？」

美智留が唇を噛む。二課では、坂村が池袋にマンションを借りていたことを確認しているが、その情報が敦美の耳に入っているわけがない。

「あのマンション、今考えてみると生活感がまったくなかったわよね。家具は全部レンタルだったと思うし、キッチンには使った跡がまったくなくて……薬缶《やかん》があったの、覚えてる？　それも、コーヒーを淹れる時に使う、注ぎ口が細いもの。あれ、ドリップケトルっていうのよね。でも彼は、それを使うことはなかった。あのケトルもレンタルだったのかしら」

美智留がぴくりと体を揺らす。記憶が一致したのだろう。仮の部屋に置かれた、小さな象徴……ナイフを持つ手が震え出した。

「私は……騙された自分が悪かったと思っていた。警察官なのに騙されたなんて、誰にも打ち明けられなかった。もしも坂村が逮捕されたら、自分の名前も出るかもしれない……そう考えると怖かった。だから、あなたたちがやったことが分かった時に、複雑な気持ちだったわ。死人に口なしだから。これで私の名前が出ることもなく、坂村は死んだ——ざまあみろと思ったのも事実よ」

そこまではっきり言わなくても……大友は動揺した。敦美は、身を削るような思いで話しているはずだ。それが少しずつ、美智留を死から引き剝がしている。この場で敦美に加勢するにはどうしたらいい？　ただ彼女の陰に隠れるように近づいているだけでは何もできない……。

「とにかく、ナイフを放して。私は、あなたと話したいことがたくさんあるのよ」敦美が両手を差し伸べた。まだまだ美智留との間に距離はあるが、敦美の動きに呼応するかのように、美智留がぴくりと動く。

「駄目」美智留が震える声で言った。「来ないで」

「お願い」敦美が絞り出すように言った。「私がどうして騙されたのか……それを話せる相手は、あなたしかいないのよ」

「私は……私はあの二人を殺したのよ？　警察官とそんな話ができるわけ、ないじゃない」

「それでも……お願い。私と話して。こんな場所じゃなくて。もっと落ち着いたところで」

「できない！」

「私を助けて」

大友は、後頭部を殴りつけられたようなショックを覚えた。敦美の口から、こんな弱気な台詞が出てくるとは。彼女は常に強気で、自分に対しても他人に対しても厳しい女性だ。それが今は、傷ついた心を晒し、助けを求めている。しかも仲間である自分たちではなく、犯罪者に対してだ。

結局、同期であっても何もできないのだ。大友は何度か彼女に声をかけ、その度に「何でもない」と返事されてきたことを思い出した。自分は、彼女の心にまったく近づけなかった。敦美にとって、自分はどんな存在なのだろう。

「高畑……」

小声で呼びかけると、敦美が一瞬振り返って素早くうなずいた。私に任せて——と言いたかったのかもしれないが、普段の力強い彼女はここにはいない。目に力はなく、むしろおどおどして見えた。

「高畑、もうやめろ」

二度目の呼びかけには応じず、また一歩を踏み出す。美智留が、ナイフを持った右手を振り上げた。

「やめて！」敦美が叫ぶ。

「もう……いいじゃない。私はやるべきことをやったんだから。思い残すことはないし、責任の取り方は分かってる」

「それじゃ、責任を取ったことにはならないわ！」敦美が叫ぶ。「何をやったのか、ちゃんと全部話して！　逮捕された人たちに責任を押しつけて、自分だけ死ぬのは許されないのよ。それに、私とも話して欲しい――」

敦美の言葉は最後まで続かなかった。

美智留がさっと後ろを向き、プールにダイブする。それはまるで、シンクロの演技が始まる時のような、綺麗なフォームでの飛びこみ――敦美がダッシュし、最後の二メートルは飛ぶようにして、プールに身を投じた。大友もすぐ後に続く。

――底がない。

一瞬、パニックに陥った。シンクロ用のプールは競泳用のプールに比べてずっと深い。そのことは頭では分かっていたが、体がぐんと水中に引っ張りこまれる感覚に襲われ、何も考えられなくなってしまった。

　しかしほどなく、体が浮く。周囲は泡だらけで何も見えなかったが、一掻きして水面に浮かび上がろうとした瞬間、周囲が赤く染まっているのに気づいた。水の中でナイフを使った？　たぶん、そうだ。かつて自分にとって一番馴染み深かった場所で、美智留は死を望んだ。

　大友は水面に出て、大きく息を吸いながら周辺を見回した。

　いた。すぐ近くで、敦美と美智留が揉み合っている。陸上なら、大抵の男性でも制圧できる敦美だが、水中では勝手が違うようだ。美智留は右手にまだナイフを握っていて、それが赤い光を受けて煌めく――敦美は彼女の右手首を摑んでいたが、ナイフを奪い取るまではいかない。

　大友は抜手で二人に泳ぎ寄って、美智留の首に手をかけた。そのまま体重をかけ、取り敢えず水中に沈めようとする。美智留も、昔なら耐えられたかもしれないが、長い間シンクロからは離れているし、今は服を着ているという悪条件もある。大友の体重がかかって、頭が水中に沈む……このタイミングでナイフを奪ってくれ、と大友は心の中で敦美に呼びかけた。

「確保、確保！」

　もう一度水上に顔を出し、呼吸を整えようとしていると声が聞こえた。大友はまだ美智留の首に手をかけていたものの、彼女は水中に没したままだ。まずい、このままだと彼女を溺れさせてしまう。

「高畑！」

呼びかけると、立ち泳ぎしていた敦美が右手を掲げて見せる。ナイフを握っていた。よし、これでもう美智留が自分を傷つける心配はない……。

浮輪が目の前に投げられ、大友は慌ててしがみついた。さらに何人もの刑事がプールに飛びこんで来る。数人がかりで何とか美智留の動きを止め、投げこまれたいくつもの浮輪を使って、彼女をプールサイドに引っ張って行った。

大友は、自分の周囲に彼女の血が流れているのに気づいた。間に合わなかったのか？ちらりと見ると、美智留の顔面は蒼白である。クソ、これじゃ何にもならない。

「救急車！」

プールサイドで柴が叫ぶ。自殺志願者がいるのに待機していないのか……手際の悪さに大友はむっとしたが、浮輪に摑まって浮遊している状態では悪態もつけない。

美智留が引っ張り上げられた。それを確認した大友は、ゆっくりとプールサイドに泳いで行った。敦美も同着……敦美が右手を伸ばし、プールサイドの床にナイフを置く。大友は呼吸を整えようとして、プールの縁を両手で握ったが、いきなり激しく咳きこんでその場から動けなくなった。敦美はちらりと大友を見たものの、一言も発さないままプールから上がってしまう。

「お前、泳げないのか」

声をかけられて顔を上げると、神原が不思議そうな表情を浮かべて立っていた。

「いや……泳げるとか泳げないの問題じゃないです。これは人命救助じゃないですか」

訓練は受けたことがあるが、実際にやるのは初めてだ。神原が無言で手を伸ばす。手首を摑んだ大友は、一瞬このまま後ろに体重をかけて、神原を水中に引きずりこもうかと思った……いや、冗談が通用するような状況ではあるまい。結局柴も手を貸してくれて、大友は何とかプールを脱出した。服が水を吸い、まるで体重が何倍にも増えてしまったかのようだった。

「彼女は！」慌てて柴に訊ねる。美智留は既に、ストレッチャーに乗せられていた。ということは、やはり手回しよく、救急は現場に来ていたのだ。

「大丈夫だろう」柴が言ったが、自信なげだった。

大友は何とか立ち上がり、ストレッチャーのところまで駆け寄った。首に傷——救急隊員がその場で止血処理をしている。顔面は蒼白だが、何とか呼吸はしている。致命傷は負っていない、と判断した。

「荒川さん！」

呼びかけると、美智留が薄く目を開ける。相変わらずの無表情……。

「荒川さん、分かりますか？　大友です。気をしっかり持って下さい！」

返事はない。意識があるのかないのか分からなかったが、その口が薄く開いた。しかし彼女は薄く息を吐くだけで、言葉は出てこない。

「荒川さん、あなたには謝らなくちゃいけないんだ。嘘をついてあなたに近づいたこと……だから、元気を出して下さい。私にきちんと謝らせて下さい」

「すみません、移動します」

救急隊員に声をかけられ、大友は慌てて飛びのいた。生き延びろ……生き延びて欲しいと真剣に願った。自分の謝罪を理解し、受け入れて欲しい。そうでないと自分はこの先、重荷を背負いこんだまま、生きていくことになるだろう。

敦美も同じだ。

彼女は公衆の面前、同僚たちの前で、人生の大きな失敗を打ち明けた。刑事が結婚詐欺師に引っかかる——問題にされてもおかしくないことである。今度はちゃんとやろう、と大友は決心した。彼女がどんなに弱さを見せてもそれを受け入れ、立ち直るまで一緒にいてやろう。

それが友だちの役目だ。

大友は呼吸を整えながら周囲を見回した。敦美の姿は見当たらない。近づいて来た柴に、思わずきつい調子で聞いてしまった。

「高畑は？」

「いや……どこかな」不安げに言って、柴が視線を巡らせる。

「ちゃんと見ててくれよ」大友は思わず文句を言った。

「ここは荒川美智留優先だろう」柴が反論する。

「そうかもしれないけど……」柴の言うことには一理ある。仲間を慮《おもんぱか》るのも大事だが、自分たちは刑事なのだ。まず容疑者を心配しなくてはいけない。「外にいるんじゃないか？　ここにはいづらいだろう」

「気にすることないのに」

「気にしないで済む問題じゃない」

言い残して、大友は建物を出た。まだむっとするほど暑いはずなのに、全身濡れているので寒いほどである。風邪をひくな、と思ったが、着替えている暇も着替えもない。

敦美は建物の端に、一人ぽつんと立っていた。壁に背中を預け、ぼんやりと……どこも見ていない。大友は慎重に彼女に近づき、静かに声をかけた。

「高畑」

敦美がゆっくりとこちらを向くと、濡れた髪から垂れた水滴が地面に落ちた。ひどく傷つき、いつもの彼女らしい力強さはどこにもない。

これは……ここでは話もできない。だいたい自分たちには、まだ仕事があるのだ。

「このまま家まで帰れないだろう。後でうちに来いよ。柴も一緒に」

敦美は反応しなかった。だが拒絶されなかったことで、大友は何とかなると自信を持った。

「少し話そう。僕が話したいんだ」

敦美がかすかにうなずく。大友はそっと息を吐き、この事件の後始末について考え始めた。敦美のように傷ついた人間は、まだ何人もいるだろう。そういう人たちは、この状況を知って溜飲を下げるだろうか……。

救急車が走り出した。

殺人者を乗せた救急車が、暗い街に消えていく。

8

大友たちは、日付が変わる頃まで現場で後処理に追われた。神奈川県警とのすり合わせ、スクールの責任者からの事情聴取——そもそも、閉館して鍵がかかった建物に、美智留がどうやって入ったかが謎だったが、これはどうにも分からない。長年通っていたから、鍵が閉まらない場所でも知っていたのだろうか。

一段落したところで、大友は改めて敦美に声をかけた。

「取り敢えず、うちへ来てくれ。風呂を用意するから」

「じゃあ、俺も行くわ」事前に打ち合わせておいたので、柴が軽い調子で話を合わせた。

「神奈川県警に送ってもらおうぜ」

「いや、それじゃ申し訳ない……タクシーを摑まえよう」

言って、尻ポケットからスマートフォンを抜き出した瞬間、大友は舌打ちしてしまった。水没してしまったので、電源が入らない。どうして飛びこむ直前に、このことに気づかなかったのだろう。

「死んだか」柴が言った。

「買い替えだな。結構長く使っていたから、ちょうどいい」大友は強がりを言ったものの、とんだダメージだ。

「タクシーは俺が呼んでやるよ」

二人の軽いやり取りに、敦美はまったく反応しなかった。柴が、スクールの受付にタクシー会社の番号が張ってあるのに気づき、すぐに車を呼ぶ。タクシーが来るまでの五分間は、何とも言えず嫌な時間だった。軽い冗談を交わすわけにもいかず、敦美に対する慰めの言葉も出てこない――そもそも慰めていいのかどうかすら分からなかった。


途中、コンビニエンスストアであれこれ買いこんで、自宅に帰ったのが十二時過ぎ。そこで初めて、今夜は何も食べていなかったことに気づいた。

「心配するな」柴が、自分の袋から次々と食料を取り出す。「二、三日籠城できるぐらい仕入れておいたから」

「全然気がつかなかった」大友は、冷蔵庫にビールが足りないと思って買い足してきただけだった。

敦美がシャワーを終えて出て来た。大友が貸したTシャツとジャージに着替えている。それほどだぶついていないのを見て、改めて彼女の体格が自分とさほど変わらないと気づく。

「お先に」敦美の声は低く、落ち着いていた。

大友はゆっくりシャワーを浴びた。本当は湯船に入りたかったが、その時間が惜しい。肩に重点的にお湯を当てているうちに、ようやく体が芯から温まってきた。

リビングルームに戻ると、いい匂いが漂い始めていた。敦美が、キッチンでごそごそとやっている。いつの間にかカセットコンロを取り出して、土鍋のセットも終えている。

「何作ってるんだ？」

「ラーメン鍋」

「ああ」昔、三人で——優斗も一緒に四人で食べたことがある。冷蔵庫の残り物を煮立てて、最後にインスタントラーメンをぶちこんで食べる。優斗が喜んで食べていたのを思い出した。

「すぐできるから……何も食べてないんでしょう？」

「このままだと眠れないと思っていた」

「ビール、開けようか」

柴が声をかけてくる。大友はうなずき、グラスを三つ、用意した。柴が慎重にビールを注ぎ分け、三人は座って乾杯した。大友は一気に呑み干した——さすがに胃に染みる。二杯目はちびちびと呑むことにした。この勢いで呑んでいたら、すぐにひっくり返ってしまうだろう。

呑みながら、鍋の中を観察する。白菜、葱、豚バラ肉に豆腐——全部コンビニエンスストアで調達できるものなのに、こうやって鍋で煮たてているとなかなかの鍋料理に見えてくるから不思議だ。敦美がラーメンを三つ、割り入れる。スープの素も。味噌ラーメンだった。この鍋には、味噌味がよく合う。大友は冷蔵庫から、かんずりと柚子胡椒を持ってきた。辛い薬味があると味が引き立つ。

三人はしばらく無言で鍋をつつき、ビールを啜った。さすがの敦美も、今日はあまり酒が進まないようだが、柴が一人、勢いよく食べている。上手い言葉は浮かばなくとも、旺盛な食欲を発揮していればその場が盛り上がるとでもいうように。

そんなわけにはいかなかったが。

食べ終えると、大友は「コーヒーが欲しい人は？」と訊ねた。柴も敦美も首を横に振る。大友自身はコーヒーが欲しかったのだが、ここはビールで我慢することにした。

気詰まりな沈黙が続く。ここに優斗がいたら……とふと思ったが、息子を頼りにするようではお終いだ。

「まあ、何だよな」柴が言って咳払いする。表情は硬く、笑っているのか泣き出しそうなのか分からなかった。「難しいよな、男と女のことは」

「難しいというより、さっぱり分からない」大友は話を合わせた。

「テツには特に難しいだろうな。女には弱いから」

「それが問題なのは自覚してるよ」

「そういうことは、今から勉強しても――」

「ごめん」

敦美がいきなり声を張り上げる。大友は柴と目を見合わせ、口をつぐんだ。敦美がうつむいたまま「気を遣ってくれなくていいから」とつぶやく。

「いや、そうは言っても――」

「テツは、女心が分からないんでしょう」敦美が大友の言葉を遮った。

「それは認める」

「それなのに、取り調べではきっちり喋らせる――不思議よね」

「自分でも分からない」大友は肩をすくめた。

「私ね……基本的に弱い人間なんだと思う」敦美がぽつりと言った。

「まさか」柴が笑い飛ばした。「俺は、高畑ほど強い人間を見たことがないけどね」

「そう見えるのは、弱さをカバーするために突っ張ってるから……自分でも分かってるわよ」

大友も柴もまた口を閉ざした。今夜の敦美には、有無を言わさぬ迫力がある。落ちこんでいるのに不思議なのだが、とても逆らえない気がした。

「ずっと捜査一課で仕事してきて、もう長いでしょう？　慣れたつもりでいても、やっぱりこの仕事はきついわ」敦美が両手を合わせて腿に挟みこんだ。「男中心の部署で女が仕事をするっていうのは、それだけで気を遣うことだから」

本当は周りが彼女に気を遣っているぐらいだ、と大友は常々思っていた。一課で十数年。中堅からベテランに変わりつつある年齢で、しかも彼女は仕事ができる。「女だから」と馬鹿にされるような時代でもなく、むしろ若い刑事たちからすれば近寄りがたい——彼女は既に、一目置かれる存在なのだ。

しかし、本人の受け取り方はまた違うのだろう。彼女がひそかに、居心地悪さを感じていてもおかしくない。そうであっても、彼女の性格からして、そういうことで愚痴は零さないだろう。

「私にも、女だという意識はあるし、これまでにもいろいろあったわ。それは知ってるでしょう?」

大友はうなずいた。決して恋多き女というわけではないが、結婚のチャンスが何度かあったことは知っていた。自分たちが摑んでいない事実も多いだろう。

「結婚は……今でもしたいと思ってるし、しなくちゃいけないとも思ってる。親がうるさくてね。両親も段々年を取ってきて、それを見てると、やっぱり安心させたいって思うのよ」

「分かるよ」大友は思わず相槌を打った。

「あなたのお義母《かあ》さんみたいに、見合いしろって煩く言うわけじゃないけど。言わないから、むしろひしひしと感じるのよね」

「親って、そういうものだろうな」大友は優斗の顔を思い浮かべていた。結婚などまだまだ先、それまでに乗り越えねばならないハードルはいくつもあるとはいえ、いずれは結婚の話題が出てくるだろう。

「いろいろあって、落ちこんで、焦ってたんだと思う」

「去年の秋に、ちょっと変だと思ってたんだ。南大田署の捜査本部の時に」

「そう」敦美がうなずいて認めた。「あの頃……坂村がいなくなったのよ」

「急に連絡が取れなくなった？」

「他の人たちと同じね」敦美が肩をすくめた。

「そもそも最初、向こうはどうやって近づいてきたんだ？」

「バーでね……日比谷のバー。そういう風に接近された人は多かったみたいね。話しているうちに取りこまれて……ホント、情けないけど、取りこまれたと言うしかないわね。でも、私については事前に調査してなかったと思うけど」

「刑事だと分かっていれば、当然声はかけなかっただろうね」

「落としやすく見えたのかもしれないわね。情けないわ」敦美が溜息をついた。「私もあの時は、相当弱ってたんだと思う。だから頼るみたいに……お金も注ぎこんだし」

「あのさ」柴が割って入った。「お前が騙されるっていうのが、そもそも信じられないんだけど。普段から用心深いじゃないか」

「柴は、本気で人を好きになったことがある？」

「そりゃあ……」言いかけ、柴が口をつぐんだ。「この年になって結婚してないってことは、あるとは言い切れないな」

「テツは違うわよね」

「ああ。僕は、本当に好きになったから菜緒と結婚した」

「相変わらず、はっきり言うねえ」ひやかすように柴が言ったが、すぐに真顔になる。

「しかし、そうやって自信たっぷりに言えるのは羨ましくもあるな」

「菜緒さんを疑ったこと、ある？」敦美が真剣な表情で訊ねる。

「ない」大友は即座に否定した。

「でしょう？　本当に好きになった相手を疑うことはないわよね。私もそうだと思っていた。でもある日、ぷっつりと気持ちが切れることもある」

「何かおかしいと思って」

「お金を使って……でも段々向こうの態度がおかしくなって。何か変だなと思い始めたタイミングで、急に向こうと連絡が取れなくなったのよ。やられた、と思ったわ。直後には、坂村のことを調べようかとも思った。間違いなく結婚詐欺だったし、私は刑事だから、調べる気があれば調べられたと思う。でも、それはできなかった。調べれば、担当者に話さなければならない。そうしたら、自分の失敗を打ち明けることになるわけだし。だから我慢して不満も心配も呑みこんで、忘れようとして……忘れかけたところで、あなたが結婚詐欺の捜査を手伝っていると聞いた」

「ああ」

「その結果がこれよ」敦美が肩をすくめる。「坂村たちが死んだのは私のせいね。私が思い切って、去年の段階で二課に話していたら、もっと早く坂村を逮捕できたと思う。そうしたら、あの男が死ぬこともなかったわ」

「君のせいじゃない」

敦美が力なく、首を横に振った。大友の目を凝視したものの、視線は虚ろで、まるで敦美という人間の抜け殻が目の前にいるようだった。

「隠しておいたのも無駄になったわね」敦美が寂しげに笑った。「皆に知られちゃった。これからどうなると思う？」

「どうにもならないよ」実際は予想もつかないのだが、大友は少しでも敦美を気楽にしようと軽い口調で言った。「個人的な問題じゃないか。それに、君だって被害者だ。同情されることはあっても、責められることはない」

「そうかな」

「そうだよ」大友はうなずいた。

「まあ、あれだ」柴が甲高い声を上げて、両手を突き上げ背伸びした。「心配してもしょうがないんじゃないか？　誰かが何か言ってきても、自分は被害者だって突っぱねればいいんだよ。刑事だって人間なんだから、誰かに弱みを見せることもあるさ」

「それじゃ駄目なんだけどね」敦美が力なく首を横に振る。

「とにかく、今夜はお開きにしようぜ」柴が欠伸をしたが、実際には欠伸をするふりをしていただけだった。「俺は泊まるけど、高畑はどうする？」

「車で送ってもいいけど」大友は申し出た。

「いいわよ、遠いし」敦美が首を横に振った。

「大した距離じゃないけどね。自宅で寝た方が楽だったら、本当に――」

「朝一番で帰るわ」

「あーあ、明日も出勤か」柴がまた伸びをした。今度は本物の欠伸が飛び出る。「ここから渋谷西署まで、どれぐらいかかるだろう？」

「新宿経由で京王新線――あるいは下北沢から明大前経由かな。何だかんだで一時間ぐらいだと思う」

「だったら七時起きで頼むわ」

「僕を目覚まし代わりに使うなよ」大友は顔をしかめて見せた。

「スマホのアラームは味気ないよ」

「七時か……朝ごはんぐらい用意するけど、どうする？」

「俺はいつも朝飯抜きだよ」柴が首を横に振った。

「高畑は？」

「私もいいわ……テツは明日、どうするの？」

「二課は特捜になってないけど、取り敢えず本部に顔は出す」

「よし、じゃあ、部屋割りを決めようか」柴が立ち上がり、敦美に視線を向ける。「テツは自分の部屋で寝るとして、優斗の部屋か、ここのリビングか、どうする？」

「どちらでも」

「優斗の部屋を使ってくれ。今日は、柴よりも体を動かしてるんだから」大友は提案した。

「とんだ飛び込みだったけど……じゃあ、遠慮なく。優斗の部屋に、変なもの、ない？」

「ないと思うよ」

「中二の男子だったら、いろいろ置いてありそうだけど」

「ない、と思う……」言われると自信がなくなってくる。最近は掃除も本人に任せているので、ほぼ室内に入っていない。

「まあ、いいけど。こっちは経験豊かな大人だからね」

その一言がやけに身に沁みた。

経験豊かな大人だって失敗する。彼女は今、その失敗を嚙み締めているのだろう。


翌朝、大友は六時半に起き出した。柴も敦美も朝飯抜きと言っていたが、やはり何か食べさせないと。

リビングルームに戻ると、柴は軽い寝息を立てて、ソファで熟睡していた。起こすのが申し訳ない。しかし大友の動きに敏感に気づいたのか、いきなり毛布をはねのけて起き上がった。Tシャツ一枚で、額には汗が浮いている。「寝る時の冷房は嫌いだ」と言っていたので切ったのだが、汗をかくほどの暑さで、ちゃんと眠れただろうか。

「何で朝からうろうろしてるんだよ」第一声が文句。

「やっぱり朝食を準備しようと思って」

「マメだねえ、相変わらず」

「食べるだろう？」

「用意してくれるならいただくよ」

柴が大きく背伸びして、ソファから降りた。ちらりと優斗の部屋のドアを見ると、「高畑、もう出たみたいだな」と言った。

確かにドアは細く開いている。部屋の中を覗いてみると、ベッドは空だった。大友のTシャツとジャージは、きちんと畳まれてベッドに置かれている。狭い家故、彼女がどこにもいないのは気配で分かった。玄関の鍵も開けっ放しである。

ダイニングテーブルにメモが置いてあるのを見つけ、大友は取り上げた。「ありがとう」。これだけでは、彼女の心情は推測できない。立ち直ったのか、それとも単に大人の礼儀として言葉を残したのか。

「ずいぶん早く出たんだな」薬缶をガス台にかけながら大友は言った。

「居心地がよくなかったんじゃないかな」柴が髪をぐしゃぐしゃにした。「昨日の今日だから……早く一人になりたかったのかもしれない」

「じゃあ、むしろ引き止めて悪いことをしたかな」

「まあ、あれはあれで……そういう流れで」うなずき、柴が欠伸をした。「顔、洗わせてくれ」

「シャワーでもいいけど」

「そこまで時間、ないだろう」

柴が洗面所に消えたところで、大友はふいに連絡すべきところを思い出した。実家――というか、優斗。スマートフォンが水没してしまったので、買い替えなくてはいけない。すぐに、というわけにはいかないので、しばらくは連絡が取りにくくなるだろう。優斗は週明け――明日には新学期に備えてこちらに帰って来る予定だが、一応、話しておかないと。

六時半なら、実家の両親はもう起きている。優斗は寝ているかもしれないが、両親経由で伝えてもらおう……と思った時に、どこかでスマートフォンが鳴りだした。どこか――自分のわけがない。

「柴、鳴ってる」

「ちょっと待て」くぐもった声で柴が返事する。ほどなくリビングルームに駆けこんで来たものの、呼び出し音は切れていた。

「何だよ……」ぶつぶつ言いながら、柴がスマートフォンを取り上げる。途端に、嫌そうな表情を浮かべた。

「どうかしたか?」

「特捜からなんだけど……こんな時間にかかってくるのはろくな電話じゃないよな」

「だけどもう、問題は起こりようがないだろう。殺人事件の実行犯、計画を立てた主犯は逮捕されているんだから」

「そうだけど、こっちの予想もつかないことだってあるさ」

柴が電話をかけ直した。かけてきたのは特捜に泊まりこんだ後輩のようで、相手に対してぞんざいに言葉をぶつける。

「何だよ、こんなクソ早い時間に。先輩に対する礼儀はどうなってるんだ?……おう。ああ、そうだけど、それがどうした?　いや、分かってるよ」

柴が苛ついた表情を大友に向け、肩をすくめた。話の下手な後輩で困る、とでも言いたげに。だが次の瞬間、表情が一変した。顔から血の気が引き、目が細くなる。

「どういうことだ?　おい、冗談じゃねえぞ。警備の人間は何をしてたんだ!」

大友はガスを止め、柴の前に立った。何か起きた——重大なトラブルが。

「柴?」

呼びかけると、柴が右手を突き出して大友の動きを制する。向こうの話が聞き取りにくいのか、体を屈めて、スマートフォンを強く耳に押し当てた。

「ああ、うん——分かった。病室で、だな?　そうか……係長には報告したか?　そうか。だったらいい。それで遺体は?　まだ病院?　分かった、すぐに行く」

遺体？　何の話をしてるんだ？　大友は嫌な予感が膨らむのを感じた。

通話を終えた柴が、「荒川美智留が死んだ」と短く告げた。

「死んだ？　どういうことだ？」

大友は思わず柴に詰め寄った。胸同士がぶつかりそうになり、柴が両手で大友の胸を突いて距離を置く。

「騒ぐなよ——焦るな」

「昨日の状態では、命に別状はないっていう話だったじゃないか」美智留は自らナイフで首に切りつけたが、水中のことでもあり、自由には動けなかったようだ。結果的に傷は浅く、致命傷には至らなかった。

「詳しい状況は分からない——分からないけど、病室内で首を吊ったようだ」

「まさか」大友は目を見開いた。

「まさか、じゃないよ。首を吊って死ぬのが案外簡単なのは、お前だって知ってるだろう？　とにかく、状況はよく分からない。朝の見回りに来た看護師が見つけたばかりだ」

「ちゃんと警備がついてたんだろう？　何でそんなことになったんだ」大友はまったく納得できなかった。

「警備は外にいた」柴の表情が強張る。「サボってたわけじゃないぜ」

「……分かってる」こんな事件の後だ、警戒していた人間も緩んでいたはずがない。

分かっている。

分かっていても、怒りが収まらない。

「すぐに出る──病院へ行く」

「僕も行くよ。車を出す」

「そうだな……お前、大丈夫なのか？」

「いや……たぶん、僕にも責任はある」

「考え過ぎるな」柴が忠告した。「お前も高畑も、考え過ぎるのが問題なんだよ。もっと気楽にいけ」

お前のように気楽にはなれない──そう思ったが、実際には柴も、口に出さないだけであれこれ悩むタイプだ。それを呑みこんでしまえるのは、彼がそれだけ大人だからかもしれない。

「やっぱり、朝飯は抜きだな」柴がワイシャツを着こんだ。

「ああ」

「まあ……とにかく気にするなよ。荒川美智留が死んだのは、お前のせいじゃないんだから。それに、結局は犯罪者なんだぜ？」

「分かってる」分かってない。

分かっているのは、この件が自分の中で長く尾を引くだろう、ということだった。

美智留は自殺と断定された。シーツを細く裂いてより合わせ——まるで頑丈な綱のようになっていたらしい——ドアの上部に引っかけて首を吊ったようだった。その際に、縫合した首の傷が開き、病室の床には血溜まりができていた。かなり凄絶な自殺現場だったことは、容易に想像がつく。

自殺の処理は、一課の特捜本部が担当した。大友は特にすることもなく、二課との連絡係を務めただけだった。茂山も神原も絶句したが、結論としては「仕方がない」。二課が立件すべき詐欺事件に関しては、美智留は被害者でも加害者でもないのだから、大勢に影響はないということだ。

その後本部に戻り、今後の捜査の打ち合わせ——しかし神原は、大友に暇《いとま》を出した。

「今回は特別に手伝ってもらっただけだし、今後の捜査は……それほど難しいわけじゃないからな」神原は悔しそうだった。

「乗りかかった船ですから、最後まで見届けたいんです」

「あんたの手を煩わせるような、面倒な捜査はないよ」

「そうだよ」茂山が同調する。「でも、何だか悪かったな。無駄足を踏ませたみたいで」

「捜査に無駄足はないけど」大友は顔を擦った。「疲れたな」

「俺もだ」茂山が寂しげな笑みを浮かべる。やはり、今回の内偵捜査は失敗だったと思っているのだろう。

原因の一つは、やはり自分だ、と大友は意識した。

守りきれなかった。

捜査も、美智留も。

かつてない敗北感。まだ暑さの残る夕方の霞が関に彷徨《さまよ》い出て、大友は行き先を失ってしまったような気分になった。


それでも家には帰る。大友には結局、家と職場以外に行く場所がないのだ。誰か、頼りになる人間と話したいとも思った——かつての自分の「守護者」福原《ふくはら》や後山、酸いも甘いも嚙み分けた失踪課の高城。しかし福原も後山もとうに退職してしまっているし、高城は仕事中だろう。

午後六時、大友は家に帰り着いた。大したことはしていないのにくたくただったが、今日はもう十二時間近く動き続けていたのだと気づく。しかも神経をすり減らして……ろくに食事もしていないので、エネルギーが切れかけていた。

ドアを開けた瞬間、掃除機が動いている音がした。誰だ？　一瞬訝ったものの、優斗の靴が玄関にあるのに気づいた。

「優斗？」

「ああ」優斗がリビングルームの方から叫び返してきた。「お帰り」

「どうしたんだよ」大友は部屋に上がって、優斗と相対した。「帰って来るの、明日の予定だったたじゃないか」

「家が汚れてるんじゃないかと思って……予想通り、ひどいね。ちゃんと掃除してたの？」優斗の目にはよほど汚く映ったのか、ソファをずらしてまで掃除機をかけている。

「それは……まあ、普通に」

「昨夜《ゆうべ》、誰か泊まった？」

「柴と、高畑が」

「僕のベッドに誰か寝た？」

「そっちには、高畑が」

「高畑さんだったら、まあ、いいか」優斗が苦笑した。「柴さんよりはましだね」

「そりゃそうだ。何で帰って来たんだ？」大友はバッグをソファに下ろした。「掃除するためじゃないだろう？」

「だって、電話で話した時、様子がおかしかったから」

　昼前に実家に電話をかけて、スマートフォンを駄目にした話をしたのだが、その時は「帰る」という話題は出なかった。

「そんなにおかしかったかな」

「声で分かったけど」優斗が怪訝そうな表情を浮かべる。

「そうか」

「まあ、いろいろあるよね、大人は」優斗が訳知り顔でうなずく。「ご飯だけ炊き始めたけど、どうしようか」

「何か、ありあわせで作るよ」

「何なら僕がやるけど……疲れてるでしょう」

「まあな」認めざるを得ない。「佐久はどうだった？　こんなに長いこといるとは思わなかったな」

「僕のことは別にいいけど……今日は、パパの話を聞く日じゃないかな」

「お前に話すのか？」

「僕はいつでも準備できてるけど」

息子にこんなことを言われる日がくるとは……十四歳の子どもには話せないこともある。だが今日は、優斗に少しだけ大人の世界を見せてやってもいいと思った。

本作品は文春文庫のための書き下ろしです。
本書はフィクションであり、実在の人物、
団体とは一切関係がありません。

文春文庫

潜《もぐ》る　女《おんな》

定価はカバーに
表示してあります

アナザーフェイス8

2017年3月10日　第1刷

著　者　堂《どう》場《ば》瞬一《しゅんいち》

発行者　飯窪成幸

発行所　株式会社　文藝春秋

東京都千代田区紀尾井町 3-23　〒102-8008
TEL 03・3265・1211
文藝春秋ホームページ　http://www.bunshun.co.jp

落丁、乱丁本は、お手数ですが小社製作部宛お送り下さい。送料小社負担でお取替致します。

印刷・凸版印刷　製本・加藤製本

Printed in Japan
ISBN978-4-16-790803-4

高嶋哲夫
フライ・トラップ
JWAT・小松原雪野巡査部長の捜査日記
O県警生安部に設けられた特別チームJWAT。その一員、小松原雪野は、保護した少年の証言に不信感を抱く。それが〝ハーブ〟やオヤジ狩り、更なる深い闇へとつながる入り口だった。
た-50-9

堂場瞬一
敗者の嘘
アナザーフェイス2
神保町で強盗放火殺人の容疑者が、任意同行後に自殺、その後真犯人と名乗る容疑者と幼馴染の女性弁護士が現れ、捜査は大混乱。合コン中の大友は、福原の命令でやむなく捜査に加わる。
と-24-2

堂場瞬一
第四の壁
アナザーフェイス3
大友がかつて所属していた劇団「アノニマス」の記念公演で、ワンマンな主宰の笹倉が、上演中に舞台の上で絶命する。その手口は、上演予定のシナリオそのものだった。（仲村トオル）
と-24-3

堂場瞬一
消失者
アナザーフェイス4
町田の駅前、大友鉄は想定外の自殺騒ぎで現行犯の老スリを取り逃がしてしまう。その晩、死体が発見され……警察小説の面白さがすべて詰まった大人気シリーズ第四弾！
と-24-5

堂場瞬一
凍る炎
アナザーフェイス5
「燃える氷」メタンハイドレートをめぐる連続殺人事件。刑事総務課のイクメン大友鉄最大の危機を受けて、「追跡捜査係」シリーズの名コンビが共闘する特別コラボ小説！
と-24-6

堂場瞬一
高速の罠
アナザーフェイス6
父・大友鉄を訪ねて高速バスに乗った優斗は移動中に忽然と姿を消す——誘拐か事故か!?　張り巡らされた罠はあまりに大胆不敵だった。シリーズ最高傑作のノンストップサスペンス。
と-24-8

（　）内は解説者。品切の節はご容赦下さい。

（　）内は解説者。品切の節はご容赦下さい。

濱 嘉之
警視庁公安部・青山望
頂上決戦
分裂するヤクザとチャイニーズ・マフィア！　悪のカリスマ、神宮寺武人の裏側に潜んでいたのは中国の暗闇だった。青山、大和田、藤中、龍の「同期カルテット」が結集し、最大の敵に挑む！
は-41-7

濱 嘉之
内閣官房長官・小山内和博
電光石火
権力闘争、テロ、外交漂流……次々と官邸に起こる危機を元警視庁公安部出身の著者が内閣官房長官を主人公に徹底的なリアリティーで描く。　著者待望の新シリーズ、堂々登場！
は-41-30

秦 建日子
民間科学捜査員・桐野真衣
殺人初心者
婚約破棄され、リストラされた真衣。どん底から飛び込んだ民間科捜研に勤務開始早々、顔に碁盤目の傷を残す連続殺人に遭遇する。「アンフェア」原作者による書き下ろし新シリーズ。
は-45-1

秦 建日子
民間科学捜査員・桐野真衣
冤罪初心者
民間科学捜査研究所の真衣は、アジアからの出稼ぎ青年に着せられた冤罪を晴らそうと奮起した。しかしひょんなことから連続殺人の渦中に――科学を武器に謎に挑む人気シリーズ第二弾！
は-45-2

森田健市
警視庁組対五課 大地班
ドラッグ・ルート
薬物捜査を手掛ける警視庁組対五課大地班に内部告発でもたらされた秘密の取引情報。それは、罠と裏切りで血塗られた悲劇の序章にすぎなかった――疾走感溢れる本格警察小説の誕生！
も-28-1

若竹七海
さよならの手口
有能だが不運すぎる女探偵・葉村晶が帰ってきた！　ミステリ専門店でバイト中の晶は元女優に二十年前に家出した娘探しを依頼される。当時娘を調査した探偵は失踪していた。（霜月　蒼）
わ-10-3

（　）内は解説者。品切の節はご容赦下さい。

赤川次郎
幽霊晩餐会
殺人予告を受けたシェフが催す豪華晩餐会の招待を受けた宇野警部と夕子。フルコースに隠された味な仕掛けから犯人を暴く表題作他、ユーモアあふれる全七編。シリーズ第二十二弾。
あ-1-36

赤川次郎
マリオネットの罠
私はガラスの人形と呼ばれていた——。森の館に幽閉された美少女、都会の空白に起こる連続殺人。複雑に絡み合った人間の欲望を鮮やかに描いた、赤川次郎の処女長篇。（権田萬治）
あ-1-27

赤川次郎
充ち足りた悪漢たち
つぶらな瞳、あどけない顔、可愛くて無邪気な子供たち。しかし彼らには大人に見せないコワイ素顔があるのです。屈託なき悪辣ぶりを描くチビッ子版ピカレスク、全6篇。（権田萬治）
あ-1-37

明野照葉
輪（ＲＩＮＫＡＩ）廻
義母との確執で離婚した香苗は、娘とともに実母のもとに帰る。やがて愛娘の体には痣や瘤ができ始める。「累《かさね》」の恐怖を織り込んだ明野ホラーの原点。第七回松本清張賞受賞作。（髙山文彦）
あ-42-1

明野照葉
愛しいひと
一流企業勤務の夫が失踪した。事件に巻き込まれたのか？　他に女がいるのか？　苦悩する妻は家庭を守るために立ち上がる。心理サスペンスの気鋭が〝家族の病魔〟を抉る。（大矢博子）
あ-42-5

我孫子武丸
弥勒《みろく》の掌《て》
妻を殺され汚職の疑いをかけられた刑事と、失踪した妻を捜し宗教団体に接触する高校教師。二つの事件は錯綜し、やがて驚愕の真相が明らかになる！　これぞ新本格の進化型。（巽　昌章）
あ-46-1

愛川　晶《あきら》
六月六日生まれの天使
記憶喪失の女と前向性健忘の男が、ベッドの中で出会った。二人の奇妙な同居生活の行方は？　究極の恋愛と究極のミステリが合体。あなたはこの仕掛けを見抜けますか？（大矢博子）
あ-47-1

（　）内は解説者。品切の節はご容赦下さい。

愛川　晶
神楽坂謎ばなし
出版社勤務の希美子は仕事で大失敗、同時に恋人も失う。どん底の彼女がひょんなことから寄席の席亭代理に。お仕事小説兼本格ミステリのハイブリッド新シリーズ。（柳家小せん）
あ-47-3

愛川　晶
高座の上の密室
華麗な手妻を披露する美貌の母娘の悩み。超難度の技を繰り出す太神楽界の御曹司の不可解な行動。寄席「神楽坂倶楽部」で出来する怪事件に新米席亭代理・希美子が挑む。（杉江松恋）
あ-47-4

有栖川有栖
火村英生に捧げる犯罪
臨床犯罪学者・火村英生のもとに送られてきた犯罪予告めいたファックス。術策の小さな綻びから犯罪が露呈する表題作他、哀切でエレガントな珠玉の作品が並ぶ人気シリーズ。（柄刀　一）
あ-59-1

有栖川有栖
菩提樹荘の殺人
少年犯罪、お笑い芸人の野望、学生時代の火村英生の名推理、アンチエイジングのカリスマの怪事件とアリスの悲恋。「若さ」をモチーフにした人気シリーズ作品集。（円堂都司昭）
あ-59-2

青柳碧人
西川麻子は地理が好き。
「世界一長い駅名とは」「世界初の国旗は？」などなど、世界地理のトリビアで難事件を見事解決。地理マニア西川麻子の事件簿。読めば地理の楽しさを学べる勉強系ユーモアミステリー。
あ-67-1

石田衣良
ブルータワー
悪性脳腫瘍で死を宣告された男が二百年後の世界に意識だけスリップ。そこは殺人ウイルスが蔓延し、人々はタワーに閉じ込められた世界。明日をつかむため男の闘いが始まる。（香山二三郎）
い-47-16

池井戸　潤
株価暴落
連続爆破事件に襲われた巨大スーパーの緊急追加支援要請を巡って白水銀行審査部の板東は企画部の二戸と対立する。日本経済の闇と向き合うバンカー達を描く傑作金融ミステリー。
い-64-1

（　）内は解説者。品切の節はご容赦下さい。

乾《いぬい》くるみ
イニシエーション・ラブ
甘美で、ときにほろ苦い青春のひとときを瑞々しい筆致で描いた青春小説――と思いきや、最後の二行で全く違った物語に！「必ず二回読みたくなる」と絶賛の傑作ミステリ。（大矢博子）
い-66-1

乾くるみ
セカンド・ラブ
一九八三年元旦、春香と出会った。僕たちは幸せだった。春香とそっくりな美奈子が現れるまでは。『イニシエーション・ラブ』の衝撃、ふたたび。究極の恋愛ミステリ第二弾。（円堂都司昭）
い-66-5

乾くるみ
リピート
今の記憶を持ったまま昔の自分に戻る「リピート」。人生のやり直しに臨んだ十人の男女が次々に不審な死を遂げて……。『イニシエーション・ラブ』の著者が放つ傑作ミステリ。（大森　望）
い-66-2

乾くるみ
Ｊの神話
全寮制の名門女子高で生徒が塔から墜死し、生徒会長が「胎児なき流産」で失血死をとげる。背後に暗躍する「ジャック」とは何者なのか？　衝撃のデビュー作。（円堂都司昭）
い-66-3

乾くるみ
嫉妬事件
ある日、大学の部室にきたら、本の上に〇〇〇が！　ミステリ研で起きた実話を元にした問題作が、いきなりの文庫化。作中作となる書き下ろし短編「三つの質疑」も収録。（我孫子武丸）
い-66-4

乾ルカ
プロメテウスの涙
激しい発作に襲われる少女と不死の死刑囚。時空を超えて二人をつなぐものとは？　巧みなストーリーテリングと独特のグロテスクな美意識で異彩を放つ乾ルカの話題作。（大槻ケンヂ）
い-78-2

石持浅海
ブック・ジャングル
閉鎖された市立図書館に忍び込んだ昆虫学者の卵と友人、そして高校を卒業したばかりの女子三人。思い出に浸りたいだけだった罪なき不法侵入者達を猛烈な悪意が襲う。（円堂都司昭）
い-89-1